DER STUMME DUKE

DER 1797 CLUB – BUCH 4

JESS MICHAELS

Übersetzt von
MARTIN WICK

Der stumme Duke

Der 1797 Club – Buch 4

www.1797Club.com

Copyright © Jesse Petersen, 2017

Alle Rechte vorbehalten. Dieses Buch oder ein Teil davon darf ohne ausdrückliche schriftliche Genehmigung der Autorin nicht vervielfältigt oder in irgendeiner Weise verwendet werden, mit Ausnahme von kurzen Zitaten in einer Buchbesprechung.

Für weitere Informationen kontaktieren Sie bitte Jess Michaels

www.AuthorJessMichaels.com

Für Lenora Bell, die meine Jungfräulichkeit bei einem „Spiel" gewonnen hat und mich trotzdem mit meinem Mann nach Hause gehen ließ.

Und für Michael, der dafür mehr Verständnis aufgebracht hat, als man annehmen könnte.

PROLOG

Sommer 1793

Ewan Hoffstead hatte stets gewusst, dass sein Vater ihn in den zehn Jahren, die er auf dieser Welt war, jeden Moment und jeden Tag gehasst hatte. Er wusste auch warum: Er war Zeit seines Lebens nicht in der Lage gewesen zu sprechen. Natürlich hatte er es versucht. Er hatte stundenlang vor dem Spiegel gestanden, gepresst und geatmet, doch es war nichts herausgekommen. Auch sein Vater hatte versucht, ihn zum Sprechen zu bringen – und ihn ausgepeitscht, wenn er wieder nicht mehr als ein paar hilflose Grunzlaute zustande gebracht hatte.

Es war alles vergebens. Ewan war stumm, und wie es schien, würde er auch stumm bleiben. Sein Vater war der Meinung, dass er deswegen dumm und unfähig war. Ewan fühlte sich tatsächlich unfähig, allerdings war er sich nicht so sicher, ob er dumm war. So hatte er sich selbst Lesen und Schreiben beigebracht, denn sein Vater hatte sich geweigert, Zeit für seine Bildung zu verschwenden. Und wenn er mit seinem Cousin Matthew und dessen Familie zusammen war, schien ihn niemand für dumm zu halten. Tatsächlich wusste er oft vor Matthew die Antworten auf Fragen, und sie waren fast gleich alt.

Doch all das spielte keine Rolle. Der Duke of Donburrow verachtete ihn, und das wurde immer besonders deutlich, wenn sie Matthew und seinen Vater sowie seine Mutter, den Duke und die Duchess of Tyndale, besuchten, so wie letzte Woche. Es war, als würde der Anblick eines Jungen in Ewans Alter, der keine seiner Schwächen aufwies, Donburrow nur noch niederträchtiger und hasserfüllter machen.

Jetzt kauerte Ewan hinter einer Hecke unter einem Fenster des Anwesens seines Onkels, und beobachtete, wie sich die beiden Dukes anbrüllten. Er konnte zwar ihr Geschrei hören, durch das Glas jedoch keine einzelnen Worte ausmachen.

Dennoch wusste er, dass er der Grund für diese Auseinandersetzung war und dieses Wissen schmerzte in seiner Brust. Tränen brannten in seinen Augen.

„Ich hab dich! Das ist kein besonders gutes Versteck, Ewan."

Er zuckte zusammen, als er eine Mädchenstimme hinter sich hörte und fühlte, wie zwei Hände einen seiner Arme umklammerten. Als er sich umdrehte, sah er Charlotte Undercross, die ihn anlächelte. Sie war drei Jahre jünger als er und die Schwester von Baldwin Undercross, Matthews bestem Freund und ebenfalls Sohn eines Dukes, des Dukes of Sheffield. Seine Familie war auch bei der kleinen Party anwesend, zu der ihn sein Vater mitgenommen hatte.

Charlotte war erst sieben, aber schon jetzt außerordentlich hübsch, mit ihren blonden Haaren und den grünsten Augen, die Ewan je gesehen hatte. Sie lächelte und lachte immer, und im Gegensatz zu den meisten Kindern, mit denen er zu tun hatte, schien sie nicht mit Neugierde oder Verurteilung auf seine Unfähigkeit zu sprechen zu reagieren.

Er mochte sie, doch im Moment fühlte er sich so verletzt und verwundbar, dass er nicht wollte, dass sie oder jemand anderes es sah. Leider war es dafür zu spät. Charlotte legte den Kopf schief und sah ihm in die Augen, als könne sie bis in seine Seele blicken.

„Weinst du etwa?", fragte sie, nicht spöttisch, sondern ernsthaft interessiert.

Er schüttelte den Kopf, obwohl das nicht ganz der Wahrheit entsprach. Er war kurz davor zu weinen, er konnte spüren, wie die Tränen in ihm anschwollen. Charlotte stellte sich auf die Zehenspitzen und spähte an ihm vorbei durch das Fenster. Sie sah dasselbe wie er: die Dukes of Donburrow und Tyndale, die sich immer noch stritten.

„Streiten sie sich deinetwegen?", fragte sie.

Ewan schürzte die Lippen und nickte langsam.

Sie runzelte die Stirn. „Willst du wissen, was sie sagen?", flüsterte sie.

Er überlegte einen Moment. Ein Teil von ihm wollte es nicht wissen. All diese hässlichen Worte schmerzten so sehr. Doch ein anderer Teil von ihm musste es hören. Wieder nickte er. Zu seiner Überraschung nahm sie seine Hand und zerrte ihn regelrecht um die Seite des Hauses herum und durch die offene Tür ins Haus.

„Diese Räume sind miteinander verbunden. Die Wände lassen sich öffnen, um einen einzigen Raum für größere Gesellschaften zu schaffen. Ich habe einmal gesehen, wie Tyndales Diener das gemacht haben", erklärte Charlotte, bevor sie Ewans Hand losließ und sich zur Wand schlich. Sie löste einen Riegel und schob die Wand an einer Stelle, von der Ewan nie vermutet hätte, dass sie so viele Geheimnisse barg, vorsichtig auf. Dann winkte sie ihn zu sich, setzte sich auf den Boden und drückte ihr Auge gegen den Spalt, den sie zwischen den beiden Räumen geschaffen hatte.

Ewan konnte bereits die Stimme seines Vaters hören, die jetzt klar und deutlich an sein Ohr drang. „Ich weiß nicht, warum du so viel Zeit damit verschwendest, ein Kind zu verteidigen, das kaum mehr als ein Tier ist. Er ist nicht richtig im Kopf, Aldous – *Dinge* wie er gehören in eine Anstalt."

Ewan versteifte sich bei diesen Worten. Er sank auf die Knie und drückte sein Gesicht direkt über Charlottes Kopf gegen den Spalt. Eine Anstalt. Er hatte seinen Vater oft von einem solchen Ort sprechen hören. Er war mit Ewan sogar einmal an einer solchen Einrichtung vorbeigefahren und hatte ihm gesagt, dass er dort enden würde, wenn er nicht redete. Doch jetzt klang er ernster.

„Der Junge ist weder dumm noch verrückt, noch hat er es verdient, in eine dieser schrecklichen Einrichtungen gesteckt zu werden", gab Ewans Onkel, der Duke of Tyndale, zurück. „Und das weißt du auch. Du bist so besessen von dem Glauben, dass du wegen Ewans Unfähigkeit zu sprechen irgendetwas verloren hast, dass du dich weigerst, etwas Gutes in ihm zu sehen."

„Was soll er denn Gutes in sich haben?", fauchte Donburrow regelrecht.

„Stephen, das kannst du doch nicht ernst meinen!"

Ewan errötete – er hatte nicht bemerkt, dass seine Tante Mary ebenfalls im Raum war, bis sie vortrat und sich neben seinen Onkel Aldous stellte. Sie hatte ein unglaublich freundliches Gesicht, ganz anders als das ihres Bruders. Jetzt war es vor Entsetzen verzerrt.

„Du kannst es dir vielleicht leisten, dich um kaputte Dinge zu scheren, Mary", schimpfte der Duke von Donburrow. „Dein Erbe ist gesund und heil. Du brauchst dich nicht für deinen Sohn zu schämen. Also verurteile mich nicht dafür, wie ich über meinen denke. Es ist entschieden. Ewan kommt in die Anstalt, und dann geht mein Herzogtum an Josiah über. Er ist dieser Aufgabe weitaus besser gewachsen."

Panik machte sich in Ewan breit. Die Anstalt. Es würde tatsächlich passieren. Er wollte wegrennen, weinen und sich verstecken, doch bevor er eines dieser Dinge tun konnte, spürte er Charlottes Finger, die sich mit seinen verschränkten. Sie sagte nichts, sie sah nicht einmal zu ihm auf. Sie nahm einfach seine Hand, und plötzlich hörte der Raum auf, sich zu drehen, zumindest ein kleines bisschen. Er klammerte sich an sie, als wäre sie ein Floß auf einer stürmischen See, und wartete ab, was als Nächstes passieren würde.

Zu seinem Entsetzen machte Onkel Aldous einen großen Schritt nach vorn und griff nach dem Revers des Duke of Donburrow. Er riss Ewans Vater nach vorne, und plötzlich war klar, wer von den beiden überlegen war, zumindest körperlich.

„Jetzt hör mir mal gut zu, du verwöhntes, unmenschliches Arschloch. Der Junge kommt *nicht* in eine Anstalt. Du wirst ihn nur über meine Leiche wieder mitnehmen."

Zum ersten Mal in seinem Leben sah Ewan Angst im Gesicht seines Vaters aufblitzen. Angst, die Ewan nur zu gut kannte, obwohl er kein Mitleid mit ihm hatte.

„Was willst du tun, Tyndale?" Donburrow schüttelte den Kopf. „Ihn zu dir nehmen?"

„Ja!", platzte Mary heraus und stürzte nach vorne. „Ja, wir werden ihn zu uns holen."

Ewan blieb der Mund offenstehen, als er seine Tante und seinen Onkel anstarrte, die einzigen beiden Menschen, die in seinem Leben immer freundlich zu ihm gewesen waren. Aber das konnte doch nicht ihr Ernst sein, oder? Sein Onkel hatte bis jetzt noch nichts gesagt.

Langsam blickte Onkel Aldous zu seiner Frau und dann wieder zu Donburrow. „Wir nehmen ihn zu uns", stieß er hervor. „Er wird von nun an bei uns leben."

„Das kann nicht euer Ernst sein", stotterte Donburrow, löste sich ruckartig aus Tyndales Griff und taumelte davon. „Er ist mein Sohn."

„Jetzt nicht mehr", sagte Tyndale und richtete sich auf. In diesem Moment sah er verdammt groß aus. Groß und selbstsicher und fast so, als würde er leuchten. Er war ein Leuchtfeuer in der dunklen Nacht, zu dem Ewan am liebsten hinrennen wollte. „Lass mich eines klarstellen. Dein Sohn ist nicht länger dein Problem, Donburrow. Du wirst von nun an nicht mehr an seinem Leben teilhaben. Und an unserem auch nicht. Und wenn du dem Kind jemals zu nahekommen solltest, werde ich dir ohne zu zögern zwischen die Augen schießen."

„Aldous", sagte Tante Mary sanft und nahm seine Hand.

Er blickte auf sie hinab. „Es ist mir egal, ob er dein Bruder ist, ich habe genug davon, wie er dieses Kind behandelt."

Sie nickte langsam und wandte sich dann ihrem Bruder zu. „Wir nehmen ihn, Stephen. Ende der Diskussion."

Ewans Herz klopfte so heftig, als er seinen Vater anstarrte, dass er fürchtete, die Leute im anderen Raum könnten es hören. Donburrows Gesicht war eine Maske des Hasses und der Wut.

„Dann nehmt ihn doch", spuckte er schließlich. „Ich habe keine Verwendung für ihn. Aber eines sollt ihr wissen – dieser Junge wird niemals Duke werden. Ich werde dafür sorgen, dass einer meiner unversehrten Söhne das Erbe antreten wird."

„Wir werden sehen", meinte Tyndale achselzuckend. „Aber *du* solltest wissen, dass ich mit jedem Atemzug dafür kämpfen werde, dass Ewan sein Recht bekommt."

Donburrows Gesicht war nun violett vor Zorn. Er drehte sich auf dem Absatz um, verließ den Raum und rief: „Macht meine Kutsche fertig und packt meine Sachen! Ich reise ab!"

Ewans Lippen öffneten sich. Sein Vater wollte abreisen. Ohne sich von ihm zu verabschieden. Er würde ihn bei seiner Tante und seinem Onkel lassen. Geschah das alles gerade wirklich?

Er beobachtete, wie sich seine Tante in den Armen seines Onkels drehte und hörte, wie er ihr leise etwas zuflüsterte, er konnte jedoch nicht verstehen, was sein Onkel sagte. Ewan richtete sich auf und taumelte davon, in Richtung Kamin. Seine Welt drehte sich, und sein Magen grummelte und drohte, sich seines Frühstücks zu entledigen.

„Wo könnten sie sein?"

Ewan erstarrte. Das war die Stimme seines Cousins Matthew. Kurz darauf antwortete Charlottes Bruder Baldwin: „Es war ausgemacht, dass wir uns nicht im Haus verstecken würden. Es wäre wirklich unfair, wenn sie das trotzdem getan hätten."

Charlotte schnappte nach Luft, als die beiden Jungen das Wohnzimmer betraten. Wieder ergriff sie Ewans Hand. „Komm mit."

Er folgte ihr und spürte kaum den Boden unter seinen Füßen,

als er ihr hinterherstolperte. Seine Augen waren so tränenerfüllt, dass er kaum etwas sehen konnte, aber irgendwie vertraute er darauf, dass Charlotte wusste, wohin sie gingen. Als sie irgendwann stehenblieb, schaute er sich um. Sie hatte ihn zum Seeufer geführt, hinter das kleine Gebäude, in dem sein Onkel die Boote aufbewahrte, mit denen sie ab und zu zum Fischen auf den See hinausruderten. Sie ließ sich auf den Rasen plumpsen und schien sich nicht darum zu kümmern, dass ihr Kleid Flecken bekommen würde. Er tat es ihr gleich und zupfte geistesabwesend an den Grashalmen.

„Du wirst jetzt hier wohnen", sagte sie nach einer gefühlten Ewigkeit des Schweigens, während der er versuchte, sich zu sammeln.

Er nickte langsam. Ja, das stimmte. Er würde hier mit Matthew, seiner Tante und seinem Onkel leben. Sie würden ihn gut behandeln, das wusste er.

„Es ist besser so, nicht wahr?"

Er griff in seine Hosentasche und suchte nach dem kleinen Notizbuch, das er immer bei sich trug, um Fragen zu beantworten. Es war nicht da. Er blickte zu ihr auf und spürte, wie ihm die Farbe aus dem Gesicht wich.

„Es ist nicht da?", fragte sie. Er schüttelte den Kopf. „Das ist schon in Ordnung. Dann stelle ich dir nur Ja- oder Nein-Fragen, Ewan."

Ewan zuckte mit einer Schulter, unfähig, die Hitze aus seinen Wangen zu vertreiben. In solchen Momenten hasste er es, nicht sprechen zu können. Wenn es offensichtlich war, dass er anders war. Charlotte war die Einzige, die ihn wirklich nicht zu verurteilen schien.

„Warte, ich habe eine Idee!", sagte Charlotte und klatschte in die Hände.

Er nickte, um sie zu ermutigen. Es war unmöglich, es nicht zu tun.

„Wie wäre es, wenn wir unsere eigene Sprache erfinden würden? Wir könnten uns Zeichen für Buchstaben und Wörter ausdenken.

Dann wäre es egal, ob du deinen Block dabeihast oder nicht. Du könntest mit deinen Händen sprechen."

Er zögerte. Im Moment konnte er an nichts anderes denken als daran, dass sein Vater ihn verlassen hatte und an die ungewisse Zukunft, die ihm bevorstand. Aber Charlotte strahlte so sehr, dass Ewan bei ihrem Anblick der Atem stockte. Meistens fühlte er sich in der Gegenwart von Mädchen nicht wohl, er mied sie, wann immer es möglich war.

Aber dieses Mädchen war … anders.

Wieder nickte er, und sie umarmte ihn plötzlich und unerwartet. Er konnte sich nicht bewegen, als sie es tat. Er saß einfach wie erstarrt da, als sie ihn drückte und dann wieder auf ihren Platz zurückkehrte.

„Wunderbar. Wir müssen uns nur für jeden Buchstaben ein Zeichen ausdenken! Und für längere Wörter, damit es nicht ewig dauert, wenn du ‚Wohltätigkeitsveranstaltung' oder ‚Ausstaffierungsschneiderei' sagen willst."

Seine Augen weiteten sich, obwohl er nicht überrascht war, dass sie diese Worte kannte. Natürlich war sie sehr klug. Trotzdem konnte er sich nicht vorstellen, wann er diese Worte benutzen sollte. Er war meist darauf erpicht, Kommunikation so weit wie möglich zu vermeiden.

Sie schien sein Zögern jedoch nicht zu bemerken, denn sie fuhr fort: „Oh, Ewan. Das wird wunderbar. Du wirst schon sehen."

Er schluckte, als sie weiterplapperte und mit ihren Händen herumfuchtelte, während sie sich Zeichen für Buchstaben und Wörter ausdachte. Er war sich nicht sicher, ob irgendetwas in nächster Zeit wunderbar sein würde. Aber wenn er dieses Mädchen ansah, glaubte er, dass es vielleicht, nur vielleicht, tatsächlich eines Tages so sein könnte.

KAPITEL 1

Dezember 1810

„Ich kann nicht glauben, dass das Jahr schon fast vorbei ist", sagte Meg, die Duchess of Crestwood, als sie Charlotte, der Countess of Portsmith, eine dampfende Tasse Tee überreichte.

Charlotte verdrängte die Probleme, die ihr durch den Kopf gingen, und lächelte ihre alte Freundin an. Sie hatte die letzten Wochen mit Meg und ihrem Mann verbracht und versucht, sich ihre Gefühle nicht anmerken zu lassen. „Die Zeit vergeht wie im Flug, in der Tat. James hat zu Beginn der Saison geheiratet, Simon und ich gegen Ende des Sommers, und nun die Sache mit Graham und Adelaide." Meg schüttelte den Kopf. „Ich brauche dringend ein bisschen Ruhe."

„Die hast du dir redlich verdient", sagte Charlotte. „Obwohl ich glaube, dass deine Ruhe für mich der Beginn eines neuen Sturms sein könnte."

Meg legte den Kopf schief. „Deine Trauerzeit endet kurz nach Weihnachten."

Charlotte blickte auf ihr Kleid hinunter, das tiefe Violett repräsentierte ihre Trauer um ihren Mann. In wenigen Tagen würde sie zu fröhlicheren Farben zurückkehren dürfen. „Unglaublich, dass Nathan schon ein Jahr tot ist."

Meg biss sich auf die Lippe. „Vermisst du … ihn?"

Charlotte warf ihrer Freundin einen flüchtigen Blick zu. Meg und sie kannten sich schon seit ihrer Kindheit, und sie wusste, dass Meg Menschen so schnell durchschauen konnte, dass einem schwindlig wurde. Sie spürte, dass ihre Freundin das genau in diesem Moment tat.

Selbst wenn sie es nicht könnte, hätte Charlotte keinen Grund zu lügen. Zumindest nicht Meg gegenüber. „Wie du weißt, war meine Ehe mit dem Earl arrangiert", erklärte sie mit einem Seufzer. „Und obwohl wir nicht unglücklich miteinander waren, standen wir uns nicht besonders nahe. Es tut mir leid, dass er gestorben ist – er war zu jung zum Sterben –, aber ich … vermisse ihn *nicht*. Meine Ehe war nicht so wie die von dir und Simon."

Meg errötete, aber dann erhellte sich ihr Gesicht. „Ich hätte nie gedacht, dass ich einmal so glücklich sein würde. Zu Beginn dieses Jahres habe ich noch Pläne mit Graham geschmiedet und bin in Reue geradezu ertrunken. Und jetzt …"

„Jetzt bist du genau da, wo du sein sollst." Lächelnd nahm Charlotte Megs Hand.

Sie freute sich sehr für Meg und Simon und für James und Emma, und auch für Graham und Adelaide. Aufgrund ihrer Trauerzeit hatte sie nicht an den Liebesgeschichten der anderen Paare teilhaben können, aber es hatte sie sehr gefreut, sie aus der Ferne zu beobachten und in Briefen darüber zu lesen.

Natürlich stand das im krassen Gegensatz zu ihrer eigenen Situation.

„Wirst du dich im neuen Jahr *wirklich* wieder auf dem Heiratsmarkt umsehen?", fragte Meg.

Charlotte seufzte. „Ja, ich fürchte, mir bleibt nichts anderes übrig. Das meiste von Nathans Geld war Teil der Erbschaft, und Baldwin hat keine Ahnung, dass ich von seinen … Problemen weiß, aber er kann im Moment keine verwitwete Schwester gebrauchen, die ihm zur Last fällt."

Meg legte den Kopf schief. „Hat Baldwin denn Probleme? Er verbirgt immer alles so gut …"

Charlotte presste ihre Lippen aufeinander. „Ja, das tut er. Ich habe nur so ein Gefühl, das ist alles. Ich hoffe, ich kann ihn während unseres Weihnachtsfestes bei Ewan darauf ansprechen."

Jetzt lehnte sich Meg zurück, ein kleines, selbstgefälliges Lächeln im Gesicht. „Ach ja, nun kommen wir endlich auf *dieses* Thema zu sprechen, nachdem wir es die ganze Zeit vermieden haben."

Charlotte drehte ihren Kopf. „Welches Thema? Meine Weihnachtspläne?"

„Deine Weihnachtspläne mit dem *Duke of Donburrow*", korrigierte Meg.

Charlotte zuckte zusammen, wie sie es immer tat, wenn jemand Ewan mit seinem Titel ansprach. Nach einem langen Kampf um sein Recht, war er seit drei Jahren Duke, doch es fiel ihr immer noch schwer, ihn als solchen zu betrachteten. Für sie würde er immer nur Ewan sein. Der Junge mit den gefühlvollen braunen Augen, dem zotteligen blonden Haar … der Junge, aus dem mittlerweile ein großer, stattlicher Mann geworden war, von dem Charlotte immer in den Bann gezogen wurde.

„Ich werde Weihnachten mit meinem Bruder, meiner Mutter und unseren Freunden, den Dukes of Tyndale und Donburrow verbringen", erklärte Charlotte. „Einer fröhlichen kleinen Gruppe von Freunden."

„*Freunde*", wiederholte Meg und zog das Wort in die Länge. „Heißt das, du wirst keinen Versuch unternehmen, Ewan deine wahren Gefühle zu gestehen?"

Charlotte spürte, wie die Farbe aus ihren Wangen wich und zu ihrem pochenden Herzen wanderte. Gefühle überrollten sie. All die Gefühle, die sie so sehr zu unterdrücken versucht hatte. Es funktionierte nie, doch sie tat es trotzdem.

„Niemand sollte dir jemals ein Geheimnis anvertrauen", flüsterte sie. „Vor allem nicht, wenn man betrunken ist. Du vergisst nie etwas."

Meg lächelte sanft. „Ich bin wie ein Elefant. Da kannst du Simon fragen. Als du mir das anvertraut hast, waren wir beide im Club der unerwiderten Liebe. Wir hatten beide das Bedürfnis, es einer anderen Seele mitzuteilen, nicht wahr? Außerdem verurteile ich dich nicht – ich *weiß*, wie es ist, jemanden aus der Ferne zu lieben."

„Ja, aber jetzt wird deine Liebe sehr wohl erwidert", sagte Charlotte mit einem Seufzer. „Und ich habe versucht ... Ewan zu erzählen, was ich früher empfunden habe."

Meg holte tief Luft und ihre Augen weiteten sich vor Überraschung. „Ach, ja? Und wann? Was hat er gesagt? Warum hast du mir nie davon erzählt?"

Charlotte spürte, wie ihr bei der Erinnerung daran die Tränen in die Augen stiegen. „Vor fünf Jahren. Ich habe es dir nicht gesagt, weil ... weil er mich zurückgewiesen hat."

Megs Blick wurde weicher. „Es tut mir so leid, Charlotte."

Sie zuckte mit den Schultern. „Er war natürlich sehr nett zu mir. Du weißt ja, dass er immer liebenswert und freundlich ist. Aber ich werde nie sein Gesicht vergessen, als ich ihm gesagt habe, dass ich Gefühle für ihn habe. Es war, als hätte ihm jemand das ganze Blut aus den Adern gesaugt. Er hat einfach nur die ganze Zeit den Kopf geschüttelt."

Sie sah ihn jetzt ganz deutlich vor sich, das blonde Haar in seinem Gesicht, wie er eine Hand hochhielt, um sie abzuwehren, als er davongetaumelt war.

„Du musst doch wissen, warum er dagegen ist", sagte Meg leise.

Charlotte legte den Kopf schief. „Ich nehme an, einige in unserem Kreis, die Ewan gut kennen, würden sagen, dass es in seiner Natur liegt, sich zu ... verstecken, weil er nicht sprechen kann und weil sein Vater und seine Brüder so verdammt grausam zu ihm waren."

„Absolut", stimmte Meg mit Nachdruck zu.

„Aber", fuhr Charlotte fort, „die einzige Person, vor der er sich nie versteckt hat, bin ich. Also schließe ich daraus, dass er mich einfach nicht haben wollte."

„Papperlapapp!", sagte Meg und richtete sich auf. „Das glaube ich keine Sekunde lang – ich habe gesehen, wie er dich anschaut. Er kann sich kaum von dir fernhalten, wenn ihr im selben Raum seid. Himmel, ihr beide habt sogar diese Geheimsprache."

„Es sollte nie ein Geheimnis sein", sagte Charlotte und erklärte ihrer Freundin, was sie im Laufe der Jahre schon hundertmal erklärt hatte. „Es sollte ihm das Leben einfacher machen ... wir haben die Sprache nur zu kompliziert gemacht, als dass sie irgendjemand anderes hätte verstehen können, nehme ich an."

Meg lachte. „Und genau deswegen ist diese Sprache *eure*. Deine und seine, und von niemandem sonst!"

Charlotte senkte den Kopf und betrachtete ihre Hände, die sie in ihrem Schoß gefaltet hatte. „Ja", flüsterte sie. „Und ich werde nicht lügen und behaupten, dass ich nicht will, dass er mein Mann wird. Nachdem er mich zurückgewiesen hatte, habe ich mich auf den Heiratsmarkt geworfen und habe innerhalb eines Jahres Nathan geheiratet. Ich habe meinen Mann nicht gehasst, aber ich habe es sehr bereut. Doch jetzt ist Nathan tot, und ich begreife, dass ich etwas bekommen habe, was die meisten Menschen nicht bekommen."

„Eine zweite Chance", erkannte Meg, und in ihrer Stimme lag unglaublich viel Verständnis. Natürlich, schließlich hätte sie ebenfalls fast die Liebe ihres Lebens verloren.

Charlotte nickte. „Ja. Aber ich glaube, diesmal muss ich es anders angehen. Blumige Liebesgeständnisse werden nicht ausreichen."

„War es wirklich so blumig?", fragte Meg und rümpfte die Nase.

„Ich war neunzehn und völlig unschuldig, abgesehen von romantischen Büchern", kicherte Charlotte, obwohl das Thema schmerzhaft für sie war. „Es war vielleicht ein *bisschen* blumig."

„Also wirst du es jetzt, nach fünf Jahren Erfahrung, anders machen. Wie willst du dein Schicksal ändern?"

Charlotte zuckte zusammen und ihre Wangen wurden heiß. Sie

und Meg standen sich nahe, und keine von ihnen war mehr unschuldig, aber über solche Dinge zu sprechen, war trotzdem unangenehm.

„Nun, ähm, du bist verheiratet. Und ihr scheint in *jeder* Hinsicht glücklich zu sein."

Meg blinzelte. „Was meinst du – oh!" Jetzt wurde sie rot. „Oh, ich verstehe. Du meinst ..."

„Ja", unterbrach Charlotte sie. „Genau *das* meine ich. Das Körperliche. Nathan war nicht meine große Liebe, aber ich kann ihm keinen Vorwurf machen. Er hat sich um meine körperlichen Bedürfnisse gekümmert. Es mag nicht an erster Stelle gestanden haben, aber er hat es getan."

„Du bist dir also deines Verlangens bewusst. Du *hast* also Bedürfnisse", sagte Meg.

Charlotte nickte. „Und ich denke, Ewan muss sie auch haben. Ich frage mich, ob es möglich wäre, diese Bedürfnisse gegen ihn einzusetzen."

Jetzt wich Meg zurück und ein Ausdruck der Besorgnis huschte über ihr Gesicht. „Gegen ihn?"

„Das ist doch erlaubt, oder?", fragte Charlotte, wobei sie die leichte Verzweiflung in ihrer Stimme hörte. Es war das erste Mal, dass sie diesen Plan jemandem gegenüber laut ausgesprochen hatte, und ihre Stimme und ihre Hände zitterten. „Wenn ich ihn dazu bringen könnte, mich auf diese Art zu wollen, dann würde er sich vielleicht für mich interessieren."

Meg ging ein paar Schritte und schwieg so lange, dass Charlotte fast das Herz stehenblieb. Sie verließ sich darauf, dass ihre Freundin ehrlich war, und wenn Meg ihr sagte, dass sie eine Idiotin war, würde sie den Plan wahrscheinlich gar nicht weiterverfolgen und akzeptieren, dass sie und Ewan niemals zusammen sein könnten.

Bei diesem Gedanken schossen ihr die Tränen in die Augen.

Schließlich wandte sich Meg zu ihr um. „Ich hatte einen ähnlichen Plan, als es um Simon ging, weißt du."

„Was?", fragte Charlotte schockiert.

Meg nickte. „Ja. Nach dem *Vorfall*, als wir zusammen erwischt wurden, hat er sich schuldig gefühlt, weil wir Graham hintergangen hatten. Er konnte mir nicht widerstehen, als wir uns berührten, hat mich aber weggestoßen, sobald es um Gefühle ging."

„Oh, Meg. Ich hatte ja keine Ahnung", sagte Charlotte. „Ich wünschte, ich hätte für dich da ein können."

„Ich auch, aber aufgrund deiner Trauerzeit war das nicht möglich, also habe ich es natürlich verstanden." Meg setzte sich neben Charlotte auf die Couch und ergriff ihre beiden Hände. „Es war sehr schwer, ihm auf der einen Seite so nahe zu sein und auf der anderen Seite weggestoßen zu werden. Vor allem, weil ich ihn einfach nur lieben und eine gemeinsame Zukunft mit ihm wollte."

Charlotte nickte, denn sie verstand ihre Freundin durchaus. „Aber du hast es überstanden."

Meg seufzte. „Wir haben es geschafft, mit viel Arbeit und nachdem wir fast alles verloren haben. Aber wir haben es geschafft. Und wir haben unser Glück gefunden."

„Jeder, der Augen hat, kann das sehen", sagte Charlotte. „Und doch machst du dir Sorgen darüber, dass ich fast den gleichen Plan habe."

Meg schürzte ihre Lippen. „Dein Plan *könnte* funktionieren, das muss ich zugeben. Aber wenn Ewan sich dagegen sträubt, könnte es auch …"

„Unsere Freundschaft, aber auch seine Beziehung zu Baldwin und sogar zu Matthew würden darunter leiden. Die drei stehen sich so nahe." Sie schüttelte den Kopf. Nun, da Meg ihr quasi ihre Erlaubnis gegeben hatte, löste das Vorhaben eher Entsetzen als Freude in Charlotte aus. Es stand so viel auf dem Spiel. „Was habe ich nur dabei gedacht?", murmelte sie, fast mehr zu sich selbst als zu Meg. „Ich werde in einem Haus voller Familie und Freunde sein. Wie soll ich ihn da verführen?"

Meg lachte. „Du wärst überrascht, welche Chancen sich auf einer Hausparty so bieten."

„Das ist dumm von mir", flüsterte Charlotte. „Er – er wird es niemals zulassen, und wie du schon sagtest, könnte es in diesem Fall mehr schaden als nützen."

„Das habe nicht ich gesagt, sondern du", korrigierte Meg.

„Du!", sagte Charlotte und schlug ihrer Freundin spielerisch auf den Arm.

Meg griff nach ihren Händen und hielt sie fest. Dann wurde sie plötzlich ernst. „Ich weiß, dass es ein Risiko ist, meine Liebe. Vielleicht sogar besser als jeder andere. Aber du verdienst es, glücklich zu sein, und Ewan verdient es auch. Wenn auch nur die geringste Chance besteht, dass ihr dieses Glück gemeinsam finden könnt, dann ermutige ich euch, es zu versuchen. Halte einfach die Augen offen, damit du nicht verletzt wirst."

Charlotte nickte langsam. „Ich werde ... darüber nachdenken."

Meg lächelte und beugte sich vor, um ihre Wange zu streicheln. „Und jetzt möchte ich etwas essen. Simon müsste inzwischen von seinem Termin mit den Anwälten im Dorf zurück sein. Sollen wir uns auf die Suche nach ihm machen und sehen, ob wir ihn zu einem frühen Tee überreden können?"

Meg stand auf und Charlotte folgte ihr langsam. Doch selbst, als sie sich bei einander unterhakten und gemeinsam den Raum verließen, während Meg das Gespräch auf ein weniger gefährliches Thema lenkte, konnte Charlotte nicht umhin, darüber nachzudenken, worüber sie gerade gesprochen hatten.

Und sie fragte sich, ob es ihr tatsächlich gelingen könnte, Ewan dazu zu bringen, die Zukunft zu sehen, die sie sich immer vorgestellt hatte. Und wenn ja, wie sie ihn dazu bringen könnte, sie auch anzunehmen.

Der Duke of Donburrow stand am Fenster seines Arbeitszimmers und blickte auf die Szenerie unter ihm hinab. Ewan hatte dieses Anwesen von klein auf gehasst, denn es weckte ausschließlich schlechte Erinnerungen an seinen Vater, der ihn hier bis zu seinem zehnten Lebensjahr regelrecht eingesperrt hatte. Doch in den letzten drei Jahren, seit er es geerbt hatte, musste er zugeben, dass ihm der Ort ans Herz gewachsen war.

Das Schloss war groß und über die Jahre hinweg gut instandgehalten worden. Seitdem er es übernommen hatte, hatte er es renoviert und nahezu alle Spuren des vorherigen Duke beseitigt. Und niemand konnte behaupten, dass die Aussicht nicht spektakulär war. Von fast jedem Fenster auf der Ostseite aus konnte er das Meer sehen, und die Wellen hatten stets eine beruhigende Wirkung auf ihn.

Außer an Tagen wie heute. Heute war das Meer nicht zu sehen, da ein Sturm aufgezogen war. Schnee und Graupelregen prasselten gegen die Fenster und verdeckten die Sicht auf das Meer. Draußen toste ein Unwetter, und es war nahezu unmöglich, zum Haus zu gelangen.

Das war der Nachteil eines derart abgelegenen Anwesens – oder vielleicht auch ein Vorteil. Es hielt die Leute fern. Auch wenn Ewan darin schon immer gut gewesen war, unabhängig von der Lage Schlosses. Mit wenigen bemerkenswerten Ausnahmen hatte er es geschafft, fast jeden aus seinem Leben zu vergraulen.

„Euer Gnaden?"

Mit einem knappen Nicken wandte er sich zu seinem Butler, Smith, um. Er kannte den Mann schon fast sein ganzes Leben, denn er hatte schon Ewans Vater gedient. Doch im Gegensatz zu den meisten anderen Dienern seines Vaters, die mit dem Antritt seines Erbes entlassen worden waren, hatte Smith Ewan nie mit etwas anderem als höchstem Respekt behandelt. Er hatte nie ein Problem mit Ewans Unfähigkeit zu sprechen, gehabt. Smith hatte es nie zum Thema gemacht, abgesehen von der gelegentlichen Übergabe eines Notizbuchs zum Schreiben oder einem kurzen Blick, der zeigte, dass er verstand, was Ewan brauchte, bevor er es aufschreiben musste.

„Anders ist gerade von der Inspektion der Waterbury-Brücke zurückgekehrt."

Ewan trat vor. Auf diese Meldung hatte er schon gewartet, seit es an diesem Morgen zu regnen begonnen hatte.

„Er befürchtet, dass es tatsächlich wie im letzten Jahr enden könnte", erklärte Smith.

Ewan stieß einen Seufzer aus, bevor er das Notizbuch von seinem Schreibtisch nahm und schrieb: *„Ich verstehe. Wir werden die Straßen sperren, wenn es sein muss. Und wenn es so schlimm wird wie letztes Jahr, müssen wir Sandsäcke aufschichten und die Pächter evakuieren."*

„Ja, Sir, ich habe mir die Freiheit genommen, einen Aktionsplan zu erstellen, falls es dazu kommen sollte. Ich habe bereits ein paar starke Männer engagiert, die in diesem Moment Sand vom Strand in Säcke füllen."

Wieder sah Ewan aus dem Fenster, bevor er schrieb: *„Ich nehme an, das bedeutet, dass unsere Gäste nicht durchkommen werden."*

Möglichst lässig überreichte er den Zettel. Obwohl er wirklich alle mochte, die ihn an den Feiertagen zu Hause besuchten, war es möglicherweise besser so.

„Das nehme ich an, ja, obwohl die Kutsche von Lady Portsmith es *tatsächlich* bis hierhergeschafft hat. Anders hat Cole bei ihr gelassen, um sie hereinzubegleiten. Sie sollte in den nächsten zwanzig Minuten hier sein."

Ewans Herz machte einen Sprung, obwohl es das nicht sollte. Obwohl er sich wünschte, dass es nicht so wäre. Doch er bewahrte seine kühle Haltung und schrieb: *„Sehr gut. Sagen Sie mir Bescheid, sobald sie eintrifft."*

Smith nickte und ließ ihn wieder allein. Sobald der Butler gegangen war, presste Ewan beide Hände gegen die Schreibtischplatte und beugte sich über die Oberfläche, während sein Atem plötzlich flach und schwer wurde.

Charlotte. Charlotte. *Charlotte.* Er war von ihr besessen. Sie war sein Traum. Und er erinnerte sich an jeden einzelnen Moment, den sie jemals miteinander verbracht hatten. Jeder einzelne hatte sich in sein Gedächtnis eingebrannt.

Aber nein. Er konnte sich nicht einfach so gehenlassen. Es war töricht, sich in Fantasien zu verlieren. Charlotte und er waren Freunde, das war alles. Es war Jahre her, dass sie versucht hatte, ihm ihre Gefühle zu gestehen, und sie hatte zwischenzeitlich geheiratet und war Witwe geworden. Sicherlich hatte sich ihre Meinung geändert.

Was ihn betraf … nun, er hatte sie aus einem bestimmten Grund zurückgewiesen. Und an jenem Grund hatte sich nichts geändert. Er war einfach nicht in der Lage, ihr mehr zu geben.

Er richtete sich auf und drehte sich um, um seinen Platz wieder einzunehmen und sich wieder seinen Büchern zu widmen. Doch sein Geist war unruhig, und es kostete ihn weitaus mehr Anstrengung als sonst, sich wieder auf die Arbeit zu konzentrieren.

Charlotte hatte schon immer diese Wirkung auf ihn gehabt. Und er würde einen Weg finden müssen, um sicherzustellen, dass das bei diesem Besuch nicht passieren würde.

KAPITEL 2

Charlotte warf ihrem Dienstmädchen einen entschuldigenden Blick zu, als die Kutsche auf der glatten Straße schlingerte. Sylvie blickte erschrocken drein, und Charlotte konnte es ihr nicht verdenken. Die Bedingungen waren katastrophal. In der Kutsche war es eiskalt und sie hatten sich in Decken gehüllt. Der Regen prasselte gegen die Fenster und wurde innerhalb weniger Augenblicke zu Eis, sodass man nicht mehr richtig nach draußen sehen konnte.

Charlotte brauchte das Haus nicht zu sehen, um es zu erkennen. Als Ewan vor drei Jahren geerbt hatte, hatte seine Tante auf einem Ball bestanden, um das zu feiern. Charlotte war mit Nathan gekommen und hatte sich davongeschlichen, um sich jede Ecke und jedes Versteck in Ewans Haus einzuprägen.

Sie schüttelte den Kopf und griff nach Sylvies Hand. „Wir sind gleich da, meine Liebe."

Das Mädchen klapperte mit den Zähnen, als sie sagte: „J-ja, Mylady."

Und als hätte Charlotte es geahnt, kam die Kutsche genau in diesem Moment zum Stehen und schwankte, als der Kutscher und der Diener abstiegen. Charlotte hörte Stimmen, sowohl die ihrer

Dienstboten als auch die von anderen, die ihnen zu Hilfe eilten. Sie ließ die Hand ihrer Dienstmädchen los und richtete sich auf, ihr Herz raste, als die Leute draußen mit der zugefrorenen Tür kämpften. Schließlich sprang sie auf, und wurde sofort von einem kalten Lufthauch begrüßt. Sie wandte ihr Gesicht ab, und als sie wieder aufblickte, sah sie Hargrove Castle, Ewans Anwesen, hinter einem von Ewans Dienern aufragen.

„Vorsicht, Mylady, die Treppe ist etwas rutschig", warnte er und hielt ihr nicht nur einen, sondern gleich zwei Arme hin, damit sie sich abzustützen konnte.

Vorsichtig stieg sie aus, streckte den Rücken durch und ignorierte den eisigen Regen, der ihr ins Gesicht peitschte und ihr Haar durchnässte. „Endlich zuhause", flüsterte sie.

„Wie bitte, Mylady?", fragte der junge Mann über seine Schulter, während er Sylvie aus der Kutsche half.

„Nichts. Bitte holen Sie so viele Leute wie möglich zum Ausladen. Es besteht keine Eile, seien Sie nur vorsichtig. Ich möchte nicht, dass jemand verletzt wird, nur damit ich alle meine Kleider habe, in Ordnung?"

Er machte eine Verbeugung und warf einen Blick auf den bedauernswerten Kutscher und den Diener, die durch den Sturm auf sie zugekommen waren. „Natürlich, Mylady. Die Männer des Dukes werden sich um alles kümmern und Eure Gefolgschaft ins Haus bringen, damit sie sich aufwärmen können. Soll Reggie Euch die Eingangstreppe hinaufhelfen?"

Sie warf einen Blick auf die Steinstufen. „Nein, sieht aus, als hätte Smith Salz gestreut. Kluger Mann. Ich komme schon zurecht. Sylvie, geh hinein und wärme dich auf! Und keine Eile mit meinen Sachen."

Das Dienstmädchen nickte und folgte einem der anderen Diener zum Hintereingang des Gebäudes, während ein halbes Dutzend Männer herbeieilte, um beim Ausladen der Truhen und Koffer zu helfen.

Smith öffnete ihr die Tür, als sie oben ankam, und sie huschte in das warme Foyer. Dann schloss er die Tür, damit die Kälte draußenblieb, während sie auf den schönen, sauberen Fußboden tropfte.

„Oh, Smith, wir haben es überlebt", sagte sie lachend und griff in ihr nasses Haar. Wahrscheinlich sah sie wie eine ertrunkene Ratte aus, aber er schenkte ihr trotzdem ein herzliches Lächeln.

„Mylady, wie schön, Euch zu sehen", begrüßte er sie. „Darf ich Euch Mantel und Handschuhe abnehmen? Ich sehe keinen Hut?"

„Ich habe ihn in der Kutsche abgenommen und beim Aussteigen dummerweise vergessen", erklärte sie. „Muss wohl an der Aufregung liegen, wieder hier zu sein."

„Wir freuen uns, dass Ihr wohlbehalten angekommen seid, Mylady. Die Straßen sind tückisch, wir haben uns Sorgen gemacht."

Charlotte nickte. „Das waren sie in der Tat. Ich habe schon mit dem Gedanken gespielt, im Gasthaus im Dorf zu übernachten, aber Watson war überzeugt, dass er es schaffen würde. Ich glaube, er hat es fast sofort bereut, denn die letzte Viertelmeile sind wir nur noch geschlittert. Meine Bediensteten haben sich eine warme Mahlzeit und eine Pause verdient."

„Es ist alles bereit", versicherte Smith ihr.

Wahrscheinlich wollte er sie noch mehr fragen. Ihr Tee anbieten oder sie zu ihrem Gemach geleiten. Doch bevor er das tun konnte, betrat Ewan das Foyer. Nun, betreten war eigentlich übertrieben. Er blieb am Rand des Foyers stehen und sah sie von der anderen Seite des Raumes aus an.

Sie erwiderte seinen Blick. Sie konnte nicht anders. Jedes Mal, wenn sie Ewan sah, war er noch attraktiver als beim letzten Mal. Er war groß, weit über zwei Meter und hatte breite Schultern und schmale Hüften. Sein Haar war blond und lang. Da er es nie zusammengebunden trug, fiel es ihm ins Gesicht, das er versuchte mit einem Bart zu verdecken, was ihm allerdings nicht gelang. Perfektion ließ sich eben nicht verbergen.

Er wandte seine braunen Augen nicht von ihr ab, und sie schluckte schwer, als ihr Körper auf seine Gegenwart und seinen

Blick reagierte und … einfach auf ihn. Nur auf ihn. Er war ihr Ein und Alles, schon ihr Leben lang.

Sie erschauerte und schüttelte ihre Gedanken ab. „Du hast dich aber angeschlichen, mein lieber Ewan", sagte sie und bemühte sich um einen gelassenen, lockeren Tonfall, damit er nicht bemerkte, dass er sie stärker erschaudern lassen konnte, als es ein stürmischer Wintertag vermochte.

Er lächelte. Es war nur ein kleines Lächeln, aber es erhellte sein Gesicht und machte ihn noch attraktiver als zuvor, was ziemlich ungerecht war.

Smith nickte ihr zu. „Verzeihung, Mylady, ich werde das Ausladen beaufsichtigen."

Er verließ das Foyer und sie war mit Ewan allein. Sie schluckte schwer, als Ewan auf sie zukam, bis er direkt vor ihr stand, sie überragte, auf sie herabblickte. Er roch nach Wärme und sauberer Haut.

„Du bist klatschnass", sagte er in ihrer alten Zeichensprache, die sie im Laufe der Jahre entwickelt hatten. Eigentlich hatte sie ihm damit die Verständigung mit seinen Freunden erleichtern wollen, doch ihre selbst ausgedachte Zeichensprache war so kompliziert geworden, dass niemand in der Lage zu sein schien, sie zu lernen.

Und so war es *ihre* Sprache geworden, wie Meg vor einer Woche angedeutet hatte.

Charlotte schüttelte sich bei seinen Worten. Wenn er nur wüsste. Sie war durchnässt und feucht, allerdings nicht nur wegen des Sturms. Sie wollte ihn. Und seine – wenn auch unabsichtliche – Doppeldeutigkeit, machte die Sache nicht einfacher.

„Das bin ich", flüsterte sie mit heiserer Stimme.

Ein Flackern huschte über sein Gesicht, allerdings nur für den Bruchteil einer Sekunde. Dann gebärdete er rasch: „Smith wird sich um alles kümmern. Ich bringe dich auf dein Zimmer, damit du dich aufwärmen kannst."

Sie nickte. „Das wäre wunderbar, danke, Ewan."

Sie standen einen Moment lang da, dann bot er ihr langsam seinen Ellenbogen an. Sie legte ihre Hand auf seinen Arm, alles geschah wie in Zeitlupe. Als sie ihn berührte, zuckte ihr Körper, als hätte sie einen Schlag bekommen. So war es immer mit ihm.

Er führte sie durch das Foyer und die Treppe hinauf, während sie sinnlose Worte über die Straßen, das Wetter und die Brücke sagte, die man überqueren musste, um zu seinem Anwesen zu gelangen.

Er gab keine Antwort, sondern nickte nur an den entsprechenden Stellen ihres Geplappers. Schließlich erreichten sie eine Tür und er ließ sie los, um sie zu öffnen. Sie trat ein und holte tief Luft. Es war dasselbe Zimmer, in dem sie bei ihrem letzten Besuch gewohnt hatte. Es war wunderschön und bot einen Blick auf den Garten und das Meer in der Ferne. Oder zumindest würde es das, sobald der Sturm vorbei war.

Bei ihrem letzten Besuch war das Zimmer karg gewesen, doch jetzt war es hell und fröhlich. Die Wände waren in einem zarten Rosa gestrichen, und auf dem Tisch standen trotz der Jahreszeit Blumen. Alles war perfekt.

Und wieder einmal hatte sie das Gefühl, zu Hause angekommen zu sein.

Sie schob den Gedanken beiseite und wandte sich ihm zu. „Wunderschön, Ewan. Wirklich."

Er sah ihr einen Moment zu lange in die Augen, bevor er nickte.

„Wann werden die anderen eintreffen?", fragte sie und strich mit einem Finger über den Rand eines Kruges, der auf dem Tisch neben dem Fenster stand. „Ich hoffe bald, denn die Straßen sind gefährlich. Ich mache mir Sorgen um Baldwin, Mutter, Matthew und deine Tante."

Wieder flackerte etwas in seinem Gesicht auf, dann gebärdete er: „Möglicherweise schaffen sie es nicht, Charlotte. Meine Diener haben die Brücke hinter dir geschlossen, nachdem du sie überquert hast. Es ist zu unsicher, sie zu überqueren. Die anderen werden in einem Gasthaus in Donburrow einkehren, bis es sicher ist, weiterzureisen."

„Oh", machte sie und blinzelte überrascht angesichts dieser

unerwarteten Nachricht. „Ich verstehe. Der Fluss unter der Brücke war so hoch, dass sie überschwemmt werden könnte."

Er nickte. „Das ist letztes Jahr passiert."

Sie fuhr fort: „Und das ganze Eis. Also, morgen dann?"

Er schluckte, und sie beobachtete ihn gebannt. Jede seiner Bewegungen war … elegant. Und doch gleichzeitig stark und männlich. Selbst wenn er schluckte, faszinierte er sie jenseits von Vernunft und Anstand.

„Der Regen wird noch ein oder zwei Tage andauern", fuhr er fort. „Es könnte sogar noch etwas länger dauern, bis das Wasser so weit besser geworden ist, dass die Brücke passiert werden kann. Möglicherweise bis zu einer Woche."

Charlotte klappte der Mund auf. Als seine Worte zu ihr durchdrangen, war ihre Reaktion so komplex, dass sie kaum zwischen Schreck, Freude und Aufregung unterscheiden konnte. „Oh. Ich verstehe. Willst du damit sagen, dass du und ich … vielleicht eine Woche lang allein sein werden?"

Ewan nickte, und zu ihrer Überraschung glitt sein Blick langsam über ihren Körper, von ihrem Kopf bis zum Saum ihres Rocks. In diesem einen langsamen Blick erkannte sie etwas, das sie nicht leugnen konnte.

Begierde. Ewan begehrte sie also *tatsächlich*.

Es schien, dass es keiner Verführung bedurfte, um sein Verlangen nach ihr zu wecken. Und plötzlich erschien ihr diese Reise, dieser Sturm, alles, was gerade vor sich ging, wie … eine *schicksalhafte Fügung*.

„Nun, wir beide haben uns schon immer gut die Zeit miteinander vertrieben", sagte sie, in dem Versuch, eine gewisse Normalität aufrechtzuerhalten, um ihn nicht zu verschrecken, nun da sie so kurz davor war, zu bekommen, was sie wollte. „Es macht mir nichts aus, wenn es dir nichts ausmacht."

„Es macht mir nichts aus", schrieb er schnell und ohne zu zögern in die Luft.

Sie nickte. „Gut. Dann mache ich mich fertig und wir sehen uns beim Abendessen?"

„Um sieben Uhr."

„Um sieben", wiederholte sie und war stolz darauf, dass es ihr gelang, das Zittern in ihrer Stimme zu unterdrücken.

„Ich werde dein Dienstmädchen hochschicken lassen", erklärte er in Zeichensprache. Dann winkte er ihr kurz zu, bevor er das Zimmer verließ und die Tür hinter sich schloss.

Als er weg war, ließ Charlotte sich gegen den Tisch sinken. Seit ihrem schockierenden Gespräch mit Meg letzte Woche war sie hin und her gerissen, was sie in Bezug auf Ewan tun sollte. Versuchen, ihn zu verführen oder die Sache auf sich beruhen lassen und keine weitere Zurückweisung riskieren?

Sie war zu keiner Entscheidung gelangt, doch jetzt schien das Universum für sie zu arbeiten. Als ob eine höhere Macht *wollte*, dass sie diesen Mann umgarnte.

Als ob sie die Chance ergreifen sollte, die ihr immer so unmöglich erschienen war.

Und in Wahrheit wollte sie das auch. Mehr als alles andere. Wenn dies tatsächlich ihre Chance war, musste sie sie ergreifen und darauf vertrauen, dass sich alles so entwickelte, wie sie es sich erhofft oder gar erträumt hatte.

Ewan schritt im Salon auf und ab, ein unangetastetes Getränk in der Hand. Sehnsüchtige Gedanken an Charlotte vernebelten seinen Geist mit jedem Schritt, mit jedem Herzschlag in seiner schmerzenden Brust. Wenn er nicht bei ihr war, konnte er diese Gedanken beiseiteschieben. Es kostete ihn natürlich Mühe, doch er verfügte über ein gewisses Maß an Kontrolle über diese komplexen Gefühle und Wünsche, die ihn verzehrten.

Doch sobald sie in seiner Nähe war, sobald er ihr Gesicht sah, ihr

Parfüm roch oder sie in irgendeiner Weise berührte, löste sich diese Kontrolle auf wie Rauch im Wind. Alles, woran er denken konnte, oder wovon er träumte, war sie. Alles, was er sehen konnte, war sie.

Im Laufe der Jahre hatte er sich nach Kräften bemüht, dies zu verhindern. Er hatte sich eingeredet, dass sie sich nichts aus ihm machte. Er hatte sich all seine Schwächen vor Augen geführt. Er hatte mit gebrochenem Herzen zugesehen, wie sie einen anderen geheiratet hatte. Im letzten Jahr ihrer Ehe hatte er sie sogar gemieden, weil alles, was er in ihrer Gegenwart empfand, so unangebracht war.

Trotz Ewans Bemühungen war er sich sicher, dass ihr Mann, der Earl of Portsmith, es geahnt hatte. Manchmal hatte er den Mann dabei ertappt, wie er ihn mit finsterer Miene beobachtet hatte. Natürlich war er zu höflich gewesen, um etwas dagegen zu unternehmen, aber Ewan hatte sich trotzdem für sein Verlangen geschämt.

Doch nun war Charlotte nicht mehr verheiratet. Dem grellgrünen Kleid nach zu urteilen, das sie heute trug, trauerte sie nicht einmal mehr. Und jetzt waren sie allein, und seine Gedanken waren so laut, dass er keine Ahnung hatte, was er verdammt nochmal dagegen tun sollte.

Als er sich gerade umdrehte, um eine weitere Runde durch den Salon zu drehen, öffnete sich die Tür und sie betrat den Raum. Ihm stockte der Atem. Er hatte sie schon wunderschön gefunden, als sie vom Sturm durchnässt gewesen war, ungeschminkt und unvollkommen perfekt.

Doch nun begannen seine Hände zu zittern. Sie war umwerfend. Ihr blondes Haar war inzwischen getrocknet, und ihr Dienstmädchen hatte es eingedreht, gelockt und auf ihrem Kopf aufgetürmt. Ein paar lose Strähnen betonten ihre hohen Wangenknochen und ihre vollen Lippen. Und ihr Kleid. Bei Gott, dieses Kleid würde jeden Mann in den Wahnsinn treiben. Die Farbe passte fast perfekt zu ihren grünen Augen und der Stoff war eine Mischung aus Samt und Seide. Das Material lud geradezu zum Anfassen ein, bevor man sie wie ein Geschenk auspackte.

„Ewan", sagte sie mit leiser Stimme, als sie den Raum betrat und die Tür sachte hinter sich schloss.

Er ging auf sie zu und beugte sich ein wenig vor, um den Duft ihres Haares und ihrer Haut einzuatmen. Zitronen und Vanille. Und noch etwas machte ihn verrückt.

Sie neigte ihr Gesicht nach oben und hob eine zitternde Hand. Er hielt den Atem an, als sie ihre Handfläche über seine Wange gleiten ließ und ihr Daumen seine Lippen nachzeichnete. Diese Berührung war alles andere als freundschaftlich. Sie war völlig anders als die tausend Berührungen zuvor. In dieser Berührung lag ein Verlangen, das in diesem unerwarteten Moment gipfelte.

Ihre Pupillen weiteten sich und sie leckte sich über die Lippen, bevor sie erneut „Ewan" flüsterte. Diesmal sanfter. Heiserer. Eine Frage. Ein Flehen. Eine süße Liebkosung.

Ewan verspürte den Drang, sich an sie zu schmiegen. Sie in seine Arme zu schließen, wie er es sich fast sein ganzes Leben lang erträumt hatte. Jede Welt, die außerhalb dieser Mauern existierte, zu vergessen und einfach in ihr zu ertrinken. Aber er durfte sich selbst nicht vergessen. Das rief er sich immer wieder in Erinnerung.

„Ich kann nicht", gebärdete er, ohne sich jedoch von ihr zu entfernten.

In ihrem Blick flackerte Schmerz auf. Er hatte diesen Blick schon einmal gesehen, vor Jahren, als sie ihm gesagt hatte … nun, er wollte sich nicht erinnern, was sie gesagt hatte. Das musste er auch nicht. Es war in seine Seele eingebrannt.

„Warum nicht?", fragte sie, während ihre Hand noch immer seine Wange streichelte.

Dann klopfte es an der Tür, und Ewan richtete sich auf und wandte sich von ihr ab, während er sein Jackett glattstrich.

Smith betrat den Raum. „Euer Gnaden, Lady Portsmith, das Abendessen ist serviert."

„Danke, Smith", sagte Charlotte, aber Ewan konnte die Enttäuschung sowohl in ihrer Stimme hören als auch in ihrem Gesicht erkennen.

Er holte tief Luft und bot ihr seinen Arm an. Sie schüttelte leicht den Kopf, wandte sich aber nicht ab. Sie griff einfach danach und ließ sich von ihm in den Speisesaal führen.

Doch als sie eintraten und sie sich von ihm löste, um zu seiner Rechten Platz zu nehmen, wusste er eines ganz gewiss. Er musste sich zusammenreißen. Sonst würden hier Dinge geschehen, die nicht sein durften und nicht sein sollten. Nicht um seinetwillen.

Und nicht um ihretwillen.

KAPITEL 3

Charlotte atmete tief durch und nahm einen großen Schluck von ihrem Wein. Sie und Ewan hatten mehr als die Hälfte des Abendessens hinter sich, und jeder einzelne Moment hatte ihre Selbstbeherrschung auf die Probe gestellt. Sie bemühte sich so sehr darum, locker zu sein, mit ihm zu scherzen. So zu tun, als ob der hitzige, intensive Moment im Salon nie stattgefunden hätte. Alles nur, damit er sich wohlfühlte und nicht auf die Idee kam, vor ihr davonzulaufen.

Trotz all ihrer Bemühungen herrschte jedoch immer noch eine nie da gewesene Anspannung zwischen ihnen. Eine Hitze und ein Verlangen, die ihre Gefühle so viel intensiver und unbestreitbarer machten.

Das alles gab ihr Hoffnung. Aber keinen Mut.

Als sie ihre Gabel absetzte, kamen Bedienstete herein und brachten die Teller mit dem Abendessen. Im Nu waren sie beim Dessert angelangt. Charlotte lächelte, denn es war eine Schokoladentorte mit einer süßen Himbeerglasur auf der Oberseite. Ihr Lieblingsnachtisch.

Natürlich war es ihr Lieblingsnachtisch. Denn Ewan servierte stets Dinge, die sie liebte. Ihr Lieblingszimmer, ihre Lieblingsblumen, ihr Lieblingsessen … und er war ihr Lieblingsmann. Das war das Einzige, was er ihr bisher vorenthalten hatte. Er verbrachte zwar Zeit mit ihr, ließ sie aber nie so nah an sich heran, wie sie es sich wünschte. Selbst wenn er sie ansah, als wolle er gleich den Tisch leerfegen und sie auf der Stelle nehmen.

Sie zuckte zusammen, als er sie mit seinen dunklen Augen ansah. Doch der Ausdruck in seinem Blick verhalf ihr dazu, den Mut zu finden, der so schwer aufzubringen gewesen war.

„Können wir über das reden, was vorhin passiert ist?", fragte sie mit belegter und zittriger Stimme.

Er verzog das Gesicht, als hätte sie ihn geschlagen, und es dauerte eine gefühlte Ewigkeit, bis er langsam in Zeichensprache erwiderte: „Was ist denn vorhin passiert?"

Sie schob ihren Nachtisch beiseite und rückte mit ihrem Stuhl an ihn heran, woraufhin er sich sofort versteifte. Ein Vorhang senkte sich über sein Gesicht, ein distanzierter Ausdruck, der normalerweise Fremden gegenüber vorbehalten war.

Angesichts der Tatsache, dass er nun *sie* damit bedachte, begann ihr Herz zu schmerzen. Das war es, was sie riskierte, wenn sie ihn drängte. Dass er sie für immer beiseiteschieben würde, dass ihre Beziehung unwiederbringlich zerstört werden würde.

Davor hatte sie Angst. Aber auch davor, sich von dem abzuwenden, was sie wollte und was sie fühlte. Das hatte sie schon einmal getan und sie war unglücklich gewesen. Wenn sie nun, da alles dafür zu sprechen schien, kein Risiko einging, fürchtete sie, dass sie es den Rest ihres Lebens bereuen würde, nichts getan oder gesagt zu haben.

„Ewan", flüsterte sie.

Seine Hände zitterten, als er antwortete: „Bitte nicht."

„Warum?", fragte sie und griff nach seinen Händen, damit er nichts mehr sagen konnte. „Willst du etwa leugnen, dass du … dass du …" Ihre Wangen wurden heiß, was sie jedoch ignorierte. „Dass du … mich willst?"

Er schaute sie wieder an, und in diesem Moment sah sie alles.

Alles, was sie als Neunzehnjährige nicht verstanden hatte, was aber vielleicht schon immer da gewesen war. Sie sah seinen tiefen Schmerz, sein tiefes Verlangen. Sie sah seine Leidenschaft, die unter der Oberfläche brodelte und die er unter Kontrolle zu halten versuchte. Doch jetzt stieg sie in ihm auf. Sie kochte über. Er konnte sie kaum mehr zurückhalten. Ein kleiner Schubs war alles, was er brauchte.

Zitternd warf sie ihre Serviette beiseite und richtete sich auf. Er beobachtete sie, wobei sein Blick nie ihr Gesicht verließ. Langsam ging sie auf ihn zu. Sein Stuhl war ein Stück vom Tisch entfernt, und sie legte ihre Hände auf seine Arme. Er befolgte ihren stummen Befehl und rückte noch weiter zurück.

Sie berührte sein Gesicht, während sie sich auf seinen Schoß sinken ließ. Ein langer, heiserer Seufzer entwich seinen Lippen, dann schlang er seine Arme um sie, akzeptierte sie. Akzeptierte das hier.

Charlottes Herz klopfte wie wild, als sie sein Gesicht umfasste. Dann senkte sie ihre Lippen und genoss die Wärme seines Atems an ihrem Mund, bevor sie ihn küsste.

Ewan konnte sich kaum bewegen, denken oder atmen, als Charlotte ihre Lippen auf die seinen presste. Dies war alles, was er sich jemals gewünscht oder erträumt hatte, und jetzt war sie hier, in seinen Armen. Und Charlotte war heißblütig. Sie räkelte sich auf seinem Schoß und drückte ihren Po fest gegen ihn, worauf sein Schwanz natürlich sofort reagierte. Die Kontrolle, die er im Laufe der Jahre eingeübt hatte, war auf einen Schlag verschwunden und er war hart wie Stahl. Als sie ihren Mund öffnete und mit ihrer Zunge über seine Lippen fuhr, verschwanden jegliche Gedanken des Widerstands aus seinem Kopf.

Ewan umarmte sie fester, drückte sie an sich und berührte ihre Zunge mit seiner. Er drang in ihren Mund ein, kostete jeden Zentimeter, streichelte ihre Zunge und prägte sich ihren einzigartigen Geschmack ein. Er spürte, wie seine Finger ihre Hüften drückten und wieder losließen, während sie sich aus einem uralten Wissen heraus an ihm rieb.

Falls ihr irgendetwas davon nicht zusagte, dann ließ sie es sich nicht anmerken. Wenn überhaupt, schien sein Verlangen ihres nur noch zu steigern. Sie wimmerte genüsslich an seinen Lippen, wölbte sich gegen ihn, während sich ihre Zungen duellierten, und drückte ihren runden Hintern immer fester an ihn, bis er das Gefühlt hatte, als würde er vor Lust gleich explodieren.

Sein Verlangen pochte wie ein Trommelschlag in ihm, der immer wieder verlauten ließ: „Nehmen. Beanspruchen. Sie gehört mir. Mir ganz allein. *Für immer.*"

Bei diesem letzten Gedanken zuckte er zusammen und stand mit einem scharfen Atemzug auf, wobei er sie beiseiteschob, sodass sie taumelte, um das Gleichgewicht zu halten. Dann ging er davon.

„Ewan", keuchte sie, ihre Stimme war rau und das gleiche Verlangen, das er in seiner Brust gespürt hatte, schwang darin mit.

Er drehte sich zu ihr um und schüttelte heftig den Kopf.

„Du willst mich doch", stieß sie hervor, während sie auf ihn zuging. Emotionen tobten in ihren fesselnden grünen Augen. „Verdammt nochmal! Warum kannst du es nicht einfach ... *zulassen?*"

Seine Hände zitterten, als er die Worte formte, die seinen Schmerz ausdrückten: „Weil sich alles ändern wird, sobald ich es zulasse."

Für einen Moment wurde sie blass, und er konnte sehen, dass sie das ebenfalls befürchtete. Doch dann schüttelte sie den Kopf, um ihrer beider Bedenken zu verneinen.

„Warum muss sich etwas ändern? Warum sollte unsere lebenslange Freundschaft durch unser ... Verlangen belastet werden? Du hattest doch sicherlich schon einmal Sex mit Frauen, die dir nichts bedeutet haben."

Seine Wangen glühten und er wandte sich wieder ab, ohne zu antworten. Er stand da, mit dem Rücken zu ihr, und betete, dass sie es einfach sein lassen würde. Er betete, dass sie nicht weiter auf diesem heiklen Thema herumreiten würde.

Aber sie war Charlotte. Auf Dingen herumzureiten lag in ihrer Natur. Er spürte, wie sie sich hinter ihm bewegte. Sie umfasste seinen Bizeps, und drehte ihn zu sich herum, sodass er sie ansah.

„Oder etwa nicht?", flüsterte sie, ihr Blick suchte den seinen.

Er schürzte seine Lippen. Scham und Verlegenheit verfolgten ihn schon sein ganzes Leben. Die Stimme seines Vaters, die ihm sagte, er sei wertlos, hatte sich mit dem Flüstern der Menge vermischt, als er älter wurde, mit Blicken von Männern und Frauen gleichermaßen, wenn er durch die Korridore schritt. Aus diesem Grund hielt er sich um jeden Preis von gesellschaftlichen Versammlungen fern.

„Ewan, warst du ... schon einmal mit einer Frau zusammen?", drängte sie.

Langsam schüttelte er den Kopf.

Keuchend ließ sie seinen Arm los und trat einen großen Schritt von ihm weg. Sie sah schockiert aus. Und verwirrt, obwohl er keine Ahnung hatte, warum.

„Wie ist das möglich?", flüsterte sie.

Er legte den Kopf schief, da er nicht genau wusste, ob die Frage an ihn oder nur an sie selbst gerichtet war. Wie dem auch sein mochte, antwortete er: „Ich bin kaputt."

Sie machte einen Schritt auf ihn zu, ihre Augen zuckten erneut, diesmal vor Wut. „Hör auf damit. Sag so etwas nicht. Du bist *nicht kaputt.*"

Er hob beide Augenbrauen, da seine Hände und sein Körper so stark zitterten, dass er sich nicht per Zeichensprache ausdrücken konnte. Charlotte las seinen Gesichtsausdruck und warf ihre Hände in die Luft.

„Das bist du *nicht!*", beharrte sie, und erhob ihre Stimme so laut, wie er es noch nie von ihr gehört hatte. Charlotte war normalerweise immer sanft. „Du musst doch mitbekommen haben, wie dich die Frauen ansehen."

Ewan zuckte zusammen. „Ich habe mitbekommen, wie *alle* mich ansehen", antwortete er schnell, ohne ihr in die Augen zu sehen.

„Und was, glaubst du, haben diese Blicke zu bedeuten?", fragte sie.

„Sie fragen sich, ob ich so dumm bin, wie mein Vater ihnen gesagt hat. Sie fragen sich, wie kaputt ich bin. Sie fragen sich, warum ich nicht schon vor Jahren in eine Anstalt gesteckt worden bin, um ihre Korridore nicht mit meinem kaputten Dasein zu beschmutzen."

Ihre Lippen öffneten sich und Tränen stiegen ihr in die Augen. Sie blinzelte und schaffte es irgendwie, sie zurückzuhalten. Sobald sie ihre Fassung wiedererlangt hatte, ging sie weiter, diesmal langsamer. Ihre Stimme war wieder sanft, als sie sagte: „Ich habe schon mit Frauen zusammengestanden, die dich angeschaut haben, Ewan. Und ich kann dir versprechen, dass du ihre Blicke falsch interpretierst."

Er schluckte und zwang sich dazu, seine Augen nicht von ihr abzuwenden. Es war fast unmöglich, wenn sie so tief in die Quelle seiner Unsicherheit eindrang. Seiner Angst. Seines Schmerzes.

Charlotte fuhr fort: „Sie wussten, dass wir befreundet sind, also haben sie mich nach dir gefragt. Sie haben dich angehimmelt. Sie haben mir vorgeschwärmt, wie attraktiv du bist. Sie haben laut überlegt, was du wohl mit deinen ..." Sie verzog das Gesicht. „Deinen wunderbaren Lippen anstellen könntest. Sie haben über deinen Körper geflüstert und über deine Hände und deine ... einfach über dich und darüber, wie unglaublich gutaussehend du bist."

Er versuchte, sich umzudrehen, doch sie fasste ihn wieder am Arm und hielt ihn fest.

„Und ich habe sie dafür *gehasst*", fuhr sie fort, während sie ihre Hand über seinen Arm zu seiner Schulter gleiten ließ. Ihre andere Hand legte sie auf seinen Bauch, und seine Knie zitterten, weil er sie so sehr wollte. „Ich habe sie dafür gehasst, dass sie so über dich gesprochen haben, wie ich es nicht konnte. Ich habe sie dafür gehasst, dass sie dich so begehrten, wie ich dich begehrte. Ewan, du wurdest von sehr vielen Frauen begehrt. Aber von keiner so sehr wie von mir."

Seine kurzen, schnellen Atemzüge waren für einen Augenblick das einzige Geräusch in dem stillen Raum, bis sich die Stille zwischen ihnen ausbreitete. Dann stellte sie sich auf die Zehenspitzen, legte ihre Hand in seinen Nacken und zog ihn zu sich herunter.

Er leistete keinen Widerstand. Er konnte es nicht. Nicht bei ihr. Ihre Münder trafen sich erneut, und dieses Mal küsste sie ihn sanfter, langsamer. Er konnte sich nicht zurückziehen. Er wollte sich nicht zurückziehen. Sie überwand die Distanz, die er immer zwischen ihnen aufrechterhalten hatte, und plötzlich war er zu schwach, um sie zurückzuweisen.

Er konnte sie nicht zurückweisen.

Ewan öffnete seinen Mund und ihre Zungen trafen sich wieder und umkreisten einander, bis ihm schwindelig und heiß vor Verlangen wurde. Erst dann zog sie sich ein wenig zurück, erst dann löste sie sich lange genug von ihm, um ihm zuzuflüstern: „Komm mit mir nach oben, Ewan. Jetzt."

Charlotte wartete nicht darauf, dass er etwas erwiderte, dass er nickte oder den Kopf schüttelte. Sie nahm einfach seine Hand und führte ihn, ohne den Blickkontakt zu unterbrechen, aus dem Esszimmer.

Er folgte ihr die Treppe hinauf und zitterte jedes Mal, wenn sie mit ihrem Daumen über die Haut zwischen seinem Daumen und seinem Zeigefinger strich. Bereitwillig folgte er ihr den Flur hinunter zu der Kammer, wo sie während ihres Aufenthalts in seinem Haus untergebracht war. Er hatte dieses Zimmer nicht nur gewählt, weil es schön war, sondern auch, weil es so weit von seinem eigenen Zimmer auf der anderen Seite des Hauses entfernt war.

Doch wie sich gerade herausstellte, war das kein Schutz. Sie schloss die Tür hinter sich, drehte sich zu ihm um und lächelte ihn an. Ihre Pupillen waren vor Verlangen geweitet und ihre Hand war warm in seiner. Es fühlte sich so gut an, dass er fast keine Luft bekam, als er sie ansah. Schweigend griff sie hinter sich, öffnete die Tür und zog ihn in die Kammer.

„Würdest du bitte das Feuer anschüren?", fragte sie.

Er blinzelte, denn bis sie diese Worte aussprach, war er wie erstarrt gewesen. Jetzt sah er sich um. Die Kammer war dunkel, da ihr Dienstmädchen sie noch nicht vorbereitet hatte, allerdings nicht so dunkel, dass er das Bett nicht sehen konnte. Ihr Bett. Wo sie vorhatte ...

Er sollte gehen. Das wusste er in seinem pochenden Herzen. Doch er tat es nicht. Ewan ging einfach weiter und begann, die Glut zu schüren und Holzscheite in die Flammen zu legen. Er hörte, wie sie die Tür hinter sich schloss und den Schlüssel im Schloss drehte, um sicherzugehen, dass sie von niemandem gestört werden würden.

Als das Feuer das Zimmer erhellte, drehte er sich um und sah, dass sie noch immer an der Tür stand und ihn beobachtete. Aber er kannte sie und merkte, dass sie trotz aller Selbstsicherheit, die sie in diesem Moment ausstrahlte, nervös war. Ihre Hände zitterten ein wenig. Ihr Blick glitt über ihn, als wüsste sie nicht, wo sie hinschauen sollte.

Und das verlieh ihm irgendwie Kraft. Er ging auf sie zu, ließ sich auf das ein, was jetzt passieren würde. Er drückte sie sanft mit dem Rücken gegen die Tür und neigte den Kopf, um sie noch einmal zu küssen. Charlotte drückte sich sofort an ihn und hauchte seinen Namen. Ewan ließ seine Zunge in ihren Mund gleiten und diesmal ließ er die Hitze über sich ergehen. Diesmal akzeptierte er, was geschah.

Er hatte sich diesen Moment schon so oft ausgemalt. Er hatte davon geträumt. Doch die Realität war so viel besser als seine Fantasie. Sein Körper brannte, als er mit den Fingern durch ihr Haar fuhr und die Haarnadeln, die ihre Frisur fixierten, klappernd um sie herum auf den Boden fallen ließ. Noch nie hatte er ihr Haar berührt, und es war weich wie Seide. Als es ihr auf den Rücken fiel, stieg ihm der Duft von Zitrone und Vanille in die Nase und er wurde noch härter vor Verlangen.

Instinktiv rieb er seine Hüften an ihren, und sie warf ihren Kopf mit einem genüsslichen Schnauben zurück.

„Mein Gott", stöhnte sie, als sein Mund zu ihrem Hals wanderte. „Ich kann jetzt schon spüren, wie groß du bist."

Er lächelte an ihrer Haut. Er mochte vielleicht nicht viel Erfahrung haben, aber er wusste, dass das ein Kompliment war. Im Moment konnte er an nichts anderes denken, als in ihr zu sein. Daran, das zu tun, wovon er jahrelang geträumt hatte, während er allein in seinem Bett gelegen hatte. Wie oft hatte er sich vorgestellt, diese Frau unter sich zu haben? Um sich herum? Er war sich nicht sicher, ob er überhaupt eine Minute durchhalten würde, wenn seine Fantasie Wirklichkeit wurde.

Sie legte ihre Hände auf seine Brust und schob ihn von sich weg. „Zieh dich aus", hauchte sie. „Ich will dich sehen."

Ewan zögerte einen Moment, bevor er nickte. Er legte sein Jackett ab und warf es beiseite, dann begann er, die Knöpfe seiner Weste zu öffnen, während sie einfach nur dastand und ihn beobachtete, die Augen fest auf ihn gerichtet. Seine Finger fühlten sich zu dick an, zu unbeholfen, als er versuchte, sich auszziehen.

Schließlich gluckste sie. „Vielleicht sollte ich dir doch lieber helfen", flüsterte sie und machte einen Schritt auf ihn zu.

Sie sah ihm in die Augen, während sie seine Hände wegschob und begann, seine Weste zu öffnen. Er spürte ihre Finger durch den Stoff, als sie ihm die Weste auszog und sich anschließend daran machte, seine Krawatte zu entknoten. Langsam schälte sie eine Kleidungsschicht nach der anderen von seinem Körper, das Einzige, was ihn vor seiner völligen Entblößung schützte.

Es war eine Metapher für ihre Beziehung. Sie war die Einzige, die ihn jemals wirklich so gesehen hatte, wie er war. Selbst seine Freunde im Duke-Club, in den er wie ein Bruder aufgenommen worden war, wussten nicht so viel über ihn wie sie. Nachdem sie ihm das Hemd ausgezogen hatte. War er von der Taille aufwärts nackt.

Er erwartete, dass sie sich an seiner Hose zu schaffen machen würde, doch als sie sein Hemd auf den Boden fallen ließ, bestaunte sie nur, was sie da enthüllt hatte. Mit leicht geöffnetem Mund und großen Augen streckte sie ehrfürchtig die Hand aus und berührte seine Brust.

„Mein Gott", zischte sie, als ihre Finger seine heiße Haut berührten. „Wie kommt es, dass du so … muskulös bist?"

Er blickte an sich hinab und beobachtete, wie ihre Finger die harten Hügel und Täler entlang seiner Brust und seines Bauches nachzeichneten. Er wusste, dass er anders aussah als andere Männer seines Ranges. Die meisten von ihnen mieden die Gesellschaft nicht und sie bearbeiteten erst recht nicht ihr eigenes Land.

Er schon, wenn es nötig war. Um ehrlich zu sein, gefiel ihm die körperliche Arbeit sogar. Es fühlte sich echt an. Außerdem waren für diese Tätigkeit keine Worte erforderlich.

„Arbeit", sagte er in Zeichensprache.

Sie blickte zu ihm auf, dann huschte ein Lächeln über ihre Lippen. „Natürlich", murmelte sie. „Du bist wirklich einzigartig, mein Liebster."

Er hätte etwas erwidern können, denn ihre Worte trafen ihn direkt ins Herz, doch sie ließ es nicht zu. Sie beugte sich vor und strich mit ihren Lippen über seine Brust, und alle Gedanken verschwanden aus seinem Kopf, als ihn ein intensives, wildes Gefühl durchströmte. Sie leckte über seine Haut, seine Brust. Ihre Zunge umkreiste eine Brustwarze, während ihre Hände weiter nach unten wanderten, über seinen Bauch und dann über die Vorderseite seiner Hose, um seinen geschwollenen Schwanz zu erkunden.

Sie gab einen lustvollen und zustimmenden Laut von sich, und er hätte schwören können, dass er hart genug war, um einen Nagel in die Wand zu schlagen. Charlotte streichelte ihn unablässig, während ihre Zunge immer tiefer wanderte. Als sich ihre Zunge und ihre Finger trafen, sank sie auf die Knie. Sie blickte auf und begegnete seinem Blick, als sie seine Hose öffnete und nach unten schob.

Als ihr Gesicht auf gleicher Höhe mit seinem Schwanz war, stieg ihm Hitze in die Wangen. Peinlichkeit, weil er so entblößt war, Erregung, weil sie ihre Hände und ihren Mund auf ihm hatte. All das überflutete ihn mit einem Mal. In seinem Kopf drehte sich alles und seine Gedanken kreisten.

Dann richtete sie sich ein wenig auf und zog ihn zwischen ihre Lippen. Ewan knickte fast ein, als das Gefühl seinen Schwanz hinaufschoss und seinen zitternden Körper durchströmte. Natürlich hatte er schon ab und zu selbst einmal Hand angelegt. Und fast immer hatte er währenddessen über die Frau fantasiert, die jetzt ihren Mund über ihn gleiten ließ.

Doch das Gefühl war vollkommen anders gewesen. Langsam ließ sie ihn in ihren Mund hinein und herausgleiten, während sie ihm in die Augen sah und ihre Hand am Ansatz seiner Länge sanft im gleichen Rhythmus bewegte.

Seine Hand wanderte nach unten. Er wollte sie wegschieben, um das intensive Gefühl zu lindern, aber irgendwie verfingen sich seine Finger stattdessen in ihrem Haar. Er hielt sie fest, spürte, wie ihr Kopf an seiner Handfläche hin und her wippte, während sie ihn immer wieder in ihren Mund nahm.

Er fühlte, wie sich sein Samen in Bewegung setzte, der verräterische Schmerz, der wuchs und aufblühte und ihm sagte, dass er gleich kommen würde. Aber er wollte nicht, dass es so passierte.

Irgendwie fand er schließlich die Kraft, sie von sich wegzustoßen, sie nach oben zu reißen und sie erneut zu küssen, dieses Mal rau und wild, während er sie in Richtung Bett zog. Sie war immer noch vollständig bekleidet, und seine Finger fummelten an der Rückseite ihres Kleides und zerrten so hektisch an den Knöpfen, dass ein paar davon abrissen und zu Boden fielen, bis er ihr das Kleid herunterriss und sie nur noch in ihrem Unterhemd dastand.

Ewan atmete ein paar Mal tief durch, als er von ihr zurücktrat. Er wollte sie ansehen. Er *musste* sie ansehen. Schließlich würde er sie wahrscheinlich nur dieses eine Mal so sehen. Er wollte jeden Moment auskosten, um kein Detail zu vergessen.

Charlotte stand einfach nur vor ihm, ihr weißes Seidenhemdchen schmiegte sich an ihre vollen Brüste, an ihre schlanke Taille und an ihre ausladenden Hüften. Es war kurz, sodass er einen Blick auf ihre langen, schlanken Beine erhaschen konnte, die in einer hauchdünnen Strumpfhose steckten.

Er erschauderte, als ihn wieder dasselbe Bedürfnis und die Lust durchströmten, wie vorhin, als sie an ihm gesaugt hatte. Sie so vor sich stehen zu sehen, war unbeschreiblich. Und er wollte mehr.

Er wedelte mit seiner Hand und sie lächelte, ein ziemlich schelmisches Lächeln noch dazu. „Will der Duke of Donburrow etwa, dass ich mein Unterhemd ausziehe?", neckte sie.

Er nickte heftig mit dem Kopf, und ihr Lächeln verwandelte sich in ein kehliges Lachen.

„Willst du das?", fragte sie, während sie einen Träger des Hemdes von ihrer Schulter auf ihren Arm schob. „Und das?", fuhr sie fort, als sie den Vorgang mit dem anderen Träger wiederholte. Mit einer Hand hielt sie jedoch den Ausschnitt des Unterhemdes fest, sodass es ihr nicht herunterrutschte.

Er schürzte die Lippen und starrte sie an. Doch der Blick schreckte sie nicht ab. Im Gegenteil, sein Frust und seine Lust beflügelten sie geradezu.

„Vielleicht auch das?" Sie zog daran, und das Hemd rutschte ein paar Zentimeter nach unten und enthüllte ihr Dekolleté – fast, aber nicht ganz.

„Mehr", gab er ihr mit einer verzweifelten Geste zu verstehen.

Sie legte den Kopf schief und betrachtete sein Gesicht im Schein des Kaminfeuers. Dann zog sie langsam und schweigend ihr Unterhemd bis zur Taille hinunter und ließ ihre Hände sinken.

Fast hätten seine Beine unter ihm nachgegeben. Sie war perfekt. Charlotte war groß und ihre vollen Brüste passten zu ihrem langen, schlanken Körper. Ihre Brustwarzen hatten die Farbe von dunkelroten Rosen. Sie waren hart. Charlotte schob das Unterhemd weiter nach unten, über ihre Hüften und Beine, bis es schließlich unten bei ihren Füßen war und sie herausstieg.

Sie stand nackt vor ihm, nur mit ihrer hauchdünnen Strumpfhose bekleidet, und alles, was er tun konnte, war, sie schockiert anzustarren, ehrfürchtig und verzückt.

„Du kannst mehr als nur schauen", flüsterte sie, als hätte sie seine Gedanken lesen. „Ich bin dazu geschaffen worden, berührt zu werden, Ewan. Ich bin *für dich* geschaffen worden."

Er war sich nicht sicher, ob das stimmte. Zumindest, was den Teil betraf, dass sie für ihn geschaffen worden war. Aber dass sie dafür geschaffen worden war, berührt zu werden, oh ja, das konnte er sich vorstellen. Er trat vor und verbannte alle Gründe aus seinem Kopf, warum er das nicht tun sollte, warum er das nicht verdient hatte.

Dann berührte er sie. Er umfasste ihre Brüste und hörte einen leisen, lustvollen Laut, der irgendwo aus seiner Brust zu kommen schien. Keuchend warf sie ihren Kopf zurück, was ihn noch mehr anspornte. Er begann, ihre Brustwarzen mit seinen Daumen zu umkreisen, immer wieder, während sie sich an seinen Unterarmen festhielt.

„Du lässt dich von deiner mangelnden Erfahrung jedenfalls nicht aufhalten", keuchte sie.

Er lächelte und beugte seinen Kopf. Er wollte sie lecken, sie schmecken, was er auch tat, indem er mit seiner Zungenspitze die Form ihrer Brustwarze nachzeichnete. Als sie aufschrie, hob er den Kopf, um zu prüfen, ob es ein Laut der Lust oder des Schmerzes war.

Wie es schien, war es Lust, denn ihre Augen waren geschlossen und ihr Körper zitterte.

Er widmete sich ihr erneut mit seinem Mund, fuhr mit seiner Zunge über ihre Haut und saugte schließlich an ihrem Nippel. Ihre Finger krallten sich in sein Haar und sie hielt ihn an ihrer Brust fest und wimmerte, als er sich der anderen Brustwarze zuwandte und die Folter dort wiederholte.

Sie wand sich jetzt unter ihm und ihre Hüften wölbten sich ihm entgegen, während sie verzweifelte und lüsterne Laute von sich gab. Hypnotisiert von ihrer Lust starrte er sie an. Er wollte natürlich auch auf seine Kosten kommen, doch es war ihm viel wichtiger, sie zu beglücken. Er wollte, dass sie schrie, stöhnte und zitterte.

„Bitte", knurrte sie, ergriff seine Arme und zog ihn an sich. „Bitte."

Sie zog ihn an sich, und sie fielen gemeinsam auf ihr Bett. Er bedeckte ihren warmen, weichen Körper mit seinem eigenen und fröstelte trotz der Wärme im Zimmer und der Hitze, die sie in ihm auslöste. Sie fühlte sich so perfekt an unter ihm. Perfekt und richtig, auch wenn sein Verstand ihn immer wieder daran zu erinnern versuchte, dass das hier alles andere als richtig war.

Doch es spielte keine Rolle mehr. Es war eine Flutwelle. Er konnte sie nicht aufhalten. Was jetzt passieren würde, war eine Naturgewalt. Sie stieß ihn auf den Rücken, und er zog sie über sich und presste seinen Mund auf den ihren. Sie küsste ihn innig, und er schmeckte ihre Leidenschaft auf ihren Lippen. Diese Leidenschaft steigerte sich noch, als sie sich rittlings auf ihn setzte und ihren feuchten Eingang über ihm positionierte, bis er ihre Hitze an der Spitze seines Schwanzes spürte.

Er zog sich zurück, die Augen weit aufgerissen, und sah zu, wie sie sich auf ihn herabsinken ließ. Ihre weichen Falten öffneten sich, um ihm Einlass zu gewähren, und er knirschte mit den Zähnen angesichts der reinen, animalischen Freude an diesem Akt. Sie war feucht und eng und umschloss seinen empfindlichen Schwanz wie ein maßgeschneiderter Handschuh. Sie stieß einen leisen Aufschrei aus, als sie ihn immer tiefer in sich aufnahm, bis er bis zum Anschlag in ihr steckte und ihr Körper um ihn herum erzitterte.

Er fand keine Worte, um auszudrücken, was er fühlte, während er zu ihr aufblickte, und sie lächelte. „Ich weiß", flüsterte sie. „Ich weiß, Ewan. Ist schon gut, lass es einfach geschehen."

Er nickte langsam und umfasste ihre Hüften. Als seine Finger sich in ihre Haut gruben, begann sie ihn zu reiten. Zuerst ließ sie ihre Hüften kontrolliert über ihm kreisen. Sie drückte sich an ihn und rieb ihr Becken bei jedem Stoß an seinem Körper, um die gleißende Lust, die durch sein Blut rauschte und sich in jedem seiner Nervenenden festsetzte, zu steigern.

Aber je länger sie weitermachte, desto unberechenbarer wurden ihre Stöße. Ihr Gesicht verzog sich vor Lust, ihre Beine zitterten, als sie ihn umklammerte und sich immer wieder auf ihn herabsinken ließ. Schließlich stieß sie einen wilden Schrei aus, und ihr Rücken wölbte sich, als sie über ihm zu zucken begann.

Sie war noch nie so schön gewesen wie in diesem Moment der reinen, unverfälschten Lust. Er betrachtete ihr Gesicht, als sie sich an ihn schmiegte, erinnerte sich daran, wie sich ihre Lippen geöffnet und ihre Augen geschlossen hatten, wie sich ihre Hände an seiner Brust zu Fäusten geballt hatten. Er erinnerte sich daran, wie ihr Geschlecht ihn zusammengepresst hatte, ihn gemolken hatte, während sich ein so intensives Verlangen in ihm aufgebaut hatte, wie er es noch nie zuvor erlebt hatte.

Als würde sie dasselbe empfinden, schlug sie die Augen auf und begann, sich schneller über ihm zu bewegen. Härter. Sie küsste ihn, während sie ihn auf seinen Höhepunkt zuritt.

Und dann war es soweit. Ewan umklammerte ihre Hüften fester und drehte sie auf den Rücken. Dann legte er sich über sie und stieß in sie hinein, während sie sich an ihn presste und einen schrillen Schrei ausstieß, der das ganze Haus zum Einsturz hätte bringen können, es aber irgendwie nicht tat.

Es kostete ihn seine ganze Willenskraft, nicht in ihr zu kommen. Er zog sich gerade rechtzeitig aus ihr heraus, als die ersten Schübe seiner Entladung einsetzten und explodierte heiß und hart in seiner Hand. Schließlich sackte er neben ihr zusammen und zog Charlotte in seine Arme, um sie so fest wie möglich an sich zu drücken.

KAPITEL 4

Als kleines Mädchen hatte Charlotte von ihrer Zukunft mit Ewan geträumt, von Sonnenschein, Blumen und einem Schloss auf einem Hügel. Als sie älter wurde, hatte sie sich gewünscht, ihn zu küssen oder seine Hand zu halten.

Und als erwachsene Frau hatte sich alles plötzlich geändert. Ihre Ehe hatte sie etwas über Lust gelehrt, doch in ihren heißen Träumen waren Ewans Hände und sein Mund über ihren Körper gewandert. Ihre verschwitzten pochenden Körper leidenschaftlich ineinander verschlungen.

Doch nicht ein einziges Mal in all den Jahren, in denen sie ihn begehrt und geliebt hatte, hatte sie es gewagt, auf so viel Zärtlichkeit und Lust zu hoffen, wie sie es gerade erlebt hatte. Ewan mochte vor dieser Nacht noch Jungfrau gewesen sein, aber sein angeborenes Talent machte jeden Mangel an Erfahrung wett.

Nun, da sie in seinen Armen lag, ihre nackten Beine mit seinen verschlungen und immer noch zitternd nach den beiden gewaltigen Orgasmen, wagte sie es, zu hoffen, dass sie die Blumen und das Schloss, die Küsse und all die Leidenschaft vielleicht tatsächlich haben könnte.

Zumindest bis er sich bewegte. Langsam löste er sich von ihr, setzte sich auf und drehte ihr den Rücken zu, als er sich auf die Bettkante setzte. Seine Schultern waren nach vorne gerollt und sein Rücken leicht gekrümmt. Es war eine Haltung des Schmerzes, der Niederlage, und ihr wurde schwer ums Herz, als sie ihn so sah.

Sie setzte sich auf und berührte ihn an der Schulter. Er zuckte zusammen, bevor er sich umdrehte und sie ansah. Seine dunklen Augen waren leer, als er ihr in Zeichensprache mitteilte: „Es tut mir leid, Charlotte."

Kopfschüttelnd setzte sie sich zu ihm auf die Bettkante und schwang ihre nackten Beine aus dem Bett, sodass sie direkt neben seinen hingen. „Warum?", flüsterte sie und beugte sich vor, um ihn zu küssen.

Einen Moment lang ließ er sie gewähren, seine Lippen wurden weicher, der Widerstand seines Körpers war kurz davor, zu schwinden. Doch dann versteifte er sich und zog sich zurück. Sie musterte ihn im schwachen Schein des Feuers und sah denselben Ausdruck in seinem Gesicht wie in jener Nacht, als sie ihm ihre Gefühle gestanden hatte. In jener Nacht, in der er sie zurückgewiesen hatte.

Wenn sie nicht wollte, dass sich diese schreckliche Erfahrung wiederholte, musste sie sich zurückhalten. Langsamer vorgehen. Nehmen, was er ihr gab, und ihn sanft verführen, anstatt sich ihm vor die Füße zu werfen und ihn hier und jetzt anzubetteln.

Sie holte tief Luft. „Weiche nicht vor mir zurück, Ewan."

Als er die Hände hob, um zu antworten, hielt sie seine Arme fest, um ihn davon abzuhalten.

„Bitte", flüsterte sie. „Es muss doch nicht mehr sein als ein bisschen Spaß, oder? Wir begehren einander doch, oder?" Charlotte ließ seine Hände los und strich mit den Fingern über seinen markanten Kiefer. Sie lächelte, als seine Barthaare sie kitzelten. „Ich fühle es, wenn ich dich berühre. Ich sehe es, wenn du mich ansiehst. Oder willst du das bestreiten?"

Mit einem tiefen Seufzer schüttelte er den Kopf. „Ich würde deine Intelligenz nie in Frage stellen und versuchen, etwas zu leugnen, was du weißt, Charlotte", bedeutete er ihr.

Bei seinem Eingeständnis wurde ihr Lächeln noch breiter. Heute Abend war sie mit ihm so viel weiter gegangen, als sie je zu träumen gewagt hatte. Das ließ sie hoffen, dass sie noch mehr haben konnte. *Wenn* sie behutsam vorging.

„Ich will dich zu nichts drängen", log sie. „Nach den Feiertagen werde ich nach London zurückkehren. Zurück auf den Heiratsmarkt."

Seine Augen weiteten sich, und Verzweiflung huschte über sein Gesicht, als er gebärdete: „Warum?"

Sie zuckte mit den Schultern. „Geld, Ewan. Außerdem wird es von mir erwartet. Ich weiß also, wo meine Zukunft liegt – und ich weiß, dass du mir das nicht geben wirst. Aber jetzt bin ich hier mit dir. Und ich will dich. Ich wollte dich schon immer. Wir werden nur eine Zeit lang allein sein. Also, was spricht dagegen? Kannst du mir nicht zumindest das geben, wenn du mir schon alles andere verwehrst?"

Er wandte ihr sein Gesicht zu, und in diesem spannungsgeladenen Moment sah sie, dass er mehr wollte, als sie verlangte. Er wollte all die Dinge, die auch sie wollte. Doch dann änderte sich sein Gesichtsausdruck – er verdrängte diese Wünsche, vergrub sie tief unter einer Schicht aus Selbstvorwürfen und dem festen Glauben, dass er aufgrund seines Schweigens, über das er keine Kontrolle hatte, weder Glück noch eine Zukunft mit ihr verdient hatte.

Aber sie hatte die Wahrheit gesehen, die er immer geleugnet hatte, und die Hoffnung flammte stärker und heißer in ihr auf als je zuvor.

Charlotte rückte näher an ihn heran, fuhr mit ihren Lippen über seine Schulter und mit ihrer Zunge seinen Hals hinauf, um an seinem Ohr zu knabbern. Er schmeckte warm, perfekt, und sie spürte, wie er unter ihrer Berührung erzitterte. Dann drehte er sich zu ihr um, nahm sie erneut in seine Arme und zog sie auf seinen Schoß.

Sie hatte ihre Antwort, und sie war verloren, als er sie erneut in die Kissen drückte und seinen heißen Mund auf ihre Lippen presste. Seine Küsse waren berauschend und süß. Sie drückte sich an ihn und öffnete sich für alles, was er wollte, für alles, was er begehrte. Sie würde ihm all das und noch mehr geben, wenn es bedeutete, dass sie auch nur den Hauch einer Chance hatte, das Herz zu erobern, das er so sorgsam behütete.

Er drückte ihre Beine mit den Knien auseinander und sie keuchte, als er mit einem kräftigen Stoß in ihre immer noch feuchte Muschi eindrang. Er war so groß in ihr und dehnte sie aus, bis sie sich vor Lust wand. Sie wölbte sich ihm entgegen, spannte sich an und ließ wieder locker, während sie zusah, wie sein Mund zuckte und sich seine Augen vor Verlangen verdunkelten.

Er zog sich aus ihr heraus, um sich kurz darauf wieder bis zum Anschlag in ihr zu vergraben und sie krümmte sich unter ihm. Er traf Stellen in ihr, von denen sie nicht einmal gewusst hatte, dass sie existierten. Stellen, die ihren Körper dazu brachten, ein neues Lied der Lust zu singen, ein ganz anderes als das, das sie in ihrer Ehe oder durch ihre eigene Hand gelernt hatte.

Er vergrub seinen Mund an ihrem Nacken, während er hart und schnell zustieß und seine Hüften genau so bewegte, dass er die magische Stelle in ihr traf und gleichzeitig ihre kribbelnde Klitoris mit seinen Hüften stimulierte. Charlotte begann zu zittern und grub ihre Nägel in seine Schultern, während sie immer wieder seinen Namen flüsterte, weil sie sich an kein anderes Wort erinnern konnte.

Ohne zu zögern oder die Richtung zu ändern, drang er immer wieder in sie ein und fuhr fort, sie zu stimulieren, bis sie in eine Spirale der Lust geriet. Sie schrie an seinen Lippen, als er sie innig küsste. Ihr Verstand war leer bis auf die Empfindungen – nichts war wichtiger als ihre vereinten Körper und alles, was sie vom Kopf bis in ihre sich krümmenden Zehen fühlte.

Sie erzitterte, als sie nach einem Höhepunkt, wie sie ihn noch nie erlebt hatte, wieder herunterkam. Er stieß immer noch in sie hinein, sein Hals war angespannt, seine Augen geschlossen, dann öffneten sich seine Lippen und er stieß einen langen Atemzug aus. Fasziniert von der Schönheit dieses Mannes, der sich immer unter Kontrolle hatte und nun endlich losließ, starrte sie ihn an. Er zog sich zurück, blieb aber über ihr, und sie spürte die Wärme zwischen ihren Körpern, während sie sich an ihn klammerte, ihn festhielt und nicht mehr loslassen wollte.

Jetzt musste sie nur noch einen Weg finden, ihm klarzumachen, dass er schon immer genau hier hatte sein wollen.

Ewan öffnete langsam die Augen und wurde von einem wunderbaren und unerwarteten Anblick begrüßt. Charlotte lag neben ihm, dicht an ihn geschmiegt, ihr Haar bedeckte seine Arme und seine Brust. Sie war hier, in seinem Bett. Sie waren in der Nacht dorthin umgezogen. Er hatte eigentlich allein gehen wollen, um zu vermeiden, dass ihn jemand in den frühen Morgenstunden suchte und sie in ihrem Zimmer fand.

Aber sie hatte sich gesträubt, ihn verführt und war ihm gefolgt. Jetzt waren sie hier und er hatte sein Bett noch nie so sehr zu schätzen gewusst. Im Raum war es düster, doch die schwache Beleuchtung reichte aus, um sie im Schlaf betrachten zu können.

Natürlich war sie schön. Charlotte war schon immer schön gewesen. Schon als kleines Mädchen hatte sie mit ihrem glänzenden Haar, ihren grünen Augen und ihrem fröhlichen Lachen so manchem Jungen in ihrem Bekanntenkreis den Kopf verdreht. Als sie älter wurde, war sie nur noch schöner geworden. Im Gegensatz zu den meisten anderen Mädchen, hatte sie in keiner Phase ihres Lebens unbeholfen gewirkt. Sie war einfach aufgeblüht, und Ewan hatte jeden Moment ihrer Verwandlung vom Mädchen zur Frau miterlebt.

Und es war nicht zu leugnen, dass sie jetzt eine Frau war. Eine selbstbewusste Frau, die mit Beharrlichkeit und Zielstrebigkeit das verfolgte, was sie wollte. Sie zu ignorieren war immer schon nahezu unmöglich gewesen. Und daran hatte sich nichts geändert.

Er atmete leise ein und streckte die Hand aus, um über ihre Schulterbeuge und ihren Arm zu streichen. Dann ließ er seine Finger unter der Decke über ihre Seite gleiten und prägte sich die Wölbung ihrer Hüfte ein. Sie rührte sich ein wenig, und er erstarrte und sah, wie sich ihre Lippen zu einem kleinen, zufriedenen Seufzer öffneten. Sie wachte jedoch nicht auf. Lag es daran, dass sie einen tiefen Schlaf hatte? Oder war sie nach ihrer leidenschaftlichen Nacht einfach nur erschöpft?

Sie wollte, dass er es herausfand. Sie wollte, dass er sich diese Zeit für sich allein nahm und sie eroberte. Doch … er war sich nicht sicher. Im Tageslicht, selbst wenn sie sich an seinen Körper schmiegte, wusste er, dass es nicht richtig war. So etwas gehörte sich für einen Gentleman und eine Lady nicht.

Nur dass seinen Körper das nicht zu interessieren schien. Als sie ihre Hand auf seine Brust legte und sich an ihn kuschelte, schwoll sein Schwanz erneut an und verlangte, dass er gewisse Dinge mit ihr anstellte. Verrückte, wunderbare Dinge.

Auch sein Verstand wollte das. Schließlich hatte er Charlotte von dem Moment an geliebt, als sie seine Hand genommen und ihn ins Haus gezerrt hatte, um seinen Vater zu belauschen, der ihn an jenem Tag bei seiner Tante und seinem Onkel zurückgelassen hatte. Sie zu lieben war seitdem immer leichter geworden, während das Verlangen nach ihr immer schmerzhafter geworden war.

Jetzt liebte er sie, wie sie so dalag, mit diesem kleinen Lächeln im Gesicht, während sie träumte … von was sie träumte, konnte er nur raten. Wäre er ein anderer Mann, hätte er sich schon vor Jahren um sie bemüht. In dem Moment, in dem sie in die Gesellschaft eingeführt worden war, wäre er zu ihrem Bruder gegangen und hätte um ihre Hand angehalten, damit kein anderer jemals Anspruch auf sie erheben hätte können.

Aber er war kein anderer Mann. Er war nicht normal. Er war nicht in Ordnung. Er war kaputt. Sein Vater hatte ihm das zehn

Jahre lang fünfmal am Tag gesagt, und Ewan wusste, dass er recht hatte. Welcher andere Mann musste ein Notizbuch in seiner Tasche mit sich herumtragen, um zu kommunizieren? Und wenn er das Notizbuch einmal vergaß? Dann konnte er nur noch auf etwas zeigen und grunzen wie ein Tier. Die Leute starrten. Flüsterten. Lachten. Redeten über ihn, als ob er nicht da wäre oder nicht intelligent genug, um ihren Spott zu hören.

War das ein Leben für Charlotte?

Und was, wenn sie Kinder hätten? Was, wenn er seinen Defekt an ihren kleinen Jungen oder ihr kleines Mädchen weitergeben würde? Dann müsste er zusehen, wie dieses Kind einen ebenso schrecklichen Weg einschlug, wie er es getan hatte.

Bei dem Gedanken und dem Schmerz, der damit verbunden war, zuckte er zusammen. Er wollte diesen Schmerz an niemanden weitergeben, er wünschte ihn nicht einmal seinem ärgsten Feind. Wie konnte er auch nur daran denken, ihn an die Frau weiterzugeben, die er liebte, und an die Kinder, die sie zusammen zur Welt bringen würden?

Was auch immer Charlotte mit dieser Verführung bezweckte, rein körperlich würde er ihr nicht widerstehen können. Aber er musste stark bleiben, wenn es um alles andere ging. Wenn es um eine Zukunft ging, von der er wusste, dass sie sie nicht haben konnten.

Ein Klopfen an seiner Schlafzimmertür riss ihn aus seinem beunruhigenden Gedankengang, und Charlotte regte sich bei diesem Geräusch erneut. Sie hob den Kopf und rieb sich die verschlafenen Augen. Als sie ihn sah, lächelte sie und kuschelte sich an ihn.

„Ich dachte, ich hätte das alles nur geträumt", murmelte sie, ihre Stimme war noch ganz heiser vom Schlaf. „Ich bin so froh, dass es real ist." Es klopfte erneut, und sie schüttelte den Kopf. „Wie spät ist es?"

Ewan erwiderte in Zeichensprache: „Früh. Ich muss dir Tür aufmachen."

Er beugte sich vor, um sie zu küssen, und schaffte es schließlich, sich aus ihrer Umarmung zu winden und aus dem warmen Bett zu steigen. Er schnappte sich seinen Morgenmantel, der über der Lehne eines Stuhls hing, und suchte in der Tasche nach seinem Notizbuch, bevor er aus dem Hauptschlafzimmer in den Eingangsbereich ging.

Als er die Tür öffnete, wurde er bereits von Smith erwartet. Normalerweise war der Butler gut gekleidet, heute Morgen war er jedoch offensichtlich mitten in seiner Morgentoilette unterbrochen worden. Sein Haar war zerzaust und sein Jackett war schief geknöpft.

„Verzeihung, dass ich Euch geweckt habe, Euer Gnaden", sagte er mit gesenktem Kopf. „Aber es hat heute Nacht weiter geregnet. Das Wasser steigt wie im letzten Jahr."

Ewan nickte, bevor er schrieb: *„Dann müssen wir Sandsäcke aufschütten und die Pächter neben dem Wasser evakuieren."*

„Ein halbes Dutzend Männer ist bereits unterwegs zum Fluss, um Säcke mit Sand zu füllen, Euer Gnaden", antwortete Smith.

Ewan warf einen Blick über seine Schulter. Der unverantwortliche Teil von ihm wollte die Angelegenheit seinen Angestellten überlassen und einfach den ganzen Tag mit Charlotte im Bett bleiben. Doch das konnte er nicht tun. Und vielleicht war es ohnehin besser, einen Tag getrennt von ihr zu verbringen. Das würde ihm helfen, den Abstand zwischen ihnen beiden aufrechtzuerhalten, der ihm so wichtig war.

„Ich werde mich fertig machen und zu ihnen gehen", schrieb er. *„Ich brauche keine Hilfe."*

„Ausgezeichnet, Sir", sagte Smith. „Benötigt Ihr sonst noch etwas?"

Ewan schüttelte den Kopf, drückte Smith zum Dank die Schulter und ging wieder zurück in seine Gemächer. Als er ins Schlafzimmer zurückkehrte, saß Charlotte in seinem Bett, das Laken locker um ihren Körper gewickelt. Verlangen stieg in ihm auf, pulsierte durch seine Adern und sein Schwanz wurde schmerzhaft hart unter seinem Morgenmantel.

„Eine Überschwemmung?", fragte sie besorgt.

Er streifte das Gewand ab und ging zu seinem Kleiderschrank, um seine Arbeitskleidung herauszuholen. Als er in seine Hose schlüpfte, gebärdete er mit einer Hand: „Da sich mein Grundstück sowohl in Flussnähe als auch am Meer befindet, kann es schon mal gefährlich werden. In diesem und im letzten Jahr haben die starken Regenfälle zu Überschwemmungen geführt. Mein Vater hat es den Pächtern überlassen, sich darum zu kümmern, aber ich fühle mich trotzdem verantwortlich."

„Und deshalb bereitet ihr Sandsäcke vor?", fragte sie und beobachtete jede seiner Bewegungen, während er sich anzog. Ihr konzentrierter Blick machte die Sache nicht einfacher. „Hat Smith das gerade gesagt?"

„Ja", gestikulierte er und zog sich das Hemd über den Kopf. Als er die Hände wieder frei hatte, fuhr er fort: „Der provisorische Damm leitet das Wasser von den Häusern weg. Wenn sich die Situation vom letzten Jahr wiederholt, müssen wir im Frühjahr einen Schutzwall errichten. Aber jetzt muss ich erst einmal hinaus und den Männern helfen."

Als sie sich erhob, rutschten die Laken von ihrem Körper, sodass sie nackt vor ihm stand. Er schluckte den Kloß herunter, der sich plötzlich in seinem Hals gebildet hatte und bemühte sich verzweifelt, sich auf das zu konzentrieren, was sie sagte.

„Ich begleite dich."

Er blinzelte, und ihre Nacktheit rückte angesichts ihrer schockierenden Aussage etwas in den Hintergrund. Er schüttelte den Kopf. „Zu gefährlich!"

Sie hob eine Augenbraue und griff nach ihrem Morgenmantel vom Vorabend. Während sie umständlich hineinschlüpfte, sagte sie: „Du wirst jede Hilfe brauchen, die du bekommen kannst. Und wäre es nicht einfacher, sich mit Gebärden zu verständigen, als im Regen auf dem Notizblock zu schreiben?"

Er schürzte seine Lippen. Da hatte sie nicht unrecht. Bei schlechtem Wetter war es manchmal schwierig, sich zu verständigen. Und je langsamer sie vorankamen, desto gefährlicher könnte es für sein Anwesen oder seine Bediensteten werden. Doch dann betrachtete er Charlotte. Mit ihrem halb geöffneten Kleid und ihrem schulterlangen Haar sah sie immer noch wunderschön und elegant aus, und er konnte sich beim besten Willen nicht vorstellen, wie sie in ihrem Kleid durch Regen und Schlamm stapfte.

„Du wirst nass werden", protestierte er schnell. „Und du wirst frieren."

Sie zuckte die Achseln. „Ich habe ein paar dickere Kleider, die meisten davon in Trauerfarben. Es stört mich nicht, wenn sie kaputt gehen. Ich habe sogar Stiefel, da ich Meg und Simon besucht habe, bevor ich hierhergekommen bin, und Meg liebt Spaziergänge über das Anwesen, egal ob es regnet oder schneit."

Ewan seufzte. Wieder einmal war es unmöglich, Nein zu ihr zu sagen. Sie ging auf ihn zu und beugte sich vor, um ihn sanft zu küssen. „Ich lasse mich nicht unterkriegen, Ewan. Ich bin stärker, als ich aussehe."

„Daran habe ich nie gezweifelt", sagte er mit seinen Händen.

Sie berührte seine Wange und kehrte ihm dann den Rücken zu. „Mach mir bitte die Knöpfe zu, ja? Dann gehe ich los, ziehe mir etwas Altes und Hässliches an und binde mein Haar zurück. Ich werde in weniger als einer Viertelstunde fertig sein, das verspreche ich dir. So hast du genug Zeit, um Vorbereitungen zu treffen."

Ewan knöpfte ihr Oberteil zu und versuchte, die elektrischen Schocks zu ignorieren, als seine Fingerspitzen ihre weiche Haut berührten. Dann drehte er sie herum, sodass sie mit dem Gesicht zu ihm stand. „Du musst mir versprechen, dass du vorsichtig sein wirst."

Charlotte nickte. „Natürlich, Ewan. Wir treffen uns in ein paar Minuten im Foyer!"

Mit diesen Worten schnappte sie sich ihre Hausschuhe und verließ eilig das Zimmer, während er ihr hinterherstarrte. Er hatte gedacht, dass er sich heute etwas von Charlotte distanzieren könnte, die ihn immer so mühelos um den Finger wickelte.

Doch jetzt würde er mit einem Blick in seine Seele konfrontiert werden, und in ihre ebenfalls. Denn er wusste sehr wohl, dass die Art und Weise, wie Menschen eines bestimmten Rangs mit „normalen" Menschen umgingen, viel über die Persönlichkeit aussagte. Er hatte keinen Zweifel daran, dass er in ihr die Freundlichkeit, aber auch die Distanz sehen würde, die ihr Rang erforderte.

Und sie würde sehen, dass er zum gewöhnlichen Pöbel gehörte. Wie sie auf diese Erkenntnis reagieren würde, blieb abzuwarten.

KAPITEL 5

„**E**uer Gnaden", rief ein Mann, als Ewan von seinem Pferd stieg. Er reichte Charlotte die Hand, um ihr beim Absteigen zu behilflich zu sein, verweilte jedoch nicht lange bei ihr, sondern wandte sich den Männern zu, die sich am Ufer des nun reißenden Flusses versammelt hatten.

Charlotte runzelte die Stirn, als sie ihn ansah. Sie konnte verstehen, warum Ewan so besorgt war – das Wasser floss gefährlich nahe an mehreren seiner Häuser vorbei, die bewohnt waren. Doch die Männer hatten bereits etwas unternommen. In der Mitte der Häusergruppe befand sich ein riesiger Sandhaufen, der von einem Dutzend Männer in Säcke geschaufelt wurde. Anschließend brachten sie die Säcke zu einem behelfsmäßigen Damm, der langsam zum Schutz der Gebäude entstand.

„Es ist schlimmer als letztes Jahr", erklärte der Mann, der sich genähert hatte, mit großen Augen. „Danke für Eure Hilfe!"

Ewan warf Charlotte einen Blick zu, und sie eilte nach vorn, als er etwas auf seinen Block zu schreiben begann. „Seine Gnaden sagt, dass er froh ist, hier zu sein, und dass es ihm leidtut, dass er die Stützmauer letzten Sommer nicht gebaut hat."

Der Mann sah sie verwirrt an, und sie schenkte ihm ein beruhigendes Lächeln. „Ich bin Lady Portsmith", sagte sie und reichte ihm die Hand. „Ich bin hier, um zu helfen."

Blinzelnd beugte sich der Mann vor. „Äh, Marcus Chadworth, Mylady. Ich bin der Vorarbeiter des Dukes."

„Schön, Euch kennenzulernen. Was kann ich tun?", fragte sie an Ewan gewandt.

Seine Wangen waren leicht gerötet, obwohl Regen auf sie niederprasselte. Er sah aus, als wäre ihm unbehaglich zumute, und sie runzelte die Stirn. Sie wollte, dass ihre Anwesenheit eine Hilfe war und kein Hindernis oder eine Peinlichkeit.

„Vielleicht könntet Ihr Euch zunächst um die Frauen und Kinder kümmern", schlug Mr. Chadworth mit einem kurzen Blick auf Ewan vor. „Diejenigen in diesen drei Häusern müssen umziehen."

„Natürlich", sagte sie und entfernte sich, während die beiden Männer zu den anderen gingen, um die Sandsäcke zu füllen und zu schleppen. Ewan zückte sein Notizbuch nicht, als er sich näherte, sondern hob die Hand und wurde von denjenigen, die in seinem Dienst und unter seinem Schutz standen, herzlich und respektvoll begrüßt. Er warf ihr einen Blick zu, bevor er sich eine Schaufel nahm und sich daran machte, bei der Befüllung der Sandsäcke zu helfen.

Charlotte holte tief Luft und zwang sich, nicht wie eine Idiotin herumzustehen und ihn anzugaffen. Obwohl sie das den ganzen Tag tun könnte, denn seine Muskeln bewegten sich auf faszinierende Weise unter seinem Mantel.

Stattdessen ging sie auf die Häuser zu, die er für die Evakuierung vorgesehen hatte. Vor jedem Haus standen Wagen, halb beladen mit den Habseligkeiten derer, die darin lebten. Sie schüttelte den Kopf, als sie das verängstigte Gesicht einer Frau erblickte, die das erste Haus verließ und einen Koffer hinter sich herschleifte.

„Lasst mich Euch helfen", sagte Charlotte und eilte zu ihr, um die andere Seite des Koffers zu ergreifen. Gemeinsam hoben sie ihn auf die Ladefläche des Wagens.

„Danke", sagte die Frau und wischte sich den Regen von der Stirn. Tränen glänzten in ihren Augen. „Vielen Dank!"

„Das ist doch selbstverständlich", antwortete Charlotte. „Ich bin hier, um zu helfen. Gebt mir eine Aufgabe und ich werde tun, was ich kann."

Die Frau erstarrte und musterte Charlotte genauer. „Ihr seid eine *Lady*", sagte sie.

Charlotte lächelte. „Ja, das bin ich wohl."

Die Frau wich zurück. „Macht Euch bitte keine Mühe, Mylady."

Charlotte runzelte die Stirn. „Ach was, Ihr braucht Hilfe, und ich bin hier, um sie zu leisten."

„Das ist nicht richtig", beharrte die Frau.

Charlotte konnte sich ein Lachen nicht verkneifen. „Es ist nicht richtig, hier zu stehen und zuzusehen, wie Euer Leben und das vieler anderer weggespült wird, nur weil ich einem unsichtbaren Rang über Euch angehöre." Sie streckte die Hand aus und ergriff die Hände der Frau. „An jedem anderen Tag würde ich mich von Euch so lange wie eine ,Lady' behandeln lassen, bis Euer Gesicht blau anläuft. Aber heute heiße ich Charlotte, und ich helfe Euch sehr gerne, wenn ich darf."

Die Frau verlagerte ihr Gewicht von einem Fuß auf den anderen und betrachtete dann wieder Fluss, dessen Wasserpegel rasch anstieg. Sie seufzte. „Eliza, Mylady", stellte sie sich vor. „Und ... ich glaube, ich könnte etwas Hilfe in der Küche gebrauchen."

„Ausgezeichnet", sagte Charlotte und hakte sich bei ihrer neuen Freundin ein. „Geht voran."

Mit einem letzten Blick auf Ewan betrat sie das Haus, doch er erwiderte den Blick nicht. Er war zu sehr damit beschäftigt, seine Leute zu unterstützen. Es war offensichtlich, dass diese Menschen ihm etwas bedeuteten.

Und das wiederum bedeutete, dass sie auch ihr etwas bedeuteten.

～

Der Sandhaufen, den Ewans Arbeiter vom Meer heraufgeschafft hatten, begann zu schwinden, während Charlotte Eliza und einigen anderen Frauen dabei half, eine Handvoll Gegenstände auf den letzten Wagen zu laden.

„Wir kommen gleich wieder, um die Kinder zu holen", sagte der Kutscher und tippte sich an seinen klatschnassen Hut, bevor er die Pferde den Hügel hinauftrieb.

Charlotte drehte sich mit einem hoffentlich ermutigenden Lächeln zu ihren neuen Freundinnen um. In der letzten Stunde hatte sie die Angst in den Stimmen der Frauen gehört, die Furcht in den Gesichtern ihrer Kinder gesehen, und es brach ihr das Herz.

„Was ist, wenn der Damm nicht hält?", grübelte Eliza laut vor sich hin.

Ihr Kind, ein kleines Mädchen, das nicht älter als sechs Jahre sein konnte, griff nach der Hand ihrer Mutter, während sie den Wall betrachtete, den die Männer am Flussufer errichtet hatten. Er schien die heranrollenden Wellen zurückzuhalten, aber Charlotte war sich nicht sicher, ob er der Flut standhalten würde.

„Sollen wir ihnen helfen?", fragte sie und deutete auf den Sandhaufen. Als die anderen unsicher hin und her tänzelten, wurde Charlottes Lächeln breiter, um sie zu beruhigen. „Wir machen ein Spiel daraus! Wer die meisten Säcke füllt, hat gewonnen."

„Was gibt es zu gewinnen?", fragte eines der Kinder, ein süßes kleines Mädchen namens Maribelle.

Charlotte ging in die Hocke, um mit ihr auf Augenhöhe zu sein. „Wie wäre es mit süßen Törtchen und einer neuen Puppe, sobald die Brücke wieder geöffnet wird und ich ins Dorf gehen kann?"

„Ich will keine Puppe!", rief einer der Jungen.

Charlotte richtete sich wieder auf. „Dann ein Holzschwert für den Jungen, der am meisten Säcke füllt, und natürlich die Törtchen. Wie klingt das?"

Es waren insgesamt acht Kinder, die nun Blicke austauschten, und kurz verdrängte die Aufregung ihre Angst, wenn auch nur für einen Moment. Charlottes Herz klopfte bei ihren Blicken. Sie erinnerte sich, dass Ewan auch so ausgesehen hatte, als sein Vater ihn vor all diesen Jahren verlassen hatte. Ungewissheit war das Schlimmste für Kinder.

Die Jungen und Mädchen eilten den Hügel hinunter, und die Frauen folgten ihnen. Als sie den Haufen erreichten, war nur noch ein Mann dabei, Sandsäcke zu füllen, die anderen stapelten die Säcke. Der Mann blickte Charlotte an, als sie auf ihn zuging. „Was wollt Ihr?"

Sie zog die Augenbrauen hoch. „Wir sind hier, um zu helfen. Zeigt mir, wie man die Säcke füllt, dann übernehmen wir."

Er schüttelte den Kopf. „Das kann doch nicht Euer Ernst sein."

Charlotte richtete sich auf und bemühte sich um ihre beste „Gutsherrinnen"-Miene. „Und ob es mein Ernst ist. Wir können jetzt Zeit damit verschwenden, darüber zu diskutieren, oder Ihr könnt uns helfen lassen. Eine dritte Möglichkeit steht nicht zur Wahl."

Er runzelte die Stirn und warf die Hände in die Luft. „Nun gut."

Schnell zeigte er Charlotte und den anderen, wie viel Sand in die Säcke gefüllt werden musste und wie man sie sicher zuschnürte. Dann schnappte er sich zwei der schweren Säcke und ging hinunter zum Ufer, wo die anderen dabei waren, die Säcke aufzuschichten.

Charlotte verdrehte die Augen wegen seines Verhaltens, machte sich aber an die Arbeit, während der Regen weiter auf sie herabprasselte und der Fluss weiter anstieg.

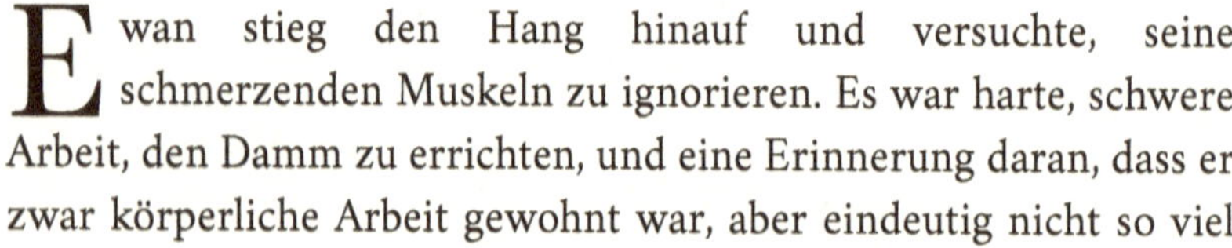

Ewan stieg den Hang hinauf und versuchte, seine schmerzenden Muskeln zu ignorieren. Es war harte, schwere Arbeit, den Damm zu errichten, und eine Erinnerung daran, dass er zwar körperliche Arbeit gewohnt war, aber eindeutig nicht so viel Kraft hatte wie einige seiner Pächter oder Diener.

All diese Gedanken verschwanden aus seinem Kopf, als er die Spitze des Hügels erreichte und Charlotte im strömenden Regen stehen sah, ihr Rock war völlig durchnässt und etwa zehn Zentimeter des Saums waren voller Sand. Sie band gerade einen Sandsack zu und rief triumphierend: „Fertig!"

Er blinzelte, unsicher, ob er halluzinierte. Einer der Männer hatte erwähnt, dass die Pächter beim Füllen der Säcke helfen würden, aber Ewan hatte nicht damit gerechnet, dass Charlotte sich ihnen angeschlossen hatte. So wie sie sich alle um sie scharten, schien sie tatsächlich die Anführerin der Gruppe zu sein.

Die Kinder lachten sie an und die Frauen warfen ihr anerkennende Blicke zu. Und in diesem Moment schien sie in ihre Kreise zu passen, obwohl sie die Tochter eines Dukes und die Witwe eines Earls war. Es gab keine Grenze zwischen ihr und seinen Leuten, und an einem Tag wie heute, an dem seine Pächter verängstigt waren, war das wichtig.

Charlotte drehte sich zu ihm um. Grinsend hob sie die Hand zur Begrüßung und eilte auf ihn zu. Sein Herz machte einen Sprung und er beugte sich vor, als könnte er sie einfach an sich drücken.

„Wie sieht es aus?", fragte sie leise und ernst, doch ihr Gesicht strahlte noch immer für alle, die sie beobachteten.

„Der Damm wird halten, vorausgesetzt, der Regen wird schwächer, so wie es zuletzt der Fall war", signalisierte er ihr und konnte einen erschöpften Seufzer nicht unterdrücken.

Ihre Schultern sackten leicht nach unten und ein Ausdruck der Erleichterung, den er eigentlich nur erwartet hätte, falls ihr eigenes Haus bedroht wäre, huschte über ihr Gesicht. Aber natürlich hatte sie Mitgefühl. Sie war Charlotte.

„Soll ich es ihnen sagen?", fragte sie.

Er nickte. Sie hakte sich bei ihm ein und zog ihn zu der Gruppe von Frauen und Kindern.

„Der Duke sagt, dass die Überschwemmung dank des nachlassenden Niederschlags und des Damms keine allzu verheerenden Folgen haben sollte."

Eine der Frauen begann zu weinen, während die anderen sich dicht um sie scharten. Die Kinder hüpften vor Freude. Ewan wurde warm ums Herz. Er hatte gute Menschen in seiner Obhut und ihr Wohlergehen lag ihm am Herzen.

In Windeseile gebärdete er mehrere Sätze und Charlotte übersetzte für die Gruppe: „Seine Gnaden ist immer noch der Meinung, dass die Familien Nickel, Swanright und Beckham heute in der Notunterkunft übernachten sollten. Das ist die große Jagdhütte, in die ihre Habseligkeiten gebracht wurden. Dort gibt es bequeme Betten sowie ein Mahl, das vom Haupthaus heruntergeschickt wird."

„Und unsere Törtchen?", rief einer der Jungen.

Ewan warf Charlotte einen Blick zu. „Törtchen?"

„Ich habe den Kindern, die beim Befüllen der Sandsäcke geholfen haben, Törtchen versprochen", erklärte sie. „Aber ich finde, es sollte für alle Törtchen geben!"

Er nickte und bedeutete ihr: „Der Meinung bin ich auch. Törtchen und Fasan, Gemüseeintopf, Brot sowie Käse und Wein." Die Familien tauschten Blicke aus und er lächelte. „Den Familien, die nicht evakuiert wurden, werden wir das Gleiche nach Hause schicken, als Dank für die Hilfe heute."

Die Tür zu einem der höher gelegenen Häuser öffnete sich, und eine Frau eilte mit einer großen Teekanne und einem Teller mit Kuchen und Broten heraus. Es war Mrs. Boyd, deren Haus nicht von der Flut bedroht war.

„Für Euch und die Männer, Euer Gnaden." Sie hastete nach unten, und ein anderer Pächter half ihr beim Einschenken der Tassen. Die Männer kamen hinter ihm den Hügel hinauf und griffen dankbar nach dem warmen Gebräu, um die Kälte aus den Knochen zu vertreiben. Ewan nahm seine Tasse als Letzter und atmete den duftenden Tee ein.

Als er einen Schluck nahm, lächelte Mrs. Boyd Charlotte an und reichte ihr eine Tasse. „Es wird schön sein, eine neue Duchess auf dem Anwesen zu haben."

Ewan konnte sich gerade noch davon abhalten, den Tee, den er im Mund hatte, über das platt getretene Gras zu spucken. Charlotte warf ihm einen Blick von der Seite zu, bevor sie Mrs. Boyd freundlich anlächelte.

„Ach, meine Liebe, ich bin nicht die neue Duchess", erklärte sie freundlich. „Der Duke und ich sind … wir sind einfach alte Freunde. Wir warten auf die Ankunft der Familie, sobald die Brücke geöffnet wird, um die Feiertage gemeinsam zu verbringen. Und ich konnte ihn nicht einfach allein hierherkommen lassen, ohne meine Hilfe anzubieten."

Mrs. Boyd errötete. „Oh, da bin ich wohl ins Fettnäpfchen getreten. Ich dachte nur –"

Charlotte legte ihre Hand auf die von Mrs. Boyd. „Das ist nicht schlimm. Ich freue mich, wenn ich die Duchess of Donburrow heute würdig vertreten habe."

Ewan schluckte, als das Gespräch sich anderen Themen zuwandte. Er bekam kaum etwas davon mit, da sein Blick unablässig zu Charlotte wanderte. Selbst wenn sie nass und schmutzig war, war sie reizend. Sie hatte eine beruhigende Wirkung auf alle – sogar ohne es zu versuchen. Und die Art und Weise, wie die Frauen seines Anwesens sie anhimmelten, machte deutlich, dass sie Charlotte sofort ins Herz geschlossen hatten.

Er rutschte unbehaglich auf seinem Stuhl umher und versuchte, sie nicht als seine Braut, seine Duchess, zu betrachten. Mit ihr an seiner Seite wäre alles so viel einfacher, zumal sie in nur wenigen Stunden eine Beziehung zu seinen Leuten aufgebaut hatte. Und die Vorstellung, sie immer an seiner Seite zu haben, immer in seinem Bett, immer in seinen Armen …

Ewan schüttelte den Kopf und trat vor, um seine leere Tasse an Mrs. Boyd zurückzureichen. Er begann, mit seinen Händen zu gestikulieren und Charlotte übersetzte: „Die Kutsche, die uns zurück zum Anwesen bringt, wird gleich da sein. Die Männer werden die Barriere, die wir errichtet haben, bewachen, und wenn sich etwas ändert oder verschlimmert, so zögert bitte nicht, uns zu benachrichtigen. Dann können wir noch mehr Leute evakuieren."

„Danke, Euer Gnaden", sagte Chadworth und streckte eine Hand aus. Ewan schüttelte sie, und dann die Hände all der Männer, mit denen er heute Seite an Seite gearbeitet hatte. Charlotte war nicht dabei gewesen, doch diesmal er hatte nicht sprechen müssen, um sich zu verständigen.

Das war ein wichtiger Grund, warum er so gerne körperliche Arbeit verrichtete. Dabei konnte er sich über seinen Körper Respekt verschaffen, ohne dass jemand seine Intelligenz in Frage stellte.

Die Damen verabschiedeten sich von Charlotte, und er winkte seine Bediensteten ab und wartete an der Kutschentür. Als sie sich endlich zu ihm umdrehte, lächelte sie.

„Der Duke of Donburrow hilft mir höchstpersönlich in meine Kutsche", scherzte sie leise. „Was für eine Ehre."

Lachend schüttelte er den Kopf und nahm ihre Hand. Als sich ihre behandschuhten Finger um seine Hand legten, machte sein Herz einen Sprung. Selbst in der Kälte und im Regen reagierte er auf sie. Seine Anziehung zu ihr war scheinbar durch nichts aufzuhalten.

Sie ließ sich auf dem Sitz nieder, und er stieg hinter ihr hinein und zog die Tür zu. Von diesem Teil des Anwesens waren es mehr als zwanzig Minuten zurück zum Haus, und er stellte sich auf eine kalte Fahrt ein.

„Ich dachte, die Kutsche wäre besser als auf Pferden zu reiten", erklärte er mithilfe von Zeichen.

Sie nickte. „Ja, ich muss zugeben, es ist schön, nach so einem langen Morgen zu sitzen und jemand anderes die Arbeit machen zu lassen."

„Du warst gut mit den Pächtern", gebärdete er. „Du hast sie beruhigt."

„Nun, ich schulde einer ganzen Reihe von Kindern Holz-schwerter und Puppen, wie es scheint", sagte Charlotte lachend.

„Sobald die Brücke wieder offen ist, begleitest du mich hoffentlich in die Stadt und hilfst mir, ihre Belohnungen auszusuchen.“

Er neigte den Kopf und betrachtete sie in der schummrigen Kutsche. „Deine Freundlichkeit ist vollkommen normal, nicht wahr? Du denkst nicht einmal darüber nach.“

Sie rutschte auf ihrem Sitz umher, als würde sie sich bei dieser Aussage irgendwie unwohl fühlen. „Mein Vater mag seine … Probleme gehabt haben … aber an Freundlichkeit hat es ihm nie gemangelt. Ich mag Menschen und ich höre mir gerne ihre Geschichten an. Das erinnert mich immer daran, wie ähnlich wir uns alle sind.“

„Manche Damen deines Standes würden das nicht so sehen.“

„Viel zu viele“, stimmte sie mit finsterer Miene zu. „Aber wenn mein Haus von einer Überschwemmung bedroht wäre, würde ich genauso reagieren wie diese Frauen heute. Es ist eine *menschliche* Reaktion – sie hat nichts mit Stand, Klasse oder Vermögen zu tun.“

„So kann man es auch sehen“, meinte er und ließ sich zurücksinken. Einen Moment lang dachte er über ihre Worte nach, dann begannen sich seine Hände zu bewegen und er sprach weiter, fast gegen seinen Willen. „Ich habe mich so lange von allen um mich herum … abgeschnitten gefühlt, dass es mir schwerfällt, Verbindungen zu anderen Menschen herzustellen.“

Charlotte lehnte sich näher an ihn heran. „Du hast Verbindungen mit deinen Freunden. Und mit mir.“

Er zuckte mit einer Schulter, konnte aber den Blick nicht von ihrem Gesicht abwenden. Sie war ihm jetzt so nah. Er könnte einfach die Hand ausstrecken und über ihre Wange streichen. Ihre Lippen küssen.

Sie musste seine Absicht, sein Verlangen gelesen haben, denn sie rückte an ihn heran. Langsam streifte sie ihre nassen Handschuhe ab und warf sie auf den gegenüberliegenden Sitz, dann hob sie eine zitternde Hand, um ihm eine nasse Haarsträhne aus der Stirn zu streichen.

„Du bist sehr attraktiv …, wenn du nass bist", flüsterte sie.

Plötzlich war es Ewan egal, ob ihm kalt war. Es war ihm egal, ob er bis auf die Knochen durchnässt war. Auf einmal ging es ihm nur noch um die Frau neben ihm. Alles, was ihn interessierte, war es, Charlottes Körper an seiner Seite zu spüren, ihre Fingerspitzen, die seine Kieferpartie nachzeichneten.

Er beugte sich vor und küsste sie. Sie gab einen leisen Laut der Kapitulation von sich und drückte sich an ihn, als wolle sie ihm noch näherkommen. Er drehte sich auf seinem Sitz, drückte sich an sie und presste sie mit dem Rücken gegen die Kutschenwand, während er seine Arme um sie schlang und seinen Mund immer fester auf den ihren presste.

Ihr Mund öffnete sich unter seinen Lippen, und er tauchte ein, kostete sie, ertrank in ihr, schwelgte in dem Gefühl ihres Körpers, ihrem Geruch und ihrem Geschmack, der jeden einzelnen Teil von ihm zu umgeben schien. Er war in ihr verloren, das war er schon immer gewesen, und dieser körperliche Austausch machte das nur noch deutlicher.

Er hätte die Kontrolle nicht verlieren dürfen. Er hätte sich dagegen wehren müssen. Aber er konnte es nicht. Nicht, als sie ihre Hüften gegen seine drückte, nicht, als sie ihre Arme um seinen Hals legte und ihren Kopf anwinkelte, um ihm besseren Zugang zu gewähren. Nicht, wenn sie alles war, was in seiner Welt zählte.

Die Kutsche hielt an und Ewan hob überrascht den Kopf. Waren sie so lange in ihrem Kuss verloren gewesen? Es war ihm wie eine Ewigkeit vorgekommen, seit sie losgefahren waren, doch sie waren tatsächlich bereits auf dem Anwesen angekommen. Er richtete sich auf und blickte sie entschuldigend an. Sie sah jedoch alles andere als traurig aus. Ihre Wangen waren rosig und sie lächelte, als sich die Tür der Kutsche öffnete und ein Diener erschien, um ihm beim Aussteigen zu helfen.

Ewan drehte sich um und half ihr beim Aussteigen, dann gingen sie gemeinsam zum Haus. Smith wartete an der Tür auf sie, und

Ewan konnte die Besorgnis in seinem Gesicht sehen, als sie schlammbeschmiert und nass, wie sie waren, erblickte.

„Geht es Euch gut?", fragte Smith, als er ihnen die nassen Hüte, Jacken und Handschuhe abnahm.

„Bestens", erwiderte Charlotte. „Ewan und seine Männer haben einen Damm gebaut, der die Pächter schützen wird."

„Wenn er hält", sagte Ewan in Zeichensprache, und Charlotte drückte sanft seinen Arm.

„Das sind ja hervorragende Neuigkeiten", freute sich Smith, und Ewan sah, wie er vor Erleichterung ein wenig zusammensackte. Wieder einmal war Ewan erstaunt, was für fähiges Personal er doch hatte. In dieser Hinsicht hatte er großes Glück.

„Das Arrangement, um das Ihr gebeten habt, ist fertig", fuhr Smith fort und nickte Ewan zu. „Möchtet Ihr dasselbe, oder hättet Ihr gerne zuerst einen Tee?"

Charlotte schüttelte den Kopf, als sie Ewan ansah. „Arrangement?"

Er lächelte sie an. „Ich dachte, du hättest nach all deiner Arbeit heute ein heißes Bad verdient. Ich habe angeordnet, dass es vorbereiten zu lassen, als ich die Kutsche bestellt habe."

Sie warf Smith einen Blick zu, bevor sie ihre Augen wieder auf ihn richtete. Dann sagte sie in Zeichensprache: „Wirst du mir Gesellschaft leisten, Ewan?"

Er schluckte, Hitze durchflutete seine Wangen. Aber nicht etwa, weil er peinlich berührt war. Nein, Smith verstand ihre Zeichensprache nicht. Nein, es war eine Hitze der Lust. Des Verlangens.

Und er wusste, dass er diese Einladung nicht ausschlagen konnte. „Sag Smith, dass es mir gut geht und er sich keine Sorgen machen soll. Und dass wir den Tee in …"

Er zuckte mit den Schultern und sie lächelte, bevor sie sich an Smith wandte. „Seine Gnaden sagt, Ihr braucht Euch keine Sorgen um ihn zu machen, und dass er und ich in zwei Stunden zusammen Tee trinken werden."

„Ausgezeichnet, Mylady", sagte Smith und huschte davon, sodass sie wieder allein waren.

Ewan sah sie eindringlich an. „Du überschätzt da möglicherweise meine Fähigkeiten, Mylady."

Sie hielt seine Hand fest und zog ihn lachend zur Treppe. Und er gab sich ihr hin, denn es war unmöglich, es nicht zu tun. Vor allem, wenn sie ihm alles anbot, was er je gewollt hatte.

KAPITEL 6

Charlotte zog Ewan in ihr Zimmer und lächelte. In der Ecke stand eine große Messingwanne, gefüllt mit dampfendem Wasser und sogar ein paar Blütenblättern. Perfekt. Natürlich hatte Ewan alles perfekt organisiert. Wie immer.

Sie drehte sich zu ihm um, als er die Tür hinter ihnen schloss, und lächelte. „Letztes Mal war es so hektisch", flüsterte sie. „Ich würde mir heute Nachmittag gerne Zeit für dich nehmen."

Er nickte langsam, und sie beobachtete, wie sein Blick wie ein Wasserfall über sie hinwegfloss. Obwohl sie bis auf die Knochen durchnässt war, voller Sand und Schmutz und ihr Haar von Wind und Regen vollkommen zerzaust war, sah er sie an, als wäre sie eine Göttin. Er gab ihr tatsächlich das Gefühl, eine zu sein.

Ewan war der richtige Mann für sie, auch wenn er das nicht glaubte. Noch nicht.

Sie ging auf ihn zu und berührte die nasse Vorderseite seines Hemdes. Es klebte regelrecht an seiner breiten Brust, und sie blickte anerkennend zu ihm auf, während sie langsam einen Knopf nach dem anderen öffnete. Er streifte das Hemd ab und stand nur in seiner Hose da. Sie leckte sich über die Lippen. Verdammt, er war unglaublich muskulös. Wie aus Granit gehauen. Als sie ihn berührte, fühlte es sich tatsächlich so an, als wäre Stein unter seinem Fleisch, so hart und perfekt geformt war er.

Er hielt still, als sie ihre Finger über seine Brust gleiten ließ und den Verschluss seiner Hose ertastete. Ohne den Blickkontakt zu unterbrechen, öffnete sie seine Hose und schob sie nach unten. Er war bereits hart, sein Schwanz wölbte sich in Richtung seines Bauches, eine stolze Demonstration seines Verlangens, das er so lange bekämpft hatte.

Sie umfasste ihn mit einer Hand und streichelte ihn vom Ansatz bis zur Spitze, woraufhin ihm ein leises Knurren aus der Brust entwich und er scharf aufkeuchte. Er legte den Kopf in den Nacken und sie beobachtete fasziniert, wie die Lust seine Miene weicher machte und ihm etwas von seiner Kontrolle raubte.

Sie wollte ihn ganz und gar.

Aber Ewan schien andere Vorstellungen zu haben. Ohne Vorwarnung richtete er sich auf, packte sie an den Schultern und drehte sie um. Dann drückte er eine Hand auf ihren Rücken, um sie leicht zu beugen, während er an ihrem Kleid zerrte und mit flinken Fingern die Knöpfe öffnete. Die warme Luft der Kammer traf auf ihre kühle Haut und sie stieß einen lustvollen Seufzer aus. Ein Seufzer, der sich noch verstärkte, als er das Kleid nach unten schob, es von ihren Armen löste und von ihren Hüften zerrte, sodass der feuchte Stoff zu Boden sank. Sie zog ihre Stiefel und die Strumpfhose aus, bevor sie sich zu ihm umdrehte und feststellte, dass auch er den Rest seiner Kleidung ausgezogen hatte.

Er starrte sie einfach nur an, und sie errötete und wölbte ihren Rücken leicht, um ihm den bestmöglichen Blick auf ihren Körper zu bieten. Da er schwer schluckte und sich seine Pupillen weiteten, nahm sie an, dass ihm gefiel, was er sah.

Und ihr auch. Seine breiten Schultern, seine muskulöse Brust und sein flacher Bauch, seine schlanken Hüften, seine kräftigen Schenkel, sein großer Schwanz, all das hätte aus einem Sammelband ihrer Fantasien stammen können. Oder vielleicht war dieses Buch schon vor langer Zeit mit ihm als Muse geschrieben worden.

Im Moment spielte das keine Rolle. Was zählte, war, dass sie ihn wollte. Und solange er sich erlaubte, sie auch zu wollen, würde sie jeden einzelnen Moment, den sie miteinander hatten, genießen.

Langsam ging sie auf ihn zu und blieb direkt vor ihm stehen. „Und was jetzt?", flüsterte sie. „Was willst du, Ewan?" Er deutete auf die Wanne, und sie lachte. „Soll ich da etwa allein hineinsteigen?"

Mit einem langsamen Kopfschütteln führte er sie zur Wanne und half ihr, ins Wasser zu steigen. Sie stieß ein genüssliches Zischen aus, als das dampfende Wasser auf ihr kühles Fleisch traf. Als sie sich gesetzt hatte, kniete er sich neben die Wanne und beobachtete sie durch die klaren Wellen. Charlotte neigte den Kopf und betrachtete sein Gesicht, als er ins Wasser griff und mit den Fingern über ihren nackten Oberschenkel und ihre Hüfte strich.

Es war schwer, zu glauben, dass er ihr erst gestern gesagt hatte, er sei noch Jungfrau. Der Sex mit ihm war ungeheuer kraftvoll gewesen, aber sie musste sich daran erinnern, dass er noch dabei war, ihren Körper und ihre Vorlieben kennenzulernen und auch seinen eigenen zu entdecken.

Sie spreizte langsam ihre Beine und streckte ein Bein aus der Wanne, um ihr Geschlecht zu öffnen, während sie sich zurücklehnte. Ihre Brüste waren gerade so vom Wasser bedeckt. Er drehte sich ruckartig zu ihr um.

„Ich nehme an, du willst mich sehen", sagte sie mit einem Hauch von Unschuld in der Stimme. „Und anfassen."

Anstatt mit einem Zeichen antwortete er ihr, indem er seine Aufmerksamkeit wieder auf die Vorzüge richtete, die sie gerade vor ihm entblößt hatte. Er streichelte sanft eine Brust und rieb mit dem Daumen über ihre Brustwarze, als sie vor Lust keuchte.

„Das gefällt mir", flüsterte sie, kaum in der Lage, Worte zu bilden. „Nur ein bisschen fester, ja?"

Er folgte ihrem Wunsch und drückte seinen Daumen fester auf den harten Knoten, bis sie sich mit einem leisen Schrei, den sie nicht unterdrücken konnte, an den Wannenrand klammerte. Der Laut entlockte ihm ein Lächeln und er widmete sich ihrer anderen

Brust. Schon jetzt konnte sie spüren, dass ihr Geschlecht feucht und bereit war. Dieses kribbelnde Verlangen danach, dass sein Körper sich an ihren schmiegte...

Aber er war noch nicht fertig mit seiner Erkundungstour. Er fuhr mit dem Handrücken über die Vorderseite ihres Körpers, streichelte ihren Bauch, ihre Hüfte und dann ihr offenes Geschlecht.

Ewan schob eine Hand hinter sie und hob sie leicht an, wobei er ihren Unterkörper an die Wasseroberfläche zog. Sie verstand, was er wollte. Er wollte sie sehen. Also stützte sie sich ab und gab ihm, was er wollte.

Mit großen Augen betrachtete er sie, seine Hände zitterten, und dann presste er seine Handfläche auf ihr Geschlecht. Sie rieb sich an ihm und drehte den Kopf, als die Lust sie übermannte. Es war erstaunlich, wie er nur mit der kleinsten Berührung ein elektrisierendes Verlangen in ihr zum Leben erwecken konnte. Bei ihrem Mann war das nie so gewesen. Sie hatte immer Mühe gehabt, zu kommen. Bei Ewan schien es, als wäre dazu nur der Hauch einer Berührung notwendig.

Er gab sich jedoch nicht mit dieser Berührung zufrieden. Behutsam öffnete er die Falten ihres Geschlechts und gab den Blick auf ihre feuchte Öffnung und die Perle ihres Kitzlers frei. Sein scharfer Atemzug löste ein ebenso starkes Kribbeln auf ihrer Haut aus wie seine Berührung, und sie schloss die Augen, um sich zu konzentrieren, während sein Finger ihren Eingang nachfuhr.

Charlotte umschloss seine Hand mit ihrer und ließ ihre Finger über ihr feuchtes Geschlecht gleiten, während sie ihn führte. Sie drückte seinen Daumen auf ihren Kitzler, bevor sie ihn langsam gemeinsam umkreisten. Als sie die Augen öffnete, betrachtete er ihr Gesicht, und sie lächelte.

„Genau so", keuchte sie und ließ seine Hand los, damit er das Vergnügen selbst steuern konnte. Und das tat er, und zwar perfekt. Er übte genau den Druck auf ihre Brustwarze aus, um den sie gebeten hatte, und es dauerte nicht lange, bis sie vor Lust zuckte und ihre Hüften in einem suchenden Rhythmus auf ihn zubewegte.

„Hier empfindest du Lust", sagte er mit der Hand, die nicht beschäftigt war.

Sie konnte kaum atmen, geschweige denn Worte finden, als er sie mit einer berauschenden Konsequenz immer wieder umkreiste, sodass sie die ganze Zeit kurz davor war, aber nicht kam.

„Ja", keuchte sie. „Oh, ja. Wenn du mich dort berührst, wenn du dich daran reibst, während wir miteinander schlafen … manche Männer …"

Sie brach ab und eine heiße Röte schoss ihr in die Wangen. Verflixt, es war gar nicht so leicht, über diese Dinge zu sprechen. Eine Dame sollte so etwas nicht tun – das hatte man ihr ihr ganzes Leben lang beigebracht.

„Was?", fragte er und seine Bewegungen wurden ruckartig.

„Manche Männer benutzen dafür sogar ihre Zunge", keuchte sie, während sie sich mit beiden Händen am Wannenrand festhielt.

Seine Augen weiteten sich bei dieser Vorstellung, und er leckte sich langsam über die Lippen. „Das will ich machen", gab er ihr zu verstehen.

Sie nickte, wobei sie so nah am Höhepunkt mit allem einverstanden gewesen wäre. „Später", stöhnte sie. „Jetzt will ich –"

Doch sie kam nicht dazu, ihren Satz zu beenden. Seine langsamen, stetigen Streicheleinheiten erreichten in diesem Moment ihren Höhepunkt. Sie erschauderte vor Lust und presste sich gegen seine Finger, als ihr Orgasmus in Wellen über sie hereinbrach. Sie warf ihren Kopf zurück und schrie in der Stille des Raumes auf, ohne sich darum zu kümmern, dass das Wasser aus der Wanne schwappte, während sie sich gegen seine Finger presste.

Sie war gerade dabei, wieder herunterzukommen, als er sich erhob und über den Wannenrand stieg. Sie spreizte ihre Beine noch weiter, und er drang mit einem heftigen Stoß in ihre pulsierende Scheide ein. Sie stemmte sich gegen ihn und die Wellen brachen über sie herein, als sein Mund den ihren fand.

Während ihrer Ehe hatte sie sich manchmal dabei ertappt, wie sie beim Sex fantasiert hatte. Und natürlich hatte sie sich vorgestellt, dass genau *dieser* Mann diese Dinge mit ihr tat. Das hatte ihr geholfen, ihre Lust im Ehebett zu finden.

Aber jetzt war Ewan hier. Sein großer Körper war über ihr, sein Mund an ihrem feuchten Hals, sein Schwanz füllte sie aus und seine Hüften rieben sich an ihren, um ihre Klitoris zu stimulieren und die Flamme des Verlangens erneut in ihr zu entzünden. Es gab keinen Grund mehr für Fantasien.

Charlotte schlang ihre Arme um ihn und gab sich stattdessen dem Gefühl hin. Sein Gewicht auf ihr, seine Lippen, die über ihre Schulter wanderten, das sanfte Knabbern seiner Zähne an ihrem Fleisch, seine Hände, die ihren Rücken streichelten. Jeder Finger krallte sich in ihre Haut und zog sie näher an ihn heran, als ob sie zu einer Einheit verschmelzen könnten. Das Wasser war immer noch heiß auf ihrer Haut, genauso wie er. Die Grenzen zwischen ihnen verschwammen und verblassten, und sie waren eine einzige Energie in Bewegung, die danach strebte, etwas Schönes zu schaffen.

Der zweite Orgasmus traf sie härter als der erste, und sie wand sich unter ihm. Ihre Finger gruben sich in seine feuchte Haut, während sie sich in der Erlösung verlor. Sie kam erst wieder zu sich, als er sich mit einem schweren Seufzer zurückzog, sein Gesicht war ebenfalls von Erlösung gezeichnet.

Sie zog ihn an sich und hob den Kopf, um ihn noch einmal zu küssen. Sie war überwältigt von der Intensität ihrer Verbindung, getrieben von dem Wunsch, ihn nie wieder loszulassen. Aber sie wusste, dass er am Ende vielleicht nicht zulassen würde, dass ihre Verbindung andauerte.

Ewan schlang seine Arme um Charlotte und zog sie an seine Brust. Irgendwann hatten sie es schließlich geschafft, in der Wanne sauber zu werden, und jetzt kringelte sich ihr nasses Haar, das über seiner Brust und seinen Armen lag. Es gefiel ihm so.

„Danke für deine Hilfe. Es war kalte, harte Arbeit heute", bedeutete er mit den Händen.

Charlotte drehte sich um, sodass ihre Brüste gegen seinen Bauch drückten, und legte ihren Kopf auf seine Brust, während sie ihn anlächelte. „Ich habe dir doch schon gesagt, dass ich das gerne getan habe. Du hast wunderbare Menschen auf deinem Anwesen, Ewan."

Er nickte und löste seine Hände von ihr, um zu antworten: „Die Besten."

„Und sie haben großen Respekt vor dir", sagte sie langsam – vorsichtig, dachte er. Als wäre sie nicht sicher, wie er darauf reagieren würde.

Nicht, dass er es ihr verdenken könnte. Respekt war ein heikles Thema für ihn, dank der Komplikationen in seiner Vergangenheit und der Art und Weise, wie andere ihn aufgrund seines Mutismus wahrnahmen.

„Ich spüre ihren Respekt." Er wählte jedes Wort seiner Antwort ebenso bedächtig. Nicht, weil er Charlottes Antwort nicht traute, sondern weil er seine eigene messen wollte. „Hier bin ich ... zu Hause. Es ist nicht wie in London, wenn ich mit ... anderen zusammen bin."

Sie hob ihre Finger und strich sanft über seinen Kiefer. „Wie ich?", flüsterte sie.

Er schüttelte den Kopf. „Bei dir habe ich mich immer wohlgefühlt."

Ihre Augen funkelten amüsiert, doch er sah noch etwas Tiefgründigeres in ihrem Blick. Etwas, das er immer gefürchtet hatte und vor dem er zurückschreckte, wenn es um sie ging. Charlotte wollte mehr sagen. Sie wollte ihn drängen. Das lag in ihrer Natur.

„Charlotte", signalisierte er und ließ ihr keine Chance, das auszusprechen, was ihr auf der Zunge lag. „Ich will dich. Das ist offensichtlich. Ich habe dich schon immer gewollt, solange ich darüber nachgedacht habe, mit einer Frau zusammen zu sein."

Sie nickte. „Aber?", drängte sie.

„Aber du ... du verstehst nicht, was für eine Zukunft du mit einem Mann wie mir hättest", beendete er seine Ausführungen.

Sie setzte sich ganz auf, was in der engen Wanne nicht ganz einfach war. Ihre Augen funkelten, als sie sagte: „Glaubst du, ich wüsste das nicht? Ein Leben mit einem Mann wie dir – du meinst einen Mann, den ich über alle Maßen vergöttere? Einen Mann, den ich als meinen besten Freund betrachte, einen Mann, der der beste Liebhaber ist, den ich je hatte? *Dieses* Leben? Ich weiß genau, wie dieses Leben aussehen würde."

Er schürzte die Lippen. Charlotte tat immer so, als würde sein Defekt nicht existieren.

Ewan richtete sich auf und stieg aus der Wanne. Während er sich mit einer Hand ein flauschiges Handtuch um die Taille wickelte, sprach er mit der anderen Hand: „Nein, das tust du nicht! Verdammt, Charlotte, du hast keine Ahnung, wie mein Leben aussieht."

„Dann sag es mir", beharrte sie und stieg ebenfalls aus dem Wasser.

Fast hätte er sich von den Rinnsalen, die über ihre perfekte Haut liefen, ablenken lassen, doch er verdrängte das rohe, animalische Verlangen, das sie in ihm weckte, und konzentrierte sich auf das, was er ihr sagen musste. Und zwar jetzt sofort.

„Du weißt nicht, wie es ist, wenn die Leute über einen reden, obwohl man danebensteht." Ihm war bewusst, dass seine Hände zitterten, und er bemühte sich, die Zeichen für die jeweiligen Buchstaben oder Worte zu finden. „Du weißt nicht, wie es ist, gefragt zu werden, ob man nicht nur stumm, sondern auch dumm ist. Oder wenn die Leute einfach annehmen, dass sie einen anfassen können, weil man nicht sprechen kann. Oder einen anschreien, wenn sie reden, weil sie denken, dass man zwangsläufig auch taub sein muss."

Charlotte sagte nichts, aber er sah, wie ihre Unterlippe zitterte, als sie ihm zuhörte. Und er sprach weiter. Weil er es musste. Weil er nicht aufhören konnte. Weil ihm die Worte mit einer Dringlichkeit aus den Fingern flossen, die er nicht definieren oder leugnen konnte.

Und er konnte sich einreden, dass er ihr diese Dinge vermittelte, um sie zu schützen, aber in Wahrheit konnte er sie einfach nicht länger zurückhalten. Nicht ihr gegenüber.

„Du hast keine Ahnung, wie es ist, immer einen Notizblock und einen Kohlestift in der Tasche haben zu müssen. Oder was für eine Panik in einem aufsteigen kann, wenn, Gott bewahre, dieser Block und dieser Stift verloren gehen oder beschädigt werden. Und du hast auch keine Ahnung, wie es ist, vom eigenen Vater verlassen zu werden, weil man behindert ist und man durch seine bloße Existenz dessen Ehre verletzt. Oder wie es ist, nach seinem Tod zu erfahren, dass ebendieser Vater alle möglichen Barrieren errichtet hat, um einen unfähig aussehen zu lassen, seinen Titel zu übernehmen. Mit den eigenen Brüdern und der eigenen Mutter um das Erbe kämpfen zu müssen, und von ihnen bei jeder Begegnung angespuckt und als Tier bezeichnet zu werden.“

Er ließ die Hände sinken und wandte sich ab. Sein Herz klopfte wie wild, denn er hatte all diese Dinge noch nie jemandem gegenüber geäußert. Ein paar Freunde wussten hier und da etwas, sein Onkel hatte vieles mitbekommen, aber niemand kannte das ganze Ausmaß seines Innenlebens.

Doch nun wusste Charlotte es.

„Ewan, bitte sieh mich an.“

Ihre sanfte Stimme war wie der Gesang einer Sirene. Und er war ein Seemann, der auf die Felsen zusteuerte. Doch das hielt ihn nicht davon ab, genau das zu tun, worum sie ihn bat. Sie war aus der Wanne gestiegen und ihre blonden Locken fielen ihr nass auf die Schultern. Sie hatte sich ein Handtuch um den Körper gewickelt und in ihren dunkelgrünen Augen schimmerten unvergossene Tränen und Emotionen. Er konnte seinen Blick nicht von ihr abwenden.

Er wollte es nicht einmal, obwohl er wusste, was das Beste war.

Sie war ruhig, gelassen, so wie immer. „Es tut mir leid“, sagte sie.

„Es ist nicht deine Schuld." Er senkte seinen Blick.

Sie ging einen Schritt auf ihn zu, blieb aber einige Zentimeter vor ihm stehen. „Nicht für das, was passiert ist, obwohl mir das natürlich auch leidtut. Was ich meinte, ist, dass es mir leidtut, dass ich gesagt habe, dass ich wüsste, wie dein Leben aussieht. Das tue ich nicht. Wenn du diese Dinge sagst, kann ich mir nur schwer vorstellen, wie groß der Schmerz sein muss, den du fühlst. Das, was du durchgemacht hast, sollte man nicht auf die leichte Schulter nehmen. Aber –"

Er bewegte sich jetzt auf sie zu und streckte zwei Finger aus, um sie auf ihre vollen Lippen zu drücken. „Bitte", gebärdete er. „Der Regen hat nachgelassen, das Wasser wird zurückgehen, und die Brücke ist unbeschädigt, also dauert es vielleicht nur noch ein oder zwei Tage, bis die anderen kommen. Uns bleibt nicht mehr viel Zeit für das hier. Lass uns die Zeit nutzen, solange wir die Gelegenheit dazu haben. Das ist alles, was ich zu geben habe."

Charlotte schürzte die Lippen und drückte einen Kuss auf seine Finger, bevor er sie wegzog, damit sie etwas sagen konnte. Er sah den Schmerz in ihrem Gesicht und in ihren Augen. Und zu wissen, dass er dafür verantwortlich war … erneut … brach ihm das Herz.

Doch ihre Stimme war fest, als sie sagte: „Also gut, Ewan. So soll es sein. Wenn das alles ist, was ich haben kann, werde ich dein Angebot nicht ablehnen."

KAPITEL 7

Ewan wusste, dass er erleichtert sein sollte, dass Charlotte seiner Bitte nachkam. Wenn sie nichts von ihm erwartete, würde sie nicht verletzt sein, wenn es vorbei war. Doch er verspürte keine Erleichterung. Stattdessen überkam ihn eine unbestreitbare Enttäuschung. Er musste sie von der Zukunft ablenken, die er in ihren Augen schimmern sehen konnte. Doch sobald sie sich damit abgefunden hatte, würde sie sich einen anderen suchen, der ihr eine bessere Zukunft bieten konnte. Das wusste er aus bitterer Erfahrung. Sie würde wieder heiraten und dann wäre sie für ihn für immer verloren.

Das hier war alles, was er hatte. Und er wollte unbedingt dafür sorgen, dass es ihnen beiden gut ging.

Er streckte die Hand aus und steckte einen Finger in die Vorderseite ihres Handtuchs, dann zog er daran, sodass der Stoff zu Boden fiel und sie nackt vor ihm stand. Sie legte ihre Hand in seinen Nacken und küsste ihn. Sofort fuhr er mit seiner Zunge zwischen ihre Lippen, schmeckte ihren Schmerz und ihr Verlangen, als sie zu einem Gefühl verschmolzen, das zu stark war, um es zu leugnen.

Stöhnend griff er unter ihre Knie, hob sie hoch und trug sie zum Bett. Als er sie mit dem Rücken gegen die Kissen drückte und sich neben sie legte, betrachtete er ihren Körper von oben bis unten. In der Zeit, die ihnen noch blieb, wollte er sich jeden Zentimeter von ihr einprägen. Wenn er einmal nur noch Erinnerungen hatte, würde er froh darüber sein.

Charlotte küsste ihn erneut und spreizte leicht die Beine. Als er sich zurückzog, sah er an ihrem Körper hinunter. In der Wanne hatte sie erwähnt, dass es Männer gab, die Frauen zwischen den Beinen leckten. Seitdem sie das gesagt hatte, konnte Ewan an nichts anderes mehr denken. Charlottes intimste Stelle zu schmecken …

Er wollte wissen, wie sie schmeckte, als Referenz für seine zukünftigen Fantasien. Er ließ seinen Mund an ihrem Körper hinuntergleiten und schmeckte die süße, saubere Essenz ihrer frisch gewaschenen Haut. Er umkreiste eine Brustwarze mit seiner Zunge, und sie wand sich unter ihm.

Er blickte an ihrem Körper hinauf und lächelte, als er die Ekstase auf ihrem Gesicht sah. Oh ja, er wollte alle ihre Geschmacksrichtungen kennenlernen. Ewan leckte sie und imitierte mit seiner Zunge die Berührungen, die sie von seinen Fingern mochte. Es war so einfach, herauszufinden, was ihr Lust bereitete, denn es war für ihn ein ebenso großes Vergnügen. Wenn sie unter ihm stöhnte, mit ihren Fingern durch sein nasses Haar fuhr, seine Kopfhaut massierte und ihn noch näher an sich zog, war das himmlisch. Einfach nur himmlisch.

Er saugte fester und sie keuchte unter ihm, ihre Beine zitterten unkontrolliert. Sein Schwanz war bereits wieder steinhart und pochte im Takt der Bewegungen seiner Zunge an ihrer Haut. Doch er ignorierte es. Er ignorierte den Teil in seinem Inneren, der ihm befahl, ihre Beine zu öffnen, zu plündern, zu nehmen, zu fordern und zu markieren.

Im Moment wollte er sie einfach nur verwöhnen. Er wollte lernen. Für alles andere würde noch genug Zeit sein. Mit einem Ploppen verließ ihr feuchtes Fleisch seine Lippen, als er sich von ihrer Brustwarze zurückzog. Langsam knabberte er an ihrer anderen Brust, fuhr die Wölbung mit seinem Mund nach und nahm dann ihre Brustwarze tief in den Mund, um sie mit seiner Zunge zu umkreisen.

Sie hob jetzt ihre Hüften im Takt mit seinem Mund und er ließ seine Hände tiefer gleiten, während er ihre Brüste weiter verwöhnte. Genüsslich fuhr er über die glatte, weiche Haut ihres Brustkorbs und die Wölbung ihrer Hüfte. Als er mit seinen Fingernägeln leicht über ihre Haut kratzte, stieß sie einen Schrei der Lust aus.

Er lächelte an ihrer Haut und wiederholte den Vorgang, während sie unter ihm erzitterte. Ihre Lust steigerte seine eigene und der Widerhall ihres Verlangens berührte ihn bis in die Tiefen seiner Seele.

Er wollte ihre intimsten Stellen berühren. Als er mit seinen Fingern über ihre Hüfte und ihren Schenkel nach unten fuhr, öffnete sie sich ihm mit einem zitternden Seufzer. Er leckte und saugte weiter an ihrem Nippel, während er ihre Falten teilte und ihren Eingang feucht und bereit vorfand. Langsam strich er mit seinen Fingern über sie, testete, wie ihre Hüften zuckten, wenn er die Spitzen in ihre Scheide eintauchte, oder wie sie erschauderte, wenn er ihren Kitzler streifte.

Ewan löste seinen Mund von ihren Brüsten, während er sie mit seinen Fingern reizte und mit seiner Zunge weiter ihrem Körper hinunterwanderte. Er leckte sie und sorgte dafür, dass ihr Körper sich an seine Hand presste, während er mit seinem Mund denselben Weg nahm, über den zuvor seine Hand gewandert war.

Schließlich ließ er sich zwischen ihren Beinen nieder und drückte sie noch etwas weiter auseinander, als er den süßen Himmel ihres feuchten Geschlechts betrachtete. Sie schimmerte im Feuerschein, und er konnte ihre Erregung riechen, erdig und süß. Kein Wunder, dass viele Männer das taten. Er hatte noch nicht einmal angefangen und ihm lief bereits das Wasser im Mund zusammen.

„Öffne mich", murmelte sie über ihm.

Er blickte auf und sah, dass sie ihn beobachtete. Ihr Gesicht war angespannt und gerötet vor Verlangen. Stirnrunzelnd schüttelte er den Kopf.

„Dann gibst *du* also den Ton an, ja?", meinte sie lachend. „Gut, aber du solltest wissen, dass du mich wahrscheinlich umbringen wirst, wenn du noch länger wartest."

Lächelnd richtete er seine Aufmerksamkeit wieder auf ihr Geschlecht. Er öffnete sie weiter und begutachtete das Fleisch, das er enthüllte. Langsam beugte er sich vor und ließ seine Zunge über sie gleiten.

Nach ihrem Bad war sie sauber und feucht vor Erregung. Sie schrie seinen Namen, als er die Bewegung wiederholte und sie in einem Zug von oben bis unten leckte. Ihr Geschmack explodierte auf seiner Zunge, eine Süße, wie er sie noch nie zuvor geschmeckt hatte. Er stürzte sich in den Akt und leckte sie immer wieder, während sie sich über ihm wand. Er wollte sich in ihr verlieren, bemühte sich aber, sich zusammenzureißen. Wenn er ihr Lust bereiten wollte, musste er jede einzelne Reaktion registrieren, um zu verstehen, was sie dazu brachte, zu stöhnen und sich zu wölben.

Und er fand es heraus, nachdem er lange Zeit jeden Zentimeter ihres Geschlechts erkundet hatte. Er fand den Knoten ihrer Klitoris und jedes Mal, wenn er daran saugte, stieß sie einen Schrei aus. Er konzentrierte sich darauf, wirbelte mit seiner Zunge darum herum, drückte mit der flachen Seite fest zu und saugte sanft daran. Ihre Beine begannen zu zittern und ihre Hände krallten sich in sein Haar, als sie sich an ihn drückte.

Ewan spürte das Flattern ihres Orgasmus nur den Bruchteil eines Augenblicks, bevor sie aufschrie. Doch er leckte sie immer weiter und hörte selbst dann nicht auf, als sie strampelte und seinen Namen rief. Erst als sie sich mit glasigen Augen in die Kissen sinken ließ, kroch er an ihrem Körper hinauf.

Sie zog ihn an sich, presste ihren Mund auf seine Lippen und stöhnte, als sie sich auf seinen Lippen schmeckte. Sie öffnete sich weiter und er brauchte keine weitere Einladung. Er versank in der Nässe ihres Geschlechts und erschauderte, als sie jeden Zentimeter von ihm umklammerte. Einen Moment lang kniete er still da und küsste sie, während ihre immer noch flatternden inneren Muskeln ihn leicht massierten.

Doch es war zu viel und er konnte sich nicht mehr zurückhalten. Er wölbte seine Hüften und drang tief in sie ein, bevor er sich zurückzog und erneut in sie hineinstieß. Charlotte hob ihre Hüften unter ihm, ihr Atem ging in schnellen Stößen und ihr Gesicht verzog sich erneut vor Lust.

Sie sahen einander in die Augen, als er sie nahm, und diese Intimität offenbarte unglaublich viel von ihr. Er sah, wie viel er ihr bedeutete, wie sehr sie sich wünschte, dass dies niemals enden würde. Er empfand dasselbe, auch wenn er wusste, dass es nicht sein konnte. Das machte diese gemeinsamen Momente noch intensiver, noch besonderer. Da sie nicht von Dauer sein konnten, musste er sie auskosten.

Ewan stieß härter zu, das Gefühl rauschte seinen Schwanz hinauf, seine Hoden zogen sich zusammen. Er spürte, dass auch sie sich ihrem Höhepunkt näherte. Er wollte sie dorthin bringen, während ihre Körper miteinander verbunden waren. Er ließ seine Hüften kreisen, und sie keuchte und umklammerte ihn mit ihren Beinen, während sie flüsterte: „Ewan, Ewan, ich –"

Er presste seinen Mund auf ihren und ihre Worte verklangen an seinen Lippen, ebenso wie ihre Schreie der Erlösung. Ihr Körper melkte ihn und er stieß immer härter zu, bis der Druck in seinen Hoden nachließ und seine Sicht verschwamm. Erst dann zog er sich aus ihr heraus, um nicht in ihr zu kommen.

Danach ließ er sich neben ihr auf das Bett fallen und drückte sie an seine nackte Brust. Sie schlang ihre Arme um ihn und vergrub ihren Kopf an seiner Schulter. Für eine gefühlte Ewigkeit blieben sie so liegen.

Und Ewan konnte nur an eine Sache denken. Er hatte Charlotte einen Moment zuvor zum Schweigen gebracht, weil er sie kannte. Er wusste, dass sie ihm sagen wollte, dass sie ihn liebte.

Und das konnte er nicht zulassen. Er wollte nicht, dass sie es fühlte. Das würde nur zu Schmerz für sie beide führen. Die Situation zwischen ihnen hatte sich verändert, und er konnte nicht zulassen, dass sie sich noch mehr veränderte.

Irgendwie musste er sich von ihr distanzieren. Aber nicht in diesem Moment. Nicht jetzt.

~

Charlotte schritt durch Ewans Bibliothek und betrachtete lächelnd all die Bücher. Es war ihr unbegreiflich, wie ihn jemand nicht für brillant halten könnte. Seine Regale waren voller Wälzer zu allen möglichen Themen, von Wissenschaft über Astronomie bis hin zu aktuellen Romanen. Und sie wusste, dass er sie alle gelesen hatte. In all den Jahren, seit sie sich kannten, hatten sie viele Stunden damit verbracht, über Bücher zu diskutieren.

Das war nur eine weitere Sache, die sie miteinander verband.

„Das Abendessen war wunderbar", sagte sie und wandte sich ihm zu.

Er stand an der Anrichte und schenkte ihnen Getränke ein. Lächelnd blickte er auf und nickte.

„Sag es nicht meinem Personal, aber ich glaube, du hast die beste Köchin in ganz England."

Er reichte ihr den Sherry und gebärdete: „Da stimme ich dir zu, aber wir sollten es für uns behalten, sonst versucht noch jemand, sie mir wegzunehmen."

Sie lachte und ihr Herz wurde leichter. Obwohl sie überglücklich über die leidenschaftliche Verbindung war, die sich zwischen Ewan und ihr entwickelt hatte, war es genau das, was sie am meisten daran liebte. Die Tatsache, wie einfach ihre Freundschaft war, wie gerne sie Zeit mit ihm verbrachte, wie viel sie gemeinsam hatten, aber auch, wie sehr sich ihre Unterschiede gegenseitig ergänzten.

Wenn er das nur auch sehen könnte.

„Du freust dich sicher auf Baldwin und deine Mutter", fügte er hinzu, vollkommen ahnungslos, was in ihrem Herzen vorging.

Sie zwang sich, sich auf seine Aussage zu konzentrieren. „Das tue ich. Ich bin vor über einem Monat aus London abgereist, um Simon und Meg zu besuchen, und ich habe die beiden vermisst. Es wird schön sein, sie zu sehen und die Feiertage mit ihnen, dem Duke of Tyndale und deiner Tante zu verbringen."

Er nickte, doch sie glaubte, Bedauern in seinem Blick aufflackern zu sehen. Ob es daran lag, dass sich diese Sache zwischen ihnen, wie auch immer er es nennen wollte, ändern würde, sobald die anderen eintrafen? Oder interpretierte sie zu viel in das Zucken seiner Wange oder das Flackern seiner Augen hinein?

„Wenn sie erst einmal da sind", fuhr sie fort, wobei sie ihre Worte sorgfältig wählte, „dann wird sich vermutlich alles hier ändern."

Er drehte sich zu ihr um. „An den Feiertagen wird reges Treiben herrschen, ja", gebärdete er.

Charlotte schluckte. „Das habe ich nicht gemeint, Ewan", flüsterte sie.

Er wandte sich ab, doch sie legte langsam einen Finger an sein Kinn. Er sah sie an, und ihr Herz schmerzte. Ewan war schon immer kompliziert gewesen. Sie war in der Lage gewesen, ihn zu durchschauen, wenn andere es nicht konnten. Sie hatte seinen Schmerz gesehen. Seine Angst. Seine Wut.

Heute Abend sah sie nur sein Bedauern. Ein Bedauern, das sie zutiefst traf, denn sie wusste, dass es zwei Seiten hatte. Das Bedauern, das sie teilte, dass sie sich nicht für immer in dieser Traumwelt verkriechen konnten. Aber auch das Bedauern darüber, dass er es so weit hatte kommen lassen.

„Was wird dann aus uns werden?", fragte sie und hielt den Atem an, während sie auf seine Antwort wartete.

Es entstand eine Pause, die sich wie eine Ewigkeit anfühlte, dann hob er seine zitternden Hände, um zu antworten: „Ich dachte, wir hätten vereinbart, dass dies nicht von Dauer sein würde. Dass diese Zeit alles ist, was wir haben können?"

„Aber willst du das denn?"

Er zog sich zurück und ging auf die andere Seite des Zimmers, bevor er in seiner Tasche kramte und sein Papier und seinen Stift herausholte. Ihr Herz machte einen Sprung. Ewan schrieb ihr nur selten, um sich mit ihr zu verständigen. Dank ihrer Geheimsprache war das meist nicht nötig.

Dass er das jetzt tun wollte, bedeutete, dass er versuchte, sich noch mehr zu distanzieren, als sie befürchtet hatte. Sie musterte ihn, während er eine Antwort kritzelte, und sie ihr dann hinschob.

„Was ich will, spielt keine Rolle. Dies ist ein gestohlener Moment, Charlotte. Ich werde mit großer Freude darauf zurückblicken, aber es ändert nichts."

Sie blickte wieder zu ihm auf, doch er hatte ihr den Rücken zugewandt und legte Holzscheite ins Feuer. Sie wollte sich auf ihn stürzen und schreien, dass sie ihn liebte. Sie wollte, dass er sah, was sein könnte, wenn er Hoffnung und eine Zukunft in seinem Herzen zuließ.

Doch sie kannte diesen Mann viel zu gut. Er reagierte nicht auf Forderungen. Wenn überhaupt, dann zog er sich noch mehr in sein Schneckenhaus zurück, wenn er sich unter Druck gesetzt fühlte. Wenn sie wollte, dass er die Zukunft sah, musste sie ihm die Zukunft zeigen. Forderungen konnte sie nach seiner Kapitulation stellen.

Sie machte einen Schritt auf ihn zu und fasste ihn an der Schulter. Er zuckte ein wenig zusammen, genau wie in der ersten Nacht, nachdem sie sich geliebt hatten. Langsam drehte er sich zu ihr um, sein Blick war hart und unergründlich.

Sie rang sich ein Lächeln ab. „Es ist noch niemand da. Lass uns nach oben gehen, Ewan. Schaffen wir noch mehr Erinnerungen, auf die wir beide zurückblicken können. Vielleicht hast du recht und jetzt ist nicht der richtige Zeitpunkt, um sich Gedanken über die Zukunft zu machen."

Er spitzte leicht die Lippen, und sie konnte sehen, wie er im Stillen mit sich rang. Das war es, was sie eigentlich wollte – dass er mit sich selbst kämpfte. Denn nur so hatte sein Herz eine Chance, über seinen Kopf zu siegen.

Und heute Abend, in diesem Kampf, tat es das. Er nahm ihre Hand. Seine großen Finger legten sich um ihre und er führte sie aus dem Zimmer, die Treppe hinauf, in seine Gemächer.

Sie seufzte, als er sie eintreten ließ. Es war nicht perfekt, aber es war ein Schritt. Mit jedem Schritt, der sie dem Leben näherbrachte, das sie wollte, wusste sie, dass es sich lohnte, zu kämpfen. Auch wenn es ein immer größer werdendes Risiko für ihren Körper, ihr Herz und ihre Seele bedeutete.

KAPITEL 8

Die winterliche Morgensonne hatte gerade erst begonnen, die Ränder seiner Vorhänge zu erhellen, als Ewan erwachte. Einen Moment lang lag er still da, die Augen noch geschlossen, und genoss, was er um sich herum fühlte und roch.

Charlotte.

Ihr Körper schmiegte sich an seinen, er hielt sie im Arm und der Vanilleduft ihres Haares stieg ihm in die Nase. Er hatte sich oft vorgestellt, wie der Himmel wohl riechen mochte.

Langsam öffnete er die Augen und sah sie an. Ihre Körper passten perfekt zusammen. Wie er war sie groß und als sie sich an ihn schmiegte, stieß ihr weicher Po genau gegen seinen harten Schwanz.

Wie gerne wäre er in sie hineingeschlüpft, hätte gespürt, wie sie feucht wurde und stöhnte, wenn er sie mit einem Schäferstündchen weckte. Wie gerne hätte er den ganzen Tag mit ihr im Bett verbracht, gelacht, geredet und Liebe gemacht, als wäre dies die Zukunft, die er mit ihr teilen würde.

Doch genau darin bestand das Problem. Es war nicht ihre Zukunft. In den letzten Tagen hatte er zugelassen, dass sie ein Teil seines Lebens wurde. Die emotionale Seite in ihm wollte nicht, dass es aufhörte.

Seine rationale Seite sah das anders. Was er ihr über die Schwierigkeiten der Zukunft gesagt hatte, war nur die Hälfte dessen, was er befürchtete. Den Rest konnte er nicht einmal ansatzweise in Worte fassen. Nicht einmal ihr gegenüber.

Er seufzte, als er sich vorsichtig von ihr löste. Sie rührte sich ein wenig, flüsterte seinen Namen in der Dunkelheit, bevor sie sich wieder in die Kissen sinken ließ und ihr Atem schwerer wurde.

Ewan hob seine Hose vom Boden auf und ging dann in den Nebenraum, um sich anzukleiden. Er hatte einen Diener, doch anstatt ihn zu rufen, zog er sich rasch an und ging dann nach unten.

Die Bediensteten lächelten ihn an, weil sie daran gewöhnt waren, dass er früh aufstand. Er war noch nie jemand gewesen, der den ganzen Tag im Bett herumlümmelte. Als er durch die Halle ging, erblickte er Smith in einem der Foyers, wo er sich mit einem anderen Diener unterhielt. Er betrat den Raum und klopfte an die Tür, um sie auf seine Anwesenheit aufmerksam zu machen.

„Euer Gnaden", sagte Smith. „Guten Morgen."

Ewan griff in seine Tasche und schürzte die Lippen, als ihm klar wurde, dass er keinen Notizblock hatte, mit dem er sich verständigen konnte. Ohne etwas zu sagen, zog Smith einen aus seiner Tasche, zusammen mit einem Bleistiftstummel.

Ewan nickte ihm zum Dank zu und schrieb schnell: „Gibt es etwas Neues von den Leuten, die den Sandsackdamm überwacht haben?"

„Ja, Euer Gnaden. Die Männer, die gestern Abend zurückgekommen sind, meinten, dass der Damm hält und das Wasser langsam zurückgeht. Ich glaube, sie wollten heute Morgen nochmal nachsehen, in welchem Zustand sich die Brücke befindet."

Ewan erstarrte. Sobald die Brücke sicher überquert werden konnte, würde der Rest der Familie hierherkommen, um das Weihnachtsfest zu feiern. Es waren nur noch ein paar Tage bis zu diesem Feiertag.

Und anstatt eines Geschenks wünschte er sich einfach nur, ein wenig mehr Zeit mit der Frau, die noch oben in seinem Bett schlief.

Er schluckte und schüttelte diese Gedanken ab. Sie waren gefährlich und würden keinem von ihnen beiden etwas Gutes bringen. Er sollte froh sein, dass die anderen kamen, nicht nur, weil er sich um seine Gäste sorgte, sondern weil sie eine Barriere zwischen ihm und Charlotte errichten würden, die dringend nötig war.

„Ich würde mich gerne der Mannschaft anschließen, die heute Morgen aufbricht", schrieb er. „Sind sie schon unterwegs?"

„Nein, ich glaube, sie sind gerade auf dem Weg zum Stall, um Pferde zu holen. Ihr könnt sie noch einholen."

Ewan nickte dankend und schrieb dann: „Wenn Lady Portsmith aufwacht …"

Er hielt inne und starrte auf die Seite vor ihm. Er wusste nicht, was er schreiben wollte. Was er ihr mitteilen wollte. Schließlich strich er die Notiz durch und schüttelte den Kopf. Er winkte seinem Butler zu und verließ das Haus, bevor der Butler das Thema ansprechen konnte, das er gerade zu vermeiden versucht hatte.

Die Frau, von der er sich losreißen musste, die jedoch alles, was ihm lieb und teuer war, in ihrer zarten Hand hielt.

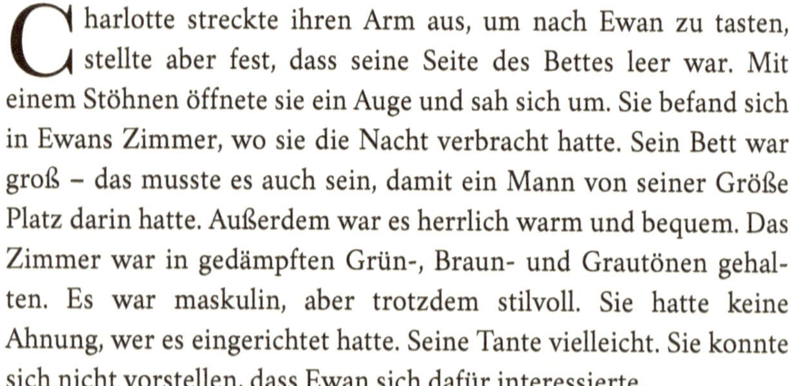

Charlotte streckte ihren Arm aus, um nach Ewan zu tasten, stellte aber fest, dass seine Seite des Bettes leer war. Mit einem Stöhnen öffnete sie ein Auge und sah sich um. Sie befand sich in Ewans Zimmer, wo sie die Nacht verbracht hatte. Sein Bett war groß – das musste es auch sein, damit ein Mann von seiner Größe Platz darin hatte. Außerdem war es herrlich warm und bequem. Das Zimmer war in gedämpften Grün-, Braun- und Grautönen gehalten. Es war maskulin, aber trotzdem stilvoll. Sie hatte keine Ahnung, wer es eingerichtet hatte. Seine Tante vielleicht. Sie konnte sich nicht vorstellen, dass Ewan sich dafür interessierte.

Ihn interessierten die Bücher und die Porträts von Freunden, mit denen der Raum übersät war. Diese Dinge machten den Raum zu seinem Reich.

Sie stand auf und griff nach einem seiner Hemden, das er in der Nacht zuvor während ihres Liebesspiels auf den Boden geworfen hatte. Sie hob es an ihre Nase und atmete seinen männlichen, holzigen Geruch ein. Dann schlüpfte sie hinein und knöpfte es halb zu, während sie durch die Kammer spazierte.

Auf einem Stapel Bücher lag ein Brief von einem Freund aus Ewans Duke-Club. Vom Duke of Willowby, Lucas, wie es schien. Darunter lag ein Wälzer über Hochwasserschutz. Wahrscheinlich beschäftigte sich Ewan aufgrund der Situation auf seinem Anwesen mit diesem Thema.

Sie ging zum Fenster, um die Jalousien zu öffnen. Es regnete nicht mehr, und ein graues, gedämpftes Licht erfüllte den Raum. Der grasbewachsene Garten hinter dem Haus erstreckte sich bis zu den Klippen, und dahinter, keine dreihundert Meter entfernt, lag das Meer. Sie lächelte, als sie die tosenden Wellen in der Ferne erblickte. Im Sommer musste dieser Anblick wunderschön sein. Wenn Ewan die Fenster öffnete, würde das Meeresrauschen den Raum erfüllen.

Wie es wohl wäre, mit ihm zu schlafen und dabei vom Meer musikalisch begleitetet zu werden?

Natürlich ging Ewan davon aus, dass sie im Sommer nicht hier sein würde. Die Tatsache, dass er ihr nicht einmal eine Nachricht hinterlassen hatte, um ihr zu erklären, warum er heute Morgen verschwunden war, führte ihr das noch deutlicher vor Augen.

Sie setzte ihren Rundgang fort und lächelte, als sie auf eine Sammlung von Miniatur-Abbildungen stieß, die auf einem seiner Tische standen. Viele von ihnen waren von seinen Freunden aus seinem Duke-Club, der vor langer Zeit vom Duke of Abernathe, dem Duke of Crestwood und dem Duke of Northfield gegründet worden war. Ewan war von seinem Cousin Matthew in diesen Club eingeladen worden, nachdem er zu ihnen gezogen war. Im Laufe der Jahre hatte Charlotte erfreut mitverfolgt, wie Ewan im Kreis dieser Männer aus seinem Schneckenhaus gekrochen war. Er fühlte sich wohl bei ihnen, und keiner von ihnen hatte ihn jemals anders behandelt, auch wenn er nicht sprechen konnte.

Über der Miniatur-Sammlung hing ein Porträt. Ein junger Ewan, vielleicht zwölf oder dreizehn Jahre alt, mit seinem Onkel, seiner Tante und seinem Cousin Matthew. Sein Onkel, der damalige Duke of Tyndale, hatte sanft einen Arm um Ewans Schultern gelegt, während seine Tante Matthews Hand hielt. Charlotte strich über Ewans leicht geöffnete Lippen, und ihre Augen füllten sich mit Tränen, als sie nicht nur an die Verletzungen dachte, die er als Kind erlitten hatte, sondern auch an die Liebe, die er schließlich erfahren hatte. Manchmal erinnerte er sich nur an die eine Seite dieser Gleichung. Manchmal hatte sie das Gefühl, dass der Hass seines Vaters das Einzige war, was für ihn zählte oder worüber er sich definierte.

Als sie sich umdrehte, fiel ihr noch etwas anderes ins Auge. Eine weitere Miniatur, die hinter einer Zigarrenkiste versteckt gewesen war. Sie griff danach, um sie hervorzuziehen, und hielt den Atem an.

Das war sie. Sie erkannte, dass es sich bei dem Porträt um die Miniaturversion des großen Gemäldes handelte, das ihr Vater von ihr anfertigen lassen hatte, als sie sechzehn gewesen war, nur ein Jahr vor seinem Tod. Und Ewan hatte eine Kopie. Eine, die sogar leicht abgenutzt war. Fast so, als hätte er … sie berührt.

Sie schüttelte den Kopf und legte das Bild beiseite. Ihr Herz wollte in der Tatsache, dass er das Porträt besaß, eine ganze Zukunft lesen. Sie musste versuchen, wegen dieser Tatsache nicht in Verzückung zu geraten.

Schließlich waren da noch andere Aspekte. Sie hatte keinen Zweifel daran, dass Ewan sie mochte. Das hatte sie schon immer gewusst. Und ihre letzten gemeinsamen Tage hatten diese Tatsache bestätigt. Und doch stieß er sie weg. Selbst heute Morgen hatte er sie schlafend in seinem Bett zurückgelassen, ohne ihr auch nur zu sagen, wo er hingegangen war.

Wahrscheinlich hatte er sich in sein Büro zurückgezogen, vielleicht, um sich um das Anwesen zu kümmern. Das Porträt gab ihr Hoffnung, aber sie musste es als Teil ihres größeren Plans sehen, Ewans Barrieren gegen ihre Zukunft zu durchbrechen. Das bedeutete, dass sie ihn finden und diesen Kampf fortsetzen musste.

Charlotte sammelte ihr Kleid und ihre Unterwäsche ein und errötete, als sie sich daran erinnerte, wie Ewan ihr einige der Teile mit seinen Zähnen ausgezogen hatte. Dann öffnete sie seine Tür und warf einen Blick in den Korridor. Alles war still.

Sie holte tief Luft und huschte durch den Flur auf die andere Seite des Anwesens. Erst als sie ihr Zimmer betrat und an sich hinabblickte, fiel ihr auf, dass sie Ewans Hemd trug.

„Nun, ist ja nicht so, als hätten wir uns bisher unauffällig verhalten", murmelte sie, während sie sich das Kleidungsstück über den Kopf zog und es durch ihren Morgenmantel ersetzte. Dann klingelte sie nach ihrer Dienstmagd und ging zu ihrem Kleiderschrank. Sie war gerade dabei, ihre Modeauswahl zu überprüfen, als Sylvie eintrat.

„Guten Morgen, Mylady", begrüßte ihr Dienstmädchen sie mit einem strahlenden Lächeln.

„Hallo, Sylvie", erwiderte Charlotte, während sie ein Kleid aus dem Schrank holte. „Das blaue Seidenkleid, glaube ich."

„Eine hervorragende Wahl", meinte Sylvie und nahm das Kleid an sich. Charlotte konnte nicht umhin zu bemerken, dass der Blick ihres Dienstmädchens von dem perfekt gemachten Bett zu dem Herrenhemd und dem Kleid vom Vortag huschte, die auf dem Boden lagen.

Charlotte ignorierte den Blick und Sylvie begann, sie anzukleiden. Es dauerte nicht lange, da die junge Frau sie schon seit ihrer Hochzeit vor fünf Jahren begleitete. Sie arbeiteten in perfekter Harmonie.

Als sie sich hinsetzte, um sich von Sylvie frisieren zu lassen, sagte sie: „Ich hoffe, du fühlst dich hier wohl?"

Sylvie nickte. „Oh ja, Mylady. Es ist ein schönes Haus, und die

Dienerschaft ist sehr gastfreundlich. Sie erwarten nicht einmal, dass ich in meiner Freizeit helfe, obwohl ich das natürlich trotzdem tue."

Charlotte blickte ihr Dienstmädchen im Spiegel an. „Du hattest bei diesem Besuch vermutlich sehr viel Freizeit."

Sylvies Wangen wurden rot. „N-nun ja, ich denke schon."

Charlotte umklammerte die Armlehnen. Seit ihrer Ankunft auf Ewans Anwesen hatte sie Sylvie abends nicht mehr um Hilfe gebeten. Die einzigen Hände, die sie in dieser Zeit entkleidet hatten, waren die von Ewan gewesen. Und wahrscheinlich wusste das ganze Haus davon.

„Hast du den Duke of Donburrow heute Morgen gesehen?", fragte sie geradeheraus.

Sylvie schüttelte den Kopf. „Nein, Mylady. Ich glaube, er hat das Haus recht früh verlassen."

Charlotte zog sich zurück. „Das Haus verlassen? Wohin ist er gegangen?"

„Ich weiß nicht genau. In meiner Gegenwart sprechen sie nicht viel über ihn."

Charlotte richtete ihren Blick wieder auf Sylvie, die daraufhin noch stärker errötete. „Sind sie höflich, wenn sie über ihn sprechen?"

„Oh ja, Mylady!", sagte Sylvie eilig. „Sie scheinen sehr viel Respekt vor ihm zu haben. Und Sympathie. Ich habe noch kein böses Wort über ihn gehört, obwohl er nicht sprechen kann."

Charlotte zuckte zusammen. Das war es, was Ewan am Vortag zu ihr gesagt hatte. Der Vorbehalt, wann immer sich ein Gespräch um ihn drehte. Die Menschen waren freundlich, obwohl … er war brillant, obwohl … er überraschte sie, obwohl …

Sie konnte sich gut vorstellen, wie ihn das jahrelange Hören dieser Dinge beeinflusst hatte. Es war eine enorme Hürde für sie, ihm klarzumachen, dass es bei ihr kein „obwohl" gab. Dass das „obwohl" keine Rolle spielte und nie gespielt hatte.

Sylvie frisierte sie rasch und Charlotte nickte ihr zu. „Danke. Und würdest du bitte dafür sorgen, dass das Hemd Seiner Gnaden in die Wäsche kommt und in seine Kammer zurückgebracht wird? So unauffällig wie möglich, wenn es geht."

„Natürlich, Mylady."

Charlotte tätschelte Sylvies Hand und überließ sie ihren Aufgaben, während sie ihr Gemach verließ und den Flur hinunterging. Sie musste mit Smith sprechen. Wenn jemand wusste, wohin Ewan gegangen war und wann er zurückkommen würde, dann er.

Denn natürlich würde er zurückkommen. Er würde nicht einfach gehen. Das wusste sie, doch der Gedanke daran schnürte ihr trotzdem die Kehle zu und machte ihr das Atmen schwer, als sie die Treppe hinunterging.

Ein Dienstmädchen war unten und wischte einen Tisch ab. Sie hielt inne und drehte sich mit einem Knicks zu Charlotte um. Schnell wies sie Charlotte den Weg zu Ewans Arbeitszimmer, wo sich Smith aufhielt. Dort angekommen, blieb Charlotte vor der Tür stehen und holte tief Luft, bevor sie sie öffnete.

Tatsächlich stand Smith vor Ewans Schreibtisch, ordnete Papiere und verfasste ein paar Mitteilungen für seinen Duke, vermutlich über Haushaltsangelegenheiten.

„Guten Morgen, Smith", sagte sie.

Er drehte sich um, und sein Blick erwärmte sich. „Lady Portsmith. Guten Morgen. Wir haben nicht erwartet, dass Ihr so früh aufstehen würdet. Ich kann sofort das Frühstück im Speisesaal für Euch anrichten lassen."

„Nein", sagte sie. „Vielen Dank, aber ich bin heute Morgen nicht besonders hungrig. Ich hatte eigentlich gehofft, Ihr könntet mir sagen, wo der Duke hingegangen ist. Ich habe gehört, dass er das Haus recht früh verlassen hat."

Smiths Gesichtsausdruck veränderte sich ein wenig. Die Wärme verblasste und eine professionelle Kühle und Beschützerhaftigkeit trat in seine Augen. Er schürzte die Lippen. „Er ist frühmorgens aufgebrochen, um nach dem Damm zu sehen, Mylady."

Sie schnappte nach Luft. „Hoffentlich ist nichts passiert! Der Regen hat in den letzten zwölf Stunden deutlich nachgelassen."

„Es ist nichts passiert", beruhigte er sie, während er einen Schritt auf sie zuging. „Seine Gnaden ist einfach ... penibel ... wenn es um solche Dinge geht. Obwohl er selbstverständlich alle paar Stunden Berichte erhalten hat, sah er sich gezwungen, die Situation mit eigenen Augen zu sehen."

Erleichterung durchströmte sie, aber auch ein Hauch von Enttäuschung. Nach ihrer Teilnahme an der Sandsackaktion am Vortag fand sie es schade, dass Ewan nicht daran gedacht hatte, sie mitzunehmen. Sie hätte gerne seine Pächter gesehen und sich vergewissert, dass alles in Ordnung war.

Doch das stand ihr natürlich nicht zu. Sie war nicht seine Duchess.

„Nun gut, danke", sagte sie und wandte sich ab. „Bitte entschuldigt die Störung."

„Selbstverständlich, Mylady", antwortete er. Nach einer kurzen Pause, fügte er hinzu: „Könnte ich wohl kurz etwas mit Euch besprechen?"

Sie drehte sich um, überrascht von der Frage und seinem Tonfall. Smith schwankte auf seinen Füßen, seine Wangen waren hochrot und er spielte nervös mit seinen Händen.

„Natürlich", sagte sie und ging zaghaft auf ihn zu. „Eurem Tonfall nach klingt es ernst."

„Allerdings", stimmte er zu. „Und es ist sehr wahrscheinlich unangemessen."

Sie blinzelte und schloss die Tür hinter sich, bevor sie auf die Sessel vor dem Feuer deutete. Er zögerte, bevor er sich auf einen davon sinken ließ, wobei sich ganz auf die vorderste Kante und kerzengerade hinsetzte.

Charlotte lächelte, um ihm die Angst zu nehmen. „Worum geht es?"

„Ihr kennt Seine Gnaden schon sehr lange", begann er langsam.

Sie nickte. „Fast mein ganzes Leben."

„Und ich weiß, dass Ihr ihm, ebenso wie seine guten Freunde, in einigen der schlimmsten Zeiten seines Lebens beigestanden habt."

Sie legte den Kopf schief, unsicher, wohin dieses Gespräch führen sollte. Er errötete. „Ich will damit sagen, dass Ihr für ihn da wart."

Sie dachte an die Jahre, als sie verheiratet gewesen war. Sie dachte daran, wie die Beziehung zwischen ihr und Ewan ein wenig abgekühlt war. Eine Vermeidung, die von beiden Seiten ausgegangen war, dachte sie. Und zwar aus demselben Grund. Keiner von beiden hatte das Ehegelübde verletzen wollen, das sie einem anderen Mann gegenüber abgelegt hatte. Und wenn sie sich zu nahe gekommen wären …

„Ja", sagte sie. „Ich habe es zumindest versucht."

„Ich bin auch von Anfang an dabei gewesen", erklärte Smith mit einem Seufzer. „Wisst Ihr, dass ich auch dem letzten Duke gedient habe?"

Charlotte legte den Kopf schief. „Ich glaube schon. Als Butler?"

„Unter dem Großvater des jetzigen Dukes war ich ein einfacher Diener. Unter seinem Vater wurde ich zum Butler befördert. Ich war als Diener im Haus, als die Eltern Seiner Gnaden geheiratet und ihr erstes Kind bekommen haben."

Er verzog gequält das Gesicht und Charlotte beugte sich vor. „Wann hat die Grausamkeit begonnen?"

„Als Baby hat er kaum einen Ton von sich gegeben", sagte Smith. „Selbst als er älter wurde und andere Kinder anfingen, zu schreien und zu wimmern. Die Duchess prahlte damit und behauptete, er sei der disziplinierteste von allen. Einige von uns im Haushalt hatten den Verdacht, dass etwas nicht stimmte, aber was hätten wir sagen sollen?"

„Nichts", beruhigte ihn Charlotte. „Nicht zu diesen Leuten."

Er nickte. „Bald darauf wurde klar, dass etwas nicht mit ihm stimmte, und … dann wurde es ganz schnell ganz entsetzlich. Ich erinnere mich, dass der Duke schrie, einfach schrie, in das Gesicht eines zweijährigen, völlig verängstigten Kindes, das ihm nicht geben konnte, was er wollte."

Charlotte neigte den Kopf und Tränen stiegen ihr in die Augen. „Unvorstellbar, so mit einem Kind umzugehen."

„Ich habe zugesehen, wie sie ihn gequält haben und dann, als sie nach und nach mehr Kinder bekamen und es klar war, dass diese Kinder nicht ... *kaputt* waren, wie sie es immer genannt haben ... haben sie sich nahezu komplett von ihm abgewandt."

„Das muss sehr schwer gewesen sein", flüsterte sie.

„Fast unerträglich", gab er zu. „Ich wollte den Haushalt verlassen, weil ich so –"

Er hob sein Kinn, und Charlotte war verblüfft. Smith war der beste Butler überhaupt. Seine Ausbildung gebot es ihm, stets stoisch und ruhig zu bleiben, doch nun war sein Gesicht rot, sein Mund zuckte und er spielte nervös mit seinen Händen. Und sie mochte ihn umso mehr.

„Ihr müsst wütend gewesen sein", meinte sie.

Er nickte. „Ich habe mit meinem Bruder darüber gesprochen. Er hat im Haus des Earl of Listonwood gedient. Frank sagte mir, wenn ich ginge, wäre niemand mehr da, um das Kind zu beschützen. Dass die anderen Diener demjenigen folgen würden, wer auch immer das Sagen im Haus hätte."

„Ihr seid also ... seinetwegen geblieben?", flüsterte Charlotte.

Smith drehte sein Gesicht weg. „Das bin ich. Und nachdem er von seinem Vater verstoßen worden war, bin ich geblieben, weil sein ... sein Onkel mich darum gebeten hat. Damit jemand im Haus war, der dem Duke of Tyndale darüber berichten konnte, was der Duke of Donburrow tat, um seinen rechtmäßigen Erben zu untergraben."

Charlotte blieb der Mund offenstehen. „Ihr wart der Spion von Ewans Onkel?"

„Allerdings", bestätigte er. „Und ich habe es keine Sekunde bereut. Der jetzige Duke of Donburrow ist der beste Mann, der diesen Titel seit Generationen trägt."

„Weiß Ewan, welche Rolle Ihr in seinem Auftrag gespielt habt?", fragte sie.

Er versteifte sich. „Nein, er weiß es nicht. Und ich würde es begrüßen, wenn das so bleiben würde. Ihr könnt Euch sicherlich vorstellen, dass er sich unwohl fühlen würde, wenn er wüsste, dass ich hinter den Kulissen auf ihn aufgepasst habe."

Sie nickte. Da hatte er natürlich recht. „Ich frage mich allerdings, warum Ihr mir dieses Geheimnis verraten habt?", fragte sie. „Worauf wollt Ihr hinaus?"

Er rieb seine Hände gegeneinander. „Alte Gewohnheiten lassen sich nur schwer ablegen, Mylady."

Charlotte sah ihn unsicher an, bis sie seinen Gesichtsausdruck und die Bedeutung seiner Worte plötzlich verstand. „Ihr sprecht davon, Ewan vor mir zu schützen." Smith begegnete ihrem Blick nicht. „Zweifelt Ihr an meinen Absichten?"

Er schüttelte langsam den Kopf, blickte aber immer noch nicht auf. „Dazu hätte ich kein Recht."

„Es scheint aber so", sagte sie leise, denn sie empfand keine Abneigung gegen diesen freundlichen und standhaften Mann. Immerhin hatte er den Mann, den sie liebte, beschützt. Dafür würde sie ihm ewig dankbar sein.

Schließlich blickte Smith sie an. „Mir ist bewusst, dass meine Frage absolut unangemessen ist."

„Ich bin froh, dass jemand hier ist, der sie in seinem Namen stellt", erwiderte sie. Dann schüttelte sie den Kopf. „Smith, wenn es nach mir ginge, würde ich mein Leben mit ihm verbringen. Im Moment bin ich wie Ihr. Ich tue alles, was in meiner Macht steht, um Ewan zu zeigen, dass eine Zukunft mit mir möglich ist."

Er schien diese Worte erst auf sich wirken zu lassen, bevor er sich ein wenig näher an sie heranlehnte. „Mylady, ich habe Euch nie als etwas anderes als die Beste aller Frauen erachtet. Ich fürchte jedoch, dass Seine Gnaden auf dem Weg, den Ihr beschreitet, verletzt werden könnte. Und ich fürchte, Ihr ebenfalls."

Sie blinzelte, weil ihr plötzlich die Tränen kamen. „Ihr meint… Ihr befürchtet, dass er mich nicht an sich heranlassen wird, egal was ich tue."

Smith fühlte sich sichtlich unwohl. Seine Füße zappelten ständig, und er stammelte: „Ich weiß nicht. Es ist schwer für ihn."

Sie nickte. „Ja."

„Aber ich hoffe, er wird es tun", fügte Smith schnell hinzu. „Und wenn ich Euch bei diesem Unterfangen irgendwie behilflich sein kann …"

Sie ergriff die Hand des Butlers und drückte sie sanft. „Ich danke Euch, Smith. Ich weiß Eure Freundlichkeit und Euch selbst mehr zu schätzen, als Ihr ahnt."

Der Butler öffnete den Mund, um zu antworten, doch sie wurden durch ein leises Klopfen an der Tür unterbrochen. Sie erhoben sich und blickten zur Tür. Charlotte hielt den Atem an, denn in der Tür stand Ewan. Seine dunklen Augen verengten sich, als er sie und seinen treuesten Diener musterte.

Charlotte hatte keine Ahnung, wie viel er von ihrem Gespräch mit Smith mitbekommen hatte, sein Gesichtsausdruck war unergründlich. Auch Smith schien unsicher zu sein, denn er stand vom Stuhl auf und ging zur Tür. „Guten Tag, Euer Gnaden. Benötigt Ihr meine Dienste?"

Ewans Blick veränderte sich, dann schüttelte er den Kopf.

Smith machte eine leichte Verbeugung. „Dann werde ich mich um die letzten Frühstücksvorbereitungen kümmern. Guten Tag."

Als er weg war, holte Charlotte tief Luft, stand auf und ging auf Ewan zu. Argwöhnisch, ja sogar fast misstrauisch verfolgte er jede ihrer Bewegungen. Sie lächelte besänftigend, und stellte sich auf die Zehenspitzen, um ihm einen Kuss auf die Wange zu drücken.

„Guten Morgen", flüsterte sie. „Ich habe es vermisst, mit dir aufzuwachen."

Seine Gesichtszüge entspannten sich und er antwortete: „Guten Morgen, Charlotte."

Sie konnte in diesem Moment so viele Dinge spüren, die von diesem Mann ausgingen. Das Wichtigste war jedoch sein Verlangen. Er lehnte sich leicht an sie, seine Körperwärme umhüllte sie und ließ ihre Knie weich werden, obwohl er sie nicht einmal berührt hatte. Sie konnte mit diesem Verlangen spielen. Wenn sie hinter ihn griff und die Tür schloss, würden sie sich lieben, und es würde wunderbar sein.

Doch es würde nichts gegen das andere Gefühl ausrichten können, das sie bei ihm spürte: Widerwillen. Je näher sie sich kamen, desto mehr sträubte er sich gegen das Band, das zwischen ihnen entstand. Das, von dem er wirklich glaubte, dass sie es weder herstellen noch aufrechterhalten konnten.

So sehr sie ihn auch berühren, beglücken und verführen wollte, so wurde ihr doch allmählich klar, dass sie mehr tun musste. Sie musste eine Verbindung zu ihm aufbauen. Sie musste ihn an ihre Freundschaft erinnern, an ihre Bindung, und ihm zeigen, wie wunderbar ein Leben in dieser Bindung sein konnte.

Sie musste es tun. Und sie musste ihre Befürchtungen vergessen, dass Smith recht haben könnte und Ewan vielleicht nie zulassen würde, dass sie auf Dauer ein Teil seines Lebens wurde. Sie weigerte sich, das zu glauben. Und sie würde dafür kämpfen, dass sich diese Vermutung nicht bewahrheitete.

KAPITEL 9

Ewan empfand oft negative Gefühle, wenn er mit anderen Menschen zusammen war. Fremde warfen ihn einen Schritt zurück und er fragte sich stets, was sie von ihm dachten. Mit Charlotte war es nie so gewesen. In ihrer Gegenwart war er nie nervös gewesen.

Bis zu diesem Moment. Als er in seinem Arbeitszimmer stand und sie ihn anlächelte, so wie sie es schon tausendmal getan hatte, fühlte er sich irgendwie … anders. Als müsste er bereit sein, sich zu verteidigen.

Vielleicht lag es daran, dass sie so dicht bei Smith gesessen hatte, als er hereingekommen war. Ewan war gut darin, Menschen zu lesen. Wenn man nicht sprach, vergaßen die Leute manchmal, dass man überhaupt da war. Im Laufe der Jahre hatte Ewan die verräterischen Zeichen der Leute genau studiert. Natürlich auch die von Charlotte und Smith.

Sie hatten über ihn gesprochen.

Die beiden Menschen, die ihn wahrscheinlich am besten kannten. Smith, weil er Ewan seit seiner Kindheit kannte, und Charlotte, weil …

Weil sie eben Charlotte war. Sie hatte tiefer in seine Seele geblickt als irgendjemand sonst. Sie hatte alles gesehen. Fast alles.

Charlotte legte den Kopf schief. „Du siehst mich an, als ob ich verrückt wäre. Habe ich mein Kleid verkehrt herum angezogen?"

Die Frage in ihrem lachenden Tonfall, der immer eine beruhigende Wirkung auf ihn hatte, löste seine Anspannung. Er schüttelte den Kopf, als er gebärdete: „Nein, du siehst wunderbar aus."

„Ich war nicht auf ein Kompliment aus", sagte sie, während sie herumwirbelte. „Obwohl ich zugeben muss, dass es schön ist, wieder Farbe zu tragen. Schwarz, Grau und Violett sind so öde."

Sie ergriff seine beiden Hände und zog ihn rückwärts durch den Raum. Dann wies sie auf den Sessel, den Smith kurz zuvor verlassen hatte. Er setzte sich, da er keine Möglichkeit hatte, ihr zu widersprechen, während sie auf dem anderen Platz nahm. „Smith sagte, du wärst frühmorgens aufgebrochen, um den Damm und die Brücke zu inspizieren", meinte sie.

Er hörte die Sorge in ihrer Stimme, die Sorge um seine Leute, und ihm wurde warm ums Herz. „Es ist alles in Ordnung, Charlotte", beruhigte er sie. „Das Wasser geht zurück, nun da die Regenfälle nachgelassen haben. Meine Männer beobachten die Lage noch, aber die Familien werden schon morgen in ihre Wohnungen zurückkehren können."

Sie seufzte erleichtert auf. „Oh, das freut mich. Wirst du Hilfe brauchen?"

Sein Herz pochte, als er sie anstarrte. Sie war die Tochter eines Dukes, die Frau eines Earls, und sie schlug so einfach vor, eine Aufgabe zu übernehmen, die viele als weit unter ihrer Würde ansehen würden. Er konnte sich nicht vorstellen, dass seine Mutter so freundlich zu Menschen wäre, die so weit unter ihrem Rang standen und die sie kaum kannte.

„Nein", gebärdete er. „Der Wiedereinzug wird weit weniger kompliziert sein als die Evakuierung. Meine Leute werden den Familien helfen, und diesmal können sie sich Zeit lassen."

„Sehr gut", sagte sie. „Aber bitte lass mich wissen, wenn ich irgendetwas für deine Pächter tun kann. Ich würde dir und ihnen wirklich gerne helfen."

Ewan holte tief Luft, denn so, wie sie sich verhielt, würde sie sich auch verhalten, wenn sie seine Frau wäre. Es wäre gut, wenn die Hausherrin sich so fürsorglich und rücksichtsvoll seinen Leuten gegenüber verhalten würde. Und für einen kurzen Moment konnte er sie sich gut in dieser Rolle vorstellen. So gut, dass seine Brust schmerzte.

„Charlotte, ich glaube nicht, dass du –", begann er.

Ruckartig erhob sie sich aus ihrem Sessel, drehte ihm den Rücken zu und schnitt ihm damit das Wort ab, während sie zu einem Fenster ging und in den grauen Morgen blickte. „Weißt du, was ich gedacht habe, als ich mit Smith in deinem schönen Arbeitszimmer gesessen habe?"

Mit einem Seufzen stand er auf und stellte sich neben sie. „Was?"

„Dass ich noch nie eine richtige Führung durch dieses Haus bekommen habe", erklärte sie mit einem strahlenden Lächeln.

„Wirklich?", fragte er und dachte angestrengt nach. „Wie ist das möglich?"

„Ich war nur ein einziges Mal hier", sagte sie, wobei ihr Lächeln ein wenig ins Wanken geriet. „Als du es geerbt hast. Es war so viel los und es waren so viele Leute hier, um dich zu feiern, dass es so ein Durcheinander war. Ich wollte dich bitten, mir jeden Winkel zu zeigen, aber …"

Sie brach ab und ihre Wangen färbten sich plötzlich rot. Er schürzte die Lippen. „Aber?"

Sie biss sich auf die Unterlippe. „Ich war noch mit Nathan verheiratet", flüsterte sie. „Ich wusste, dass er, wenn ich dich gebeten hätte, mir eine private Führung durch dein Haus zu geben …dass er gewusst hätte, dass …"

Seine Lippen verzogen sich. Sie hatten nie über ihren Mann gesprochen. Ewan war immer höflich zu dem Mann gewesen, auch wenn es einen dunklen Teil in ihm gab, der den Earl of Portsmith gehasst hatte.

„Wusste er es?", fragte er.

Sie hielt seinem Blick einen Moment lang stand, bevor sie den Kopf senkte. „Ich denke schon, ja. Ich glaube nicht, dass ich jemals sehr gut darin war, meine Gefühle zu verbergen, vor allem, wenn wir beide zusammen in einem Raum waren."

Er dachte an den Earl, daran, wie er Portsmith dabei erwischt hatte, wie er ihn beobachtet hatte. Ewan hatte sein Zögern, sein Unbehagen gespürt. Das war einer der Gründe, warum er angefangen hatte, sich von Charlotte fernzuhalten. Er wusste, dass er kein Recht hatte, sich in ihre Ehe einzumischen.

Doch jetzt fühlte er sich gezwungen zu fragen: „Was hat er davon gehalten?"

Sie zuckte mit den Schultern. „Er hat nie direkt etwas zu mir gesagt, aber er schien nicht verärgert zu sein, als das Thema unserer Freundschaft aufgekommen ist. Er war nur immer sehr vorsichtig, wenn er nach dir gefragt hat. Nathan hat mich nicht … geliebt", gab sie langsam zu. „Und ich habe ihn auch nicht geliebt. Also nehme ich an, dass er gewissermaßen sogar froh war, dass ich einen anderen geliebt habe. Solange ich ihn nicht verriet oder demütigte, musste er sich nicht mit den unangenehmen Gefühlen auseinandersetzen, die ich während der Ehe sonst vielleicht entwickelt hätte."

Ewan starrte sie an. Wie war es möglich, dass ein Mann mit Charlotte zusammen sein konnte, sie berühren konnte, sie halten konnte, Zeit mit ihr verbringen konnte, ohne sie zu lieben? War der Earl verrückt gewesen?

Doch ihr Geständnis weckte eine weitere Emotion in ihm. Eine, die in Anbetracht ihrer derzeitigen Situation sehr gefährlich war. Ewan war froh. Froh, dass sie keinen anderen Mann geliebt hatte. Er war froh, dass der Earl sie nicht geliebt hatte. Er hatte vielleicht ihren Körper berührt, aber er war nie in die Nähe ihres Herzens gekommen.

Ewan hasste sich dafür. Er konnte sich gut vorstellen, dass die Jahre ihrer Ehe leer gewesen sein mussten, wenn es keine richtige

Verbindung zwischen ihnen gegeben hatte. Dennoch war das kein Grund zum Feiern, da seine Liebe zu ihr zu nichts führen konnte.

Er rang sich ein Lächeln ab und gebärdete: „Ich bin ein schlechter Gastgeber gewesen. Wir haben noch ein wenig Zeit, bis das Frühstück serviert wird. Würdest du jetzt gerne eine Tour durch das Haus machen?"

Ihre Miene hellte sich auf, und der düstere Ausdruck auf ihrem Gesicht verblasste. „Sehr gerne. Bitte, geh voraus, ich kann es kaum erwarten, alles zu sehen."

Er zögerte kurz, dann streckte er ihr den Ellenbogen entgegen. Sie betrachtete sein Gesicht und ließ ihre Hand langsam in seine Armbeuge gleiten. Er spürte das Gewicht der Hand, den sanften Druck ihrer Finger. Er spürte, wie sich ihr Körper an seinen presste – und Herr im Himmel, wie sehr ihn das auf dunkle und gefährliche Gedanken brachte.

Gedanken, die er beiseiteschob, als er sie aus dem Arbeitszimmer führte und über den Flur, um einen Blick auf das Leben zu werfen, das er jetzt führte. Das Leben, von dem sie niemals ein Teil sein konnte, wie er wusste.

Charlotte konnte ihren Freudenschrei nicht unterdrücken, als Ewan sie auf ihrer großen Tour in den nächsten Raum führte. Jedes Mal, wenn sie glaubte, das Schönste gesehen zu haben, sah sie etwas anderes, das sie begeisterte. Nachdem sie in mehreren schönen Salons mit Meerblick gewesen waren, waren sie in die Bibliothek zurückgekehrt, die ihr Herz höherschlagen ließ, und nun betraten sie ein riesiges Musikzimmer, in dem überall Instrumente herumlagen, die nur darauf warteten, gespielt zu werden.

Sie wandte sich Ewan zu und klatschte in die Hände. „Dieses Zimmer hast du bis zum Schluss aufgehoben, weil du weißt, wie gerne ich Musik mache."

Sein schiefes Lächeln verriet ihn, noch bevor er nickte und

gebärdete: „Dich spielen zu sehen, bereitet mir unglaublich großes Vergnügen."

Ihr Herz machte einen Sprung bei diesem Kompliment – und bei dem Ausdruck auf seinem Gesicht, während er die Worte mit seinen Händen formte. Einerseits war dort Begehren zu sehen, aber auch etwas Tieferes. Etwas, das sie unglaublich gerne ergründen wollte.

Charlotte ging auf ihn zu, wobei die Verlockung der Musikinstrumente durch die Verlockung, ihm nahe zu sein, gedämpft wurde. Seine Augen weiteten sich ein wenig und er wandte sich leicht ab, als er sie aufforderte, die Tour fortzusetzen: „Komm, es gibt noch viel mehr zu sehen."

Sie runzelte die Stirn, widerstand jedoch dem Drang, ihm zu widersprechen und ihn zu drängen, während sie ihm in den Korridor folgte. Sie gingen von einem Flügel des Hauses in einen anderen, und als er die Doppeltüren erreichte, die den Durchgang bildeten, atmete er tief durch. Sie blieb stehen und starrte ihn an, als er sie öffnete und eine Porträtgalerie enthüllte.

Diese Bilder standen in einem krassen Gegensatz zu den glücklichen in seinem Schlafzimmer. Es waren Bilder früherer Dukes, einer Familie, die Ewan abgelehnt hatte, und seinem Gesichtsausdruck nach zu urteilen, spürte er das genauso sehr wie sie. Er blieb wie angewurzelt stehen und starrte in den Raum, als würden die Porträts zum Leben erwachen und die Menschen darauf ihn schikanieren, sobald er ihn betrat.

Sie drängte sich vorsichtig an ihm vorbei und betrat den Raum. Dutzende von stierenden Augen blickten auf sie herab. Es war unheimlich, aber sie hatte Porträtgalerien noch nie besonders gemocht, auch nicht die im Haus ihres Bruders. Doch für Ewan musste dieser Anblick noch weitaus schlimmer sein.

„Sie sehen immer so streng auf den Gemälden aus, nicht wahr?", fragte sie, um die Anspannung und den unverhohlenen Schmerz, der jetzt in seinem hübschen Gesicht lag, zu lindern.

Er nickte. „Diejenigen, die ich kannte, waren streng", gebärdete

er schnell. Seine Finger zitterten und er schüttelte sie, bevor er fortfuhr: „Mein Vater hatte kein Fünkchen Güte in sich, ebenso wenig
wie seine Brüder.“

Sie schwieg angesichts seines Eingeständnisses. Dies war ein
weiteres Thema, das sie nur selten ansprachen. Sie hatte es immer
vermieden, ihn mit einer Erinnerung an die schwierige Vergangenheit zu verletzen, doch jetzt ging sie auf ihn zu und nahm seine
Hand.

„Ich weiß noch, wie er über dich gesprochen hat“, sagte sie, „an
jenem schrecklichen Tag, als er dich Matthews Familie überlassen
hat. Ich weiß, dass er schlimmer zu dir war, als du mit ihm allein
warst. Willst du mir davon erzählen?“

Ewan kniff bei ihrer leisen Frage die Augen zusammen. Allein
die Worte weckten eine Kaskade von Erinnerungen in ihm,
die ihn mit ihrem Gewicht und dem Schmerz, den sie in ihm auslös-
ten, erdrückten.

„Ich war kaputt“, gebärdete er langsam, wobei er Buchstaben
statt Zeichen für die Worte verwendete, um die Flut des Geständ-
nisses ein wenig zu bremsen. So war er gezwungen, sich auf das zu
konzentrieren, was er buchstabierte, und nicht auf die Bedeutung
der Worte. Doch selbst das half nicht. Seine Brust schmerzte immer
noch. „Er hat ein Spiegelbild seiner selbst in mir gesehen. Er hat
mich dafür gehasst, dass ich ihn ... schwach aussehen ließ.“

Er konnte seinen Vater vor seinem geistigen Auge sehen. Groß,
breit, rot vor Wut. Wie er ihn anbrüllte, er solle sprechen. Seine
Mutter, die teilnahmslos danebenstand und das Ganze mit einem
eher gelangweilten Gesichtsausdruck beobachtete. Er hatte es
versucht, hatte seine Kehle angestrengt, bis sie ganz rau gewesen
war, hatte die Luft herausgepresst, bis keine mehr in seiner Lunge
gewesen war.

Doch vergeblich. Immer vergeblich.

„Er war schwach, weil er einem Kind wehgetan hat", sagte Charlotte, und ihre sanfte Stimme holte ihn aus der lebhaften Vergangenheit zurück in die Gegenwart. „Er war schwach, weil er nicht über etwas hinwegsehen konnte, das dich genauso wenig definiert wie deine Haarfarbe oder deine Augenfarbe."

„Wie kannst du das sagen?", fragte er und blickte sie mit pochendem Herzen an.

Sie zuckte mit den Schultern. „Weil es wahr ist. Natürlich ist es ein Teil von dir. Ein wichtiger Teil. Aber du bist Ewan, weil du brillant bist. Du bist Ewan, weil du freundlich bist. Du bist Ewan, weil du loyal bist."

„Ich bin der stumme Duke", stieß er ruckartig hervor und seine Hände zitterten, als er diese schrecklichen Worte mit seinen Händen formte. Er hatte diesen Spitznamen

„Du bist Ewan", flüsterte sie. Sie ging auf ihn zu, fuhr mit der Fingerspitze über seine Wange. Sie liebte ihn mit ihren Augen. Und tat so, als wäre alles andere unwichtig. „Wie er dich behandelt hat, war abscheulich. Aber ich habe auch gesehen, wie dein Onkel dich behandelt hat. Zählt das nicht auch etwas?"

Er dachte an seinen Onkel Aldous. Er war ebenfalls groß, größer als sein Vater. Breiter als sein Vater. Der Mann, der lächelte und einem durch das Haar wuschelte. Der Mann, der nur streng war, wenn Ewan sich nicht bemühte. Der Mann, der stolz auf ihn war.

„Natürlich zählt es", antwortete er. „Ohne Aldous und Mary wäre ich verloren gewesen. Mein Vater hätte mich in diese Anstalt geschickt und mich dort verrotten lassen."

Er hörte, wie sie zischend nach Luft schnappte, sah, wie sie bei der Vorstellung zusammenzuckte. Aber sie ließ ihn fortfahren.

„Dass er mich liebte, hat mir die Welt bedeutet. Aber die Stimme in meinem Kopf ist nicht seine Stimme, musst du wissen. Und seine Stimme spiegelt auch nicht die der Gesellschaft wider, wenn es um diejenigen geht, die nicht …", er zögerte, bevor er den Satz beendete, „… perfekt sind."

„Und ihre Stimmen sind wichtiger?", fragte sie. „Wichtiger als

Aldous und Mary? Wichtiger als Matthew, wichtiger als Baldwin und all deine Freunde? Wichtiger als … ich?"

„Wenn du in meinem Kopf leben müsstest, Charlotte, würdest du es verstehen", erwiderte er. Damit drehte er sich um, verließ die gefürchtete, verhasste Galerie und betrat den helleren Flur. „Es tut mir leid, ich bin nach diesem Morgen etwas müde. Warum gehst du nicht frühstücken? Vielleicht können wir uns am Mittag wiedersehen."

Obwohl er wusste, dass er unhöflich war, wartete er ihre Antwort nicht ab. Er machte einfach auf dem Absatz kehrt und schritt davon. Weg von allem, was sie wollte. Von allem, was er ihr nicht geben konnte.

Er ging weg, auch wenn es ihm fast unmöglich erschien, das zu tun.

KAPITEL 10

Charlotte hatte immer gewusst, dass es ein Risiko war, Ewans Haus mit der Hoffnung und dem Vorhaben zu betreten, das Leben mit ihm zu führen, das sie sich wünschte. Es war ein Risiko gewesen, da es normalerweise in seinem Haus vor Familie und Freunden wimmelte. Und es war ein noch größeres Risiko, hier mit ihm allein zu sein. Es war ein Risiko, ihn zu küssen, ihn zu berühren, sich an ihn zu schmiegen und Hoffnungen zu schüren.

Doch obwohl sie sich des Risikos bewusst gewesen war – und das war sie von der ersten Sekunde an gewesen, als sie sein Haus betreten und ihn im Foyer stehen sehen hatte –, war seine Zurückweisung vor wenigen Stunden noch immer schmerzhaft.

Und jetzt stand sie am Fenster seines Musikzimmers, blickte auf das Meer in der Ferne hinaus und wartete darauf, dass der Schmerz nachließ. Es funktionierte nicht. Seine Worte tanzten vor ihren Augen, die schmerzhaften Bewegungen seiner Finger und dieser Blick ... der Blick, der ihr sagte, dass sie es nie verstehen würde und dass er immer allein sein würde.

Sie seufzte und durchquerte den Raum, um sich an Ewans Pianoforte zu setzen. Er spielte kein Instrument, doch als sie ihre

Finger auf die Tasten legte, stellte sie fest, dass es perfekt gestimmt war.

„Natürlich", murmelte sie laut, während sie ihre Finger gedankenverloren über die Tasten tanzen ließ. Wahrscheinlich hatte er das auch für sie getan. Ihre Mutter spielte zwar auch und seine Tante auch ein wenig. Aber das Piano war für sie. Genau wie das schöne Schlafzimmer. Wie ihr Lieblingsessen. Wie die Art, wie er sie verwöhnte. Alles war für sie, bis auf das eine, das sie mehr als alles andere wollte.

Sein Herz.

Charlotte bewegte ihre Finger und begann langsam sein Lieblingslied zu spielen, „Robin Adair". Eine Weile spielte sie nur, doch dann hatte sie plötzlich den Text im Kopf und begann zu singen.

What made th' assembly shine? Robin Adair. What made the ball so fine? Robin was there. What when the play was o'er? What made my heart so sore? Oh, it was parting with Robin Adair.

Sie hatte es immer seltsam gefunden, dass Ewan dieses Lied so mochte. Die Geschichte einer Frau, die einen Mann liebte, der sich von ihr getrennt hatte, passte mehr zu Charlottes Leben als zu seinem. Er war immer ihr Robin Adair gewesen, denn er machte alles möglich, blieb letztendlich aber doch nie bei ihr.

Sie blickte vom Klavier auf, ihre Finger zitterten auf den Tasten und sie hörte mitten im Text auf zu singen. Ewan lehnte im Türrahmen und beobachtete sie aufmerksam. Als ihre Blicke sich trafen, versteifte er sich, als wollte er sich von ihr abwenden.

Sie richtete sich auf und begann das Lied erneut zu spielen, diesmal ohne zu singen. Mit einer hochgezogenen Augenbraue forderte sie ihn stumm auf, sich zu ergeben.

Er holte tief Luft, stieß die Tür weiter auf und betrat das Zimmer. Sie beobachtete ihn, während sie weiterspielte. Wie er die Tür schloss. Wie er den Schlüssel herumdrehte. Wie er durch den Raum schritt. Sie rutschte hinüber, und er setzte sich neben sie auf die Klavierbank. Er schloss die Augen, und sie spielte weiter, legte ihre ganze Liebe für ihn in jede Note, während sie sich auf ihre Finger konzentrierte.

Nach der Hälfte des Liedes, beugte er sich zu ihr hinab und sie spürte seinen Atem an ihrem Hals. Sie zitterte und ihr Atem stockte, als er sanft ihren Hals küsste. Irgendwie spielte sie weiter, während sein Mund ihren Hals, ihre Schulter und den gezackten Spitzensaum ihres Kleides nachfuhr. Er schob einen Finger darunter, zog den Stoff über ihre Schulter und widmete sich der entblößten Haut erst mit seinen Lippen, dann mit seiner Zunge und schließlich mit seinen Zähnen.

Sie schnappte nach Luft und ließ die Finger vom Klavier gleiten. Es war nicht mehr wichtig. Sie brauchten keine Musik. Sie drehte sich auf der Bank und schmiegte sich an ihn. Er neigte den Kopf und küsste sie. Seine Zunge drang tief in sie ein und verschlang sie mit all der Leidenschaft, die unter der Oberfläche ihrer Freundschaft loderte und kochte und es immer getan hatte.

Charlotte stöhnte leise, ein Laut der Lust, den sie nicht unterdrücken konnte, während sie sich an ihn kuschelte. Es war ein langer Tag gewesen, ein emotionaler Tag, und dieser Moment, diese Berührung, dieser Mann war das, was sie mehr als alles andere brauchte.

Der Inbrunst seiner Berührung nach zu urteilen, schien es ihm ähnlich zu gehen. Seine Hände wanderten zum hinteren Teil ihres Kleides, wo er die Haken löste und den Stoff öffnete, sodass er mit seinen Fingern sowohl unter das Kleid als auch unter ihr Unterhemd, gleiten konnte. Seine Hände streichelten ihre nackte Haut und sie brach den Kuss ab, als ihr Kopf nach hinten sank und sie einen lustvollen Laut von sich gab.

Sein Mund wanderte zu ihrem entblößten Hals hinab, und sie fuhr mit ihren Fingern durch sein Haar, während er an dem empfindlichen, zarten Fleisch saugte und leckte. Während er mit seinen Lippen nach unten wanderte, zerrte er ihr Kleid tiefer und tiefer, bis es zu ihrer Taille hinabglitt.

Sie war nun von der Taille aufwärts nackt, und er wich zurück, um sie zu betrachten. Seine dunklen Augen waren vor Verlangen geweitet, musterten sie lüstern, und sie wölbte sich leicht, vielleicht sogar ein wenig stolz, um sich von ihrer besten Seite zu zeigen.

Obwohl er sie mehr als einmal berührt hatte, sie mehr als einmal so gesehen hatte, zitterte seine Hand, als er mit dem Handrücken über ihre Brust strich. Ein elektrischer Stoß von Lust durchzuckte ihren ganzen Körper, und sie zitterte mit ihm, gab sich der unbestreitbaren Macht ihres Körpers hin, der sich nach ihm verzehrte, und wusste, dass ihr Verlangen erfüllt werden würde.

Er umfasste eine Brust und strich mit dem Daumen über die Brustwarze, dann senkte er den Kopf und saugte sanft daran. Sie zuckte zusammen, ihre Augenlider schlossen sich flatternd und ihre Beine zitterten, während seine Zunge ihre Brustwarze umkreiste. Sie wollte ihn. Jetzt. Hart und schnell, langsam und genüsslich, es spielte keine Rolle.

Sie zog ihm das Jackett aus und zerrte an seinem Hemd, bis sie seine maskuline, muskulöse Brust enthüllte. Himmel, er war einfach perfekt. Wie aus Granit gemeißelt und warm, wie für sie geschaffen.

Sie drückte ihre Hände gegen seine Brust und schob ihn zurück, zwang ihn, sich aufzurichten. Er blickte auf sie hinab und beobachtete, wie sie ihre Hand ausstreckte und die Knopfleiste seiner Hose öffnete. Sie zog die Hose quälend langsam nach unten und sein harter Schwanz sprang hervor, als sie die Hose herunterzog und ihn entblößte.

Sie leckte sich über die Lippen, als sie ihn umfasste und ihn vom Ansatz bis zur Eichel streichelte. Er stieß ein tiefes, kehliges Stöhnen aus und ballte seine Hände zu Fäusten, als sie die Streicheleinheiten absichtlich mit quälender Langsamkeit wiederholte. Sie wollte ihn. Sie wollte ihn für sich beanspruchen und ihn zu ihrem Eigentum machen. Sie war es leid, sich mit ihm in dieser Frage zu streiten. Sie wollte einfach nur, dass er sich ihr hingab.

„Leg dich hin", befahl sie.

Er zog eine Augenbraue hoch und zeigte quer durch den Raum

auf die Sessel am Kamin. Sein Gesichtsausdruck war liebenswert verwirrt, denn im Zimmer gab es kein Sofa.

Sie schüttelte den Kopf. „Auf den Boden."

Ewan lächelte, ungeachtet aller Fragen, die er zu ihrem Plan haben mochte. Er zog seine Stiefel aus und stieg aus seiner Hose, die ihm um die Knöchel hing. Dann tat er, was sie verlangte, und legte sich auf den Teppich vor dem Kamin. Er stützte sich auf die Ellenbogen und musterte sie aufmerksam. Der goldene Schimmer der Flammen tanzte über sein Gesicht, und ihr Herz stotterte.

Gott, wie sehr sie diesen Mann liebte. Für immer. Und ewig. Obwohl … Nein, nicht, obwohl er stumm war. Sondern obwohl er so sehr versuchte, sie auf Distanz zu halten, und sie vor genau dem zu schützen, was sie wollte.

Heute würde sie es sich nehmen.

Sie stand auf und stieg aus ihrem Kleid. Dann zog sie ihre Pantoffeln aus und behielt nur ihre Spitzenstrümpfe an, während sie auf Händen und Knien zu ihm hinüberkroch. Sie setzte sich rittlings auf seinen Schoß, und er griff nach ihrem Hinterkopf und zog sie zu sich hinab, um sie leidenschaftlich zu küssen. Sie schmolz dahin und umfasste seine Wangen, während sie sich ihm mit Körper und Seele hingab.

Während sie sich küssten, glitten seine Hände an ihren Seiten hinunter. Sie verweilten auf ihren Hüften und sie spürte, wie sich seine Finger fest in ihr Fleisch gruben, während er sie über sich positionierte. Sie brauchte keine weiteren Anweisungen. Sie richtete ihre Feuchte an seiner Härte aus und er glitt ohne jeden Widerstand in sie hinein.

Genüsslich warf sie ihren Kopf zurück, da sein Schwanz so perfekt in ihre Scheide passte. Er traf all diese Stellen, diese erstaunlichen und unerwarteten Stellen, und sie presste sich an ihn, um ihn bis zum Anschlag in sich aufzunehmen. Er blickte erstaunt zu ihr auf und beobachtete, wie sie ihre Hände auf seine Brust legte und begann, ihn zu reiten.

Charlotte vergaß jeglichen Anstand, die Sorgen und die Fragen in ihrem Kopf. Sie vergaß alles, außer der Verbindung ihrer Körper und der Art, wie er sie entflammte. Sie bewegte sich hart und schnell auf ihm, mit gieriger Inbrunst auf der Suche nach ihrem Vergnügen, wobei sie sein Gesicht musterte, auf dem sich sein eigenes Vergnügen zeigte. Sie ließ ihre Hüften kreisen und spannte ihre inneren Muskeln an, um ihn in sich festzuhalten.

Schließlich hob er seine Hüften unter ihr an, seine Lippen öffneten sich und sein Atem kam in kurzen Stößen. Die Lust in ihr wuchs, stetig und unerbittlich. Sie ertappte sich dabei, wie sie wie wild stöhnte. Ihre Bewegungen wurden immer härter und schneller, bis die Welt um sie herum verschwamm und sie ihren Kopf zurückwarf, während ihr Körper außer Kontrolle geriet.

Er stemmte sich gegen sie und beobachtete ihr Gesicht, während sie sich auf ihm bewegte, sich hin und her wiegte und dabei unablässig zuckte. Als sie nichts mehr zu geben hatte, brach sie auf ihm zusammen und bedeckte seinen Hals und seine Wangen mit Küssen, bevor sie ihn schließlich auf den Mund küsste.

Er war noch nicht gekommen und schien sich damit zufrieden zu geben, dass sie ihn küsste, während sie von ihrem Hochgefühl herunterkam. Schließlich löste sie sich von ihm, sah ihm in die Augen und ein Gedanke schoss ihr durch den Kopf. Ein schrecklicher Gedanke. Ein grausamer Gedanke, sogar. Und doch …

Sie drückte ihre Hände gegen seine und verschränkte ihre Finger mit seinen, während sie ihn fest gegen den Teppich drückte und ihn erneut zu reiten begann. Voller Eifer ließ sie sich immer wieder auf ich hinabsinken, während sie ihn dazu brachte, sich in ihrem Rhythmus zu verlieren.

Sie spürte, wie ihm die Kontrolle entglitt, um die er stets so bemüht war. Sie spürte, wie seine Stöße unregelmäßiger wurden. Er sah ihr in die Augen und wölbte seine Hüften. Sie verstand die Botschaft, die er ihr vermitteln wollte. Er wollte kommen. Er wollte, dass sie sich von ihm herunterrollte, damit er nicht in ihr kam.

Doch sie tat es nicht. Sie wandte ihren Blick leicht ab und

bewegte sich weiter, um seine Lust zu steigern, obwohl sie wusste, dass es falsch war, es mit dieser Absicht zu tun.

Er gab ein kehliges Grunzen von sich und stieß erneut nach oben, was ihr ein zweites Mal signalisierte, dass er kurz davor war und sie ihn loslassen musste.

Doch sie ignorierte seine Signale weiterhin, tat so, als würde sie es nicht verstehen und schloss die Augen.

Er grunzte erneut, diesmal verzweifelter, bevor seine körperliche Überlegenheit über ihren Widerstand siegte. Er rollte sie auf den Rücken und sein Schwanz glitt aus ihr heraus, kurz bevor er sich entlud. Sein Samen spritzte auf ihre Haut und er starrte sie an, mit einem Blick, der von einem schrecklichen Wissen erfüllt war. Er war anklagend, ungläubig, und er traf sie bis ins Mark mit Schuldgefühlen und Schmerz.

Ewan hatte gewusst, dass Charlotte verzweifelt war. Er hatte es von dem Moment an gewusst, als sie ihn am Tag ihrer Ankunft im Salon berührt hatte. Seitdem hatte er es bei jeder Berührung gespürt und in jedem Gespräch wahrgenommen.

Er hatte versucht, so zu tun, als könne er diese Verzweiflung ignorieren. Als könnte er sich dieser verflixten, nicht zu leugnenden Verbindung zwischen ihnen hingeben, solange sie allein waren, und sich dann von ihr lösen, ohne sie zu verletzen.

Doch nun, da er unter seinem Piano lag, begann er, ihre Absichten zu begreifen. Er wusste genau, dass sie versucht hatte, ihn zu zwingen, in ihrem Körper zu kommen, eine mögliche Schwangerschaft heraufzubeschwören … und ihn dadurch dazu zu bringen, das Ehrenhafte zu tun und sie zu heiraten.

Seine Hände zitterten angesichts des Verrats dieser Geste. „Warum?", fragte er und seine Hände zuckten so stark, dass er befürchtete, sie würde nicht verstehen, was er meinte.

Sie lag immer noch genau so da, wie er sie zurückgelassen hatte, und drehte nur ihren Kopf. „Es tut mir leid."

Er umfasste ihr Kinn und zwang sie, ihn wieder anzuschauen, damit sie seinen Worten nicht ausweichen konnte. „Warum hast du das getan, Charlotte?", gebärdete er.

Sie zögerte und ihre Augen füllten sich mit Tränen. „Ich liebe dich."

Er zuckte zusammen und ertappte sich dabei, dass er sich wegdrehte, als ob er den Worten entkommen könnte. Sie hatte schon einmal versucht, ihm das zu sagen. Damals hatte er sie aufgehalten. Jetzt hatte er es nicht getan, und das Geständnis hing zwischen ihnen, wie eine Kugel, die abgefeuert worden war und nun nicht mehr zurückgenommen werden konnte.

„Nicht", gebärdete er.

Sie rollte sich unter dem Klavier hervor und stand auf. Tränen liefen ihr über das Gesicht, doch ihre Augen funkelten vor Wut. „Warum? Ich habe es doch gesagt. Du hast es immer gewusst. Genauso wie ich. Also was ist so schlimm daran, es auszusprechen?"

„Weil ich es nicht kann!", erwiderte er und erhob sich ebenfalls.

Sie drehte sich weg und griff nach ihrem Kleid. Während sie sich bemühte, ihr Unterhemd von ihrem Kleid zu lösen, stieß sie hervor: „Das sagst du. Das denkst du. Aber es ist nicht wahr. Du könntest es, wenn du es wolltest. Wenn du dich trauen würdest."

Er fasste sie am Arm und drehte sie zu sich um. „Also wolltest du mich zwingen?"

Sie riss sich los und starrte ihn an. „Ich weiß, dass das falsch war", gab sie leise zu, Schuldgefühle zeichneten sich auf ihrem Gesicht ab, als sie den Kopf neigte. „Ich wusste es von dem Moment an, als mir der Gedanke gekommen ist. Ich wusste es, und ich habe es trotzdem getan. Und es tut mir leid."

Seine Wut auf sie flaute ab. Ihre Worte der Liebe hallten noch in seinen Ohren nach. Als er sie ansah, sah er ihren Schmerz und ihre Verzweiflung, aber auch ihre Hoffnung. So viel Hoffnung für ihn und auf eine gemeinsame Zukunft. Fast so viel, als ob er ihr das goldene Leben schenken könnte, das sie sich wünschte, wenn er nur wollte.

„Weißt du, was ich mir vorstelle, wenn ich es wage, mir die Zukunft vorzustellen, die du beschreibst?", fragte er.

Sie schluckte und blickte überrascht auf. „Du hast es dir vorgestellt?"

„Natürlich. Ein Dutzend Mal, einhundert Mal." Er wischte sich mit der Hand über sein Gesicht, als ihre Augen aufleuchteten. „Ich habe es mir genauso vorgestellt wie du. Freudig, glückselig, glücklich. Eine Zeit lang. Bis du es satt hast, dich auf dem Lande abzusondern. Bis dir das Geflüster peinlich wird."

Ihre Lippen öffneten sich. „Du denkst so schlecht von mir, dass du glaubst, ich würde mich für das schämen, was die Leute sagen? Dass ich ihr Geschwätz über die Gefühle in meinem Herzen stellen würde?"

„Sogar mein Onkel ist manchmal zusammengezuckt, wenn die Leute sagten, er hätte eine Last auf sich genommen. Wenn sie ihm ein Dutzend Fragen über meine Gesundheit stellten." Er verzog das Gesicht und gebärdete: „Ich kann mir nicht vorstellen, dass es bei dir anders sein würde."

Charlotte gab einen leisen Laut von sich. Ein Schluchzen, das jedoch unterbrochen wurde, als sie hervorstieß: „Ewan, ich habe keine Ahnung, ob es stimmt, was du über deinen Onkel denkst. Ich habe nie mitbekommen, dass er dir etwas anderes als tiefste Liebe und Freundlichkeit entgegengebracht hat. Ich habe ihn nie etwas anderes sagen hören, als dass er dich aus tiefstem Herzen akzeptiert. Ich kann nur für mein eigenes Herz sprechen. Ich kann mir nicht vorstellen, dass ich jemals etwas anderes als Liebe für dich empfinden werde. Das war schon immer so. So lange, dass meine Liebe zu dir genauso ein Teil von mir ist wie meine … Haare oder meine Augen oder die Art, wie ich meinen Namen auf einen Brief schreibe."

„Würde das auch so bleiben, wenn du wüsstest, dass ich kein Kind will?", fragte er. Die Art, wie sich ihr Gesicht verzog, war

Antwort genug. „Wenn ich in dir gekommen wäre und wir geheiratet hätten, aber kein Kind bekommen hätten, wärst du dann verletzt gewesen, wenn ich mich über diese Tatsache gefreut hätte, anstatt zu trauern? Würdest du mich hassen, wenn ich dir die Chance, Mutter zu werden, verweigern würde?"

Sie starrte ihn an, und ihm wurde klar, dass sie es nicht verstand. Sie konnte es nicht verstehen. Sie hatte das, was er tief in seiner Seele fühlte, nie auch nur in Betracht gezogen. In diesem Punkt lagen Welten zwischen ihnen.

„Warum nicht?", flüsterte sie. „Warum willst du deinem Titel einen Erben und dir selbst die Möglichkeit, ein Kind zu lieben, verweigern?"

Er zögerte. Vor seinem geistigen Auge konnte er das Kind deutlich sehen. Ein kleines Mädchen mit dem strahlenden Lächeln seiner Mutter. Einen kleinen Jungen mit ihren Augen. Goldene Kinder, eine Mischung aus ihnen beiden.

Doch er hatte dieser Mischung etwas hinzuzufügen, das sein Herz fast zum Stillstand brachte.

„Ich würde niemandem sonst, schon gar nicht jemandem, den ich liebe, das Leben zumuten, das ich geführt habe." Er formte die Worte langsam und mühsam, und seine Finger fühlten sich bei jedem einzelnen Wort schwer und nutzlos an.

Sie schluckte schwer und er konnte sehen, dass sie endlich verstand. „Du – du hast Angst, deine Kinder könnten …"

„Auch kaputt sein", ergänzte er und durchschnitt die Luft zwischen ihnen mit einer wütenden, peitschenartigen Bewegung seiner Finger. „Und deshalb werde ich nicht heiraten, Charlotte. Ich werde keine Kinder haben. Ich werde nicht riskieren, ihr Leben zu zerstören. Oder dein Leben, indem ich dir die Chance auf eine Mutterschaft verwehre oder indem ich dich zwinge, zuzusehen, wie unser Kind durch die gleiche Hölle geht, die ich durchgemacht habe. Auf keinen Fall."

Sie starrte ihn an, wortlos und ohne zu blinzeln. Ihr Blick brach ihm das Herz, nicht nur, weil er von unsagbarem Schmerz erfüllt war, sondern auch, weil er Verständnis darin sah. Er hatte es endlich geschafft, sie dazu zu bringen, die gleiche düstere Zukunft zu sehen wie er.

Und doch fühlte es sich nicht wie ein Sieg an.

Er sammelte seine Kleidung ein, schlüpfte in seine Hose und zog sich sein Hemd über den Kopf. Sie sah ihm dabei zu, unbeweglich, ohne ein Wort zu sagen.

„Gehst du?", fragte sie schließlich, ihre Stimme war rau und eine düstere, qualvolle Emotion schwang darin mit.

„Ich helfe dir beim Anziehen", bot er an.

Sie zögerte einen Moment, bevor sie sich erst das Unterhemd und dann ihr Kleid über den Kopf zog. Als sie ihm den Rücken zudrehte, fühlte es sich an, als würde sie sich auf eine viel dauerhaftere Weise abwenden. Mit fahrigen Fingern knöpfte er ihr Kleid zu, wobei sein Körper sich ihrer Nähe viel zu bewusst war, während sein Verstand sich des Schmerzes, den er verursacht hatte, zu sehr bewusst war.

Als sie fertig angekleidet war, wandte sie sich wieder zu ihm um. Sie schien zu warten, worauf, wusste er jedoch nicht. Sie wartete einfach. Und natürlich klopfte es genau in diesem spannungsgeladenen Moment an der Tür.

KAPITEL 11

Das Klopfen von Fingerknöcheln auf Holz dröhnte wie ein Schuss durch den Raum, und Charlotte zuckte bei dem Geräusch zusammen. Immer wenn sie mit Ewan allein war, selbst wenn gerade ein schlimmer Austausch zwischen ihnen stattfand, vergaß sie, dass noch eine Welt um sie herum existierte.

Zumindest ging es ihr so. Aus Ewans schmerzhaften Worten war ersichtlich, dass er sich der Welt immer voll bewusst war.

„Herein", rief sie und löste sich von ihm. Floh vor seiner Behauptung, keine Kinder haben zu wollen. Nach dieser Aussage schmerzte ihr Herz sogar noch mehr.

Die Tür öffnete sich, davor stand Smith. Dem Glühen seiner Wangen nach zu urteilen, wusste er genau, was sie hier drinnen getan hatten. Er verschränkte die Hände hinter dem Rücken und vermied es, einem von ihnen in die Augen zu sehen.

„Euer Gnaden, ich habe Nachricht von den Männern unten am Fluss erhalten."

Ewan wandte seinen Blick von Charlotte ab und richtete seine Aufmerksamkeit voll und ganz auf seinen Butler. Er kramte in seiner Tasche und Charlotte seufzte. „Ich kann übersetzen", bot sie an. „Es sei denn, du willst nicht, dass ich mich in deine Angelegenheiten einmische."

Ewan schüttelte den Kopf und erwiderte: „Nein, das wäre sehr hilfreich. Danke."

Sie schenkte Smith ein gezwungenes Lächeln. „Wie lautet die Nachricht, Smith?"

Der Butler hielt ihrem Blick einen Moment lang stand, bevor er sagte: „Der Wasserpegel ist heute deutlich gesunken. So sehr, dass die Männer wissen wollen, ob sie den Damm entfernen können."

Ewan dachte einen Moment darüber nach und schaute aus dem Fenster. Der Himmel war zwar mittlerweile etwas heller, aber immer noch grau. „Wir warten noch einen Tag", gebärdete er, und sie übersetzte. „Morgen Nachmittag kann er entfernt werden, wenn es nicht regnet."

„Ausgezeichnet", sagte Smith. „Ich werde es sofort weitergeben. Außerdem gibt es Neuigkeiten bezüglich der Brücke."

Charlotte erstarrte und blickte ihn an. Neuigkeiten über die Brücke bedeuteten Neuigkeiten über die Familien, die unterwegs zu ihnen waren. Darüber, wann dieser private Zufluchtsort wieder in einen öffentlichen Ort verwandelt werden würde. Darüber, wann diese Sache zwischen Ewan und ihr enden würde, denn sie wusste, dass er es in der normalen Welt niemals zulassen würde.

Sie spürte Ewans Hand auf ihrem Arm, und drehte sich ruckartig zu ihm um. Er sah sie fragend an. „Hast du das mitbekommen?"

Sie schüttelte den Kopf. „Nein, tut mir leid. Was?"

Smith räusperte sich. „Die Männer sind heute mit Pferden darüber geritten und sie glauben, dass es sicher ist, die Brücke zu überqueren. Nun, da der Flusspegel so weit gesunken ist, spricht nichts dagegen, dass die anderen Gäste ihre Reise fortsetzen."

„Wann?", flüsterte Charlotte, während Ewan das gleiche Wort mit seinen Händen formte.

„Heute Abend", antwortete Smith, fast entschuldigend. „Wenn Ihr möchtet, kann ich die Männer losschicken, um den Familien beim Umzug aus dem Gasthaus in Donburrow zu helfen. Dann könnten sie schon heute Abend bei Euch sein."

Charlotte drehte sich zu Ewan um und stellte fest, dass er sie direkt anstarrte. Sie hob die Hände und fragte ihn in Zeichensprache: „Soll ich ihm sagen, dass er sie zu ihnen schicken soll?"

Er blieb ruhig, wandte seinen Blick nicht ab und musterte sie aufmerksam mit seinen dunklen Augen. Dann kramte er das Notizbuch aus seiner Tasche und schrieb eine kurze Notiz. Er reichte sie Smith, und der Mann warf einen Blick darauf, bevor er sagte: „Ja, Sir. Ich kümmere mich darum. Guten Tag."

Charlotte starrte den Butler, der sich zum Abschied verbeugte und sie wieder allein ließ, verwirrt an. Sie schluckte schwer. „Was hast du ihm gesagt?"

„Dass er bis morgen warten soll", erwiderte er, als er sich ihr näherte. Er umfasste ihr Kinn und hob es an, während er seine Lippen auf die ihren senkte. Er küsste sie sanft, aber verheißungsvoll, bevor er sich wieder von ihr löste. „Ich brauche noch eine Nacht."

„Ich auch", sagte sie und ihre Stimme stockte, als sie nach seiner Hand griff. Er ließ sie gewähren, verschlang seine Finger mit ihren und drückte sie sanft.

Ohne ein weiteres Wort zog sie ihn aus dem Zimmer, über den Flur und die Treppe hinauf in seine Gemächer.

Sie wusste, dass diese letzte Nacht nichts an dem ändern würde, was zwischen ihnen geschehen war. Sie wusste, dass er entschlossen und stur war in dem, was er glaubte, tun zu können und was nicht. Doch das spielte keine Rolle. Heute Abend ging es nicht um die Zukunft oder die Vergangenheit. Es ging um den Augenblick. Und sie hatte nicht vor, diesen Moment wegzuwerfen.

Nicht, wenn er der letzte sein könnte, den er ihr gestattete.

~

Die Sonne war schon vor Stunden untergegangen, und Ewan hatte ein paar Holzscheite ins Feuer geworfen, nachdem sie das letzte Mal miteinander geschlafen hatten. Sie hatten ein kaltes Abendessen in seinem Schlafzimmer zu sich genommen, Charlotte nur mit seinem Hemd bekleidet, er in seinem Bademantel. Jetzt lagen sie wieder in seinem Bett und ihr Körper war nur von der Hüfte abwärts mit der Decke bedeckt, während er mit einer Hand an ihrer nackten Seite entlangfuhr.

Sie schloss die Augen und seufzte auf diese raue Art, die ihn wissen ließ, dass er sie auf eine Weise berührte, die ihr Lust bereitete. Und er liebte es, ihr Lust zu bereiten. Zu sehen, wie sich ihr Gesicht dabei verzog, war besser als alles andere auf der Welt.

Ihr Schmerzen zu bereiten, war hingegen eines der schlimmsten Dinge der Welt. Heute hatte er beides getan. Und zwar kurz hintereinander. Doch sie hatte sein Geständnis, dass er nie Kinder haben würde, nicht kommentiert. Tatsächlich schien sie nichts weiter zu diesem Thema sagen zu wollen. Diese Tatsache erleichterte und betrübte ihn gleichermaßen.

„Woran denkst du?", flüsterte sie. Sie öffnete ihre grünen Augen und sah ihn an.

„Woher weißt du, dass ich über etwas nachdenke?", gebärdete er, nachdem er zögernd eine Hand von ihrer Haut genommen hatte.

Sie lächelte. „Manchmal denkst du sehr laut. Ich kann es fast hören."

Er stieß einen Atemzug aus. „Nur daran, dass dies unsere letzte Nacht ist", erwiderte er.

Ihr Lächeln verblasste. „Ich versuche, nicht daran zu denken. Aber ich nehme an, wir müssen darüber reden. In zwei Tagen ist Weihnachten und eine Woche später, nach dem Jahreswechsel, kehren wir alle nach London zurück."

Er wandte seinen Blick ab. Er hatte eigentlich nicht vorgehabt, mit den anderen nach London zurückzukehren. Er hasste es, dort zu sein, und mied die Stadt, wann immer es ihm möglich war.

„Du musst mitkommen", sagte Charlotte, als hätte sie seine Gedanken gelesen. „Emma wird bald ihr Kind bekommen, und Graham und Adelaide heiraten. Diese Momente darfst du nicht verpassen."

Ewan drehte sich um. Wie immer hatten ihn seine Freunde auf dem Laufenden gehalten und ihn eingebunden, als gehöre er in ihren Kreis. Bei ihnen, bei ihr, hatte er immer das Gefühl, dazuzugehören. „Ja, da hast du recht. Aber ich weiß nicht, was das zur Sache tut."

„Wir haben noch neun Tage", sagte sie. „Willst du einfach so tun, als wäre diese … Sache zwischen uns nie passiert?"

„Soll ich etwa allen erzählen, was passiert ist?", gebärdete er und versuchte, die Stimmung mit einem Lächeln aufzulockern. „Ich kann mir vorstellen, dass Baldwin und deine Mutter sich über die Nachricht von unserer Affäre sehr freuen würden."

Anstatt mit ihm zu lachen, streckte sie die Hand aus, um mit den Fingerspitzen über seine Lippen zu fahren. „Du weißt, dass ich das nicht so gemeint habe. Du weißt, dass ich von der Beziehung zwischen dir und mir spreche. Wirst du mir aus dem Weg gehen? Wird dies wirklich unsere letzte gemeinsame Nacht sein?"

Er schloss für einen Moment die Augen. Jegliche Vernunft und jeglicher Anstand in ihm sagte ihm, dass er diese Affäre jetzt beenden sollte. Die Ankunft der Familien war ein vernünftiger Anlass dafür. Wenn sie nach London zurückkehrten, konnten sie sicher nicht weitermachen. Charlotte hatte bereits gesagt, dass sie wieder in die Gesellschaft eintreten würde. Was würde es bringen, das Ende hinauszuzögern, bei dem sein Herz in eine Million Stücke zerbrechen würde?

Und dennoch fühlte sich der Gedanke, es einfach zu beenden, nicht … richtig an. Nicht, während sie neben ihm lag, sein Körper den ihren berührte und seine Hände sich jeden Zentimeter ihrer weichen Haut einprägten.

Er rollte sich über sie und spreizte ihre Beine mit seinen Hüften. Sie ließ sich in die Kissen sinken und sah ihm in die Augen, als er in einem langen Stoß in ihren feuchten Kanal glitt. Er füllte sie vollständig aus und beugte sich hinab, um seine Nase sanft an ihrer zu reiben. Sie hob ihre Lippen und küsste ihn, bevor er sich zurückzog und begann, in sie hineinzustoßen.

Charlotte wandte ihren Blick nicht ab, als er seine Hüften gegen sie kreisen ließ. Sie blinzelte nicht einmal, als sie sich ihm entgegenwölbte und seine Stöße mit einladenden Bewegungen erwiderte. Sie hielt seinem Blick stand, während sich ihre Lippen öffneten und sie seinen Namen schrie, als die Lust sie übermannte und sie kam, ihn melkte, ihn herausforderte, sie zu beanspruchen, so wie sie es bereits vor einigen Stunden versucht hatte.

Es war verlockend. Aber er zog sich zurück, als sich seine Hoden anspannten und sein Samen zwischen ihren Körpern herausspritzte. Ewan lehnte seine Stirn an ihre, sein Atem kam in kurzen Stößen.

„Ist das die Antwort?", flüsterte sie mit zitternder Stimme.

Er nickte. „Wir sollten das beenden. Aber wenn du in meiner Nähe bist, kann ich vielleicht nicht widerstehen."

Lächelnd vergrub sie ihren Kopf an seiner Schulter und drückte ihm Küsse auf Hals und Kiefer, während er weiter die Linien ihres Körpers nachfuhr und „Ich liebe dich, ich liebe dich, ich liebe dich" darauf schrieb.

Doch selbst während er das tat, wusste er, dass er die Worte niemals so schreiben oder gebärden konnte, dass sie sie wirklich verstehen würde.

KAPITEL 12

Als Charlotte am nächsten Morgen die Treppe hinunterging und das Foyer betrat, hatte sie das Gefühl, dass jeder sehen könnte, dass sie in der Nacht zuvor gerade einmal ein paar Stunden geschlafen hatte. Diese wenigen Stunden waren durch das Liebesspiel mit einem attraktiven Duke unterbrochen worden, der nun auf sie wartete.

Im Gegensatz zu ihr sah er ausgesprochen zurechtgemacht aus. Sein Bart war ordentlich gestutzt, sein Haar aus dem Gesicht gekämmt, seine Krawatte perfekt gebunden und seine Weste makellos. Als er sie sah, begann sein Gesicht zu strahlen und ihre Welt hörte auf, sich zu drehen.

„Guten Morgen", begrüßte er sie in Gesten und zwinkerte ihr zu. „Noch einmal."

Seine freche Begrüßung entlockte ihr ein Kichern. Immerhin hatte sie sein Bett erst vor etwas mehr als einer Stunde verlassen. Ihr erster Morgengruß war weitaus sinnlicher gewesen.

„Guten Morgen, Euer Gnaden", sagte sie mit einem verspielten Knicks, bei dem sein Lächeln noch breiter wurde. Es waren vor allem diese Momente, in denen sie sich nach der Zukunft sehnte, die es seiner Meinung nach nicht geben konnte. Die Momente, in denen die Verbindung zwischen ihnen einfach war.

Er bot ihr seinen Ellenbogen an, bevor er die Tür öffnete und sie gemeinsam auf den vorderen Treppenabsatz traten. Der Morgen war kühl, doch die Aussicht auf die Straße wurde nicht von Regen getrübt. Zwei Kutschen donnerten über die Straße.

Charlotte rutschte das Herz in die Hose, obwohl sie sich freute, ihre Mutter und ihren Bruder nach über einem Monat wiederzusehen.

Doch sie wollte Ewan unbedingt noch etwas sagen, bevor der Anstand es ihnen gebieten würde, sich zurückzuhalten. Vorsichtig zu sein. Sie drehte sich leicht zu ihm um und flüsterte: „Ich bereue nichts."

Er verzog das Gesicht, und als die Kutschen zum Stehen kamen, erwiderte er: „Ich auch nicht."

Sie schenkte ihm ein letztes trauriges Lächeln, bevor sie sich den Kutschen zuwandte. Die Diener beeilten sich, die Tür der ersten Kutsche zu öffnen, und Charlotte ließ Ewans Arm mit einem kleinen Aufschrei los, bevor sie auf ihre Mutter zustürmte. Die Duchess of Sheffield trat mit ausgebreiteten Armen auf die Auffahrt, und Charlotte rannte auf sie zu.

„Meine Liebe, wie schön, dich zu sehen", gurrte die Duchess und drückte Charlotte einen Kuss auf jede Wange. „Ich hatte ganz vergessen, wie schön du bist, mein Liebling. Du strahlst ja förmlich."

Charlotte löste sich aus der Umarmung ihrer Mutter und wandte sich ihrem Bruder zu. Viele hielten Baldwin für streng und überaus korrekt, weswegen er aus seiner Gruppe von rüpelhaften, beliebten und manchmal wilden Freunden herausstach. Doch Charlotte kannte ihn. Sie wusste um seine Wärme und Freundlichkeit, und sie spürte, wie sich all das auf sie richtete, als er sie umarmte.

„Mutter hat recht, du strahlst", flüsterte er an ihrem Haar. „Frohe Weihnachten, Charlotte."

Als sie sich von ihm löste, erhaschte sie einen Blick auf das leicht säuerliche Gesicht Baldwins, doch er drehte sich zur Seite, bevor sie etwas dazu sagen konnte. Dann bewegte sich ihre Familie auf Ewan zu. Charlotte lächelte, wie könnte sie auch nicht, angesichts der fröhlichen Szene, die sich ihr bot. Ewans Tante, die Duchess of Tyndale, hielt Ewans Wangen in ihren behandschuhten Händen und sagte: „Großer Gott, du solltest dich mal rasieren, mein Lieber."

Ewan schüttelte mit einem amüsierten Lächeln den Kopf und legte den Arm um seinen Cousin Matthew. Charlotte stieß einen glücklichen Seufzer aus. Es war immer schön, ihn mit seinen Freunden zu sehen, aber mit keinem war es so wie mit Matthew. Tyndale und Donburrow waren wie Brüder. Tyndale war einen halben Kopf kleiner und hatte dunkles Haar, während das von Ewan hell war.

„Charlotte", sagte Matthew, schüttelte Ewans Arm ab und kam auf sie zu. Er ergriff ihre Hände und hob eine davon zur Begrüßung an seine Lippen. „Armes Mädchen, drei Tage lang allein mit ihm."

Seine Stichelei entlockte ihr ein Kichern, sie konnte aber nicht umhin, das Aufflackern von Schmerz in seinem Blick zu bemerken. Dieser Schmerz lag schon seit Jahren in seinem Blick. Er rührte von einem Verlust her, den sie nicht ergründen konnte. „Wir haben es überlebt."

Die Duchess of Tyndale, die von allen in ihrer Gruppe Tante Mary genannt wurde, solange sie denken konnte, kam auf sie zu und küsste sie auf die Wange. „Du siehst wirklich reizend aus, meine Liebe. Oh, wir sind so froh, endlich hier zu sein!" Sie hob eine Hand, als Ewan nach seinem Notizbuch griff. „Das Gasthaus war in Ordnung, Ewan, du musst dich nicht bei mir für die Unterkunft entschuldigen. Wir wollten einfach alle hier sein. Und das sind wir ja jetzt."

Smith stand im Foyer, als die Gruppe hereinkam, und begrüßte sie, während er alle Mäntel, Handschuhe und Hüte der Duchess entgegennahm. Alle redeten durcheinander, was Smith jedoch nicht zu stören schien. Er nickte und antwortete, wenn es angebracht war.

„Möchte jemand Tee?", fragte Charlotte schließlich über die

Kakophonie hinweg. Ewan warf ihr einen dankbaren Blick zu, dass sie die Rolle der Gastgeberin übernommen hatte, obwohl jeder wusste, dass es wohl eher die Aufgabe seiner Tante war als ihre. Tante Mary schien es jedoch nichts auszumachen, da sie Charlotte einen freundlichen Blick zuwarf. „Ich weiß, es ist noch früh, aber ein warmes Getränk könnte die Kälte vertreiben."

„Ich hätte gerne einen Tee", sagte Charlottes Mutter und hakte sich bei Baldwin unter.

Daraufhin machten sich alle immer noch munter plaudernd auf den Weg zum Salon. Charlotte ließ sie vorangehen, bis nur noch Ewan und sie im Foyer standen. Sie sah zu ihm auf und reichte ihm die Hand. Er legte sie in seine Ellenbeuge und führte sie den anderen hinterher.

Sie betrat die Stube und begann, Tee einzuschenken. Ihre Mutter und Tante Mary halfen ihr, und bald hatte jeder ein Getränk und einen Sitzplatz. Ewan saß zwischen den beiden älteren Damen und kritzelte wie wild in sein Notizbuch, während alle ihn mit Fragen löcherten. Matthew saß seiner Mutter gegenüber und lehnte sich mit einem süffisanten Grinsen zurück, das wahrscheinlich bedeutete, dass er in den letzten Tagen im Mittelpunkt gestanden hatte und froh war, dass die Aufmerksamkeit nun jemand anderem galt.

Baldwin und Charlotte standen an der Anrichte. Er hielt einen Teller in der Hand, während Charlotte mit einer silbernen Zange Tortenstücke darauf stapelte. Sie spürte, dass er sie dabei beobachtete.

„Hast du mir etwas zu sagen?", fragte sie und blickte lächelnd auf.

Er zuckte mit den Schultern. „Sollte ich?"

Ihr Herz stotterte. Sie und Baldwin hatten sich schon immer nahegestanden, wenn auch vielleicht nicht so nah wie Meg und ihr Bruder James, der Duke of Abernathe. Dennoch wusste er immer ganz genau, was in ihr vorging. Selbst wenn es um Themen ging, über die sie nie offen sprachen.

„Es gibt nichts zu sagen", beharrte sie, bevor sie ihren Blick wieder dem Teller zuwandte und zwei weitere Stücke Kuchen auf den wackeligen Stapel legte.

Er stieß einen leisen Atemzug aus, fast schon frustriert, und warf einen Blick über seine Schulter. „Du hast drei Tage allein mit Ewan verbracht."

Charlotte legte die Zange beiseite und folgte seinem Blick zu Ewan. Er sah sie nicht an, und allein schon bei seinem Anblick erschauderte sie.

„Wir sind alte Freunde", sagte sie schließlich. „Es war ... schön."

Baldwins Stirn legte sich in Falten, und sein Blick wurde weicher. Die Zärtlichkeit in seinen Augen berührte sie zutiefst. „Liebe Charlotte", flüsterte er, „glaube nicht, ich wüsste nicht, was in deinem Herzen vorgeht. Geht es dir wirklich gut?"

Sie schluckte schwer. Ewan war eines dieser Themen, über die sie nie gesprochen hatten. Sie hatte immer gedacht, dass sie ihre Liebe zu ihm sehr gut verborgen hatte, doch Baldwins wissender Blick stellte diese Überzeugung völlig in Frage.

Sie drehte sich zu ihm um. „Mir geht es gut", wiederholte sie. „Und was ist mit dir? Geht es dir gut?"

Sein Zögern war Antwort genug, aber er zuckte mit den Schultern. „Natürlich geht es mir gut."

Sie zog eine Augenbraue hoch. „Das glaube ich dir nicht", flüsterte sie.

Er schenkte ihr ein halbes Lächeln. „Ich dir auch nicht", gab er zurück.

Sie streckte die Hand aus und berührte kurz seine Wange. Als sie ihm in die Augen blickte, sah sie noch immer den Ärger darin, den sie zuvor gesehen hatte. Der Ärger, der sie so beunruhigte, selbst inmitten ihrer eigenen Situation mit Ewan. „Wird es wieder werden?"

Er nickte langsam. „Das hoffe ich sehr."

„Bringt ihr Kuchen oder löst ihr die Probleme der Welt?", rief Matthew mit einem Lachen, das sich auf den Rest der Gruppe übertrug.

„Wenn Charlotte sich etwas in den Kopf setzt, kann sie bestimmt alles lösen", sagte Baldwin mit einem weiteren sanften Lächeln in ihre Richtung, bevor er den Kuchenteller nahm und ihn in die Mitte des Tisches stellte. „Ich hingegen schaffe es kaum, meine Krawatte zu binden."

„Deshalb hast du ja auch einen Kammerdiener, mein Lieber", sagte die Duchess of Sheffield und zwinkerte ihrem Sohn zu, als dieser Platz nahm.

Die Gruppe lachte wieder gemeinsam, und Charlotte setzte sich lächelnd auf ihren Platz. Doch auch wenn sie eine freundliche Miene aufsetzte, war ihre Sorge echt. Die Sorge um Baldwin und die Geheimnisse, die er vor ihr verbarg. Und natürlich die Sorge um sich selbst. Es schien, als stünde ihre Zukunft auf wackligen Beinen.

Sie konnte nur hoffen, dass ihr Bruder recht hatte und dass sich am Ende alles zum Guten wenden würde.

Ewan schenkte drei Gläser seines besten Brandys ein und reichte sie an Matthew und Baldwin weiter. Er prostete seinem Cousin zu, und Matthew nickte und erhob ebenfalls sein Glas.

„Es ist noch etwas früh am Tag für kluge Trinksprüche", begann er.

„Und Brandy", fügte Baldwin lachend hinzu.

„Und Brandy", pflichtete Matthew ihm bei. „Aber ich werde mein Bestes tun. Die letzten sechs Monate waren einschneidend für unsere Gruppe, aber unsere Freundschaft ist ungebrochen. Also stoße ich auf unseren Zusammenhalt und unsere Zukunft an, wohin sie uns auch führen mag."

Baldwin und Ewan hoben ihre Gläser und alle drei Männer nippten an dem hochprozentigen Getränk. Ewan stellte sein Glas ab und gebärdete: „Ich bin seit November nicht mehr in London gewesen, also bin ich im Rückstand. Erzählt mir was dort so los ist. Auch wenn ihr beide das sicherlich bereits ausführlich besprochen habt, während ihr in Donburrow gestrandet wart."

Matthew zuckte mit den Schultern. „Das haben wir, aber wir fassen es gerne für dich zusammen. James und Emma zählen freudig die Tage bis zur Ankunft ihres Kindes. Ich habe ihn noch nie so überglücklich gesehen."

Ewan nickte. Er freute sich sehr für seinen Freund, den Anführer ihrer kleinen Gruppe von Dukes, die sie vor so langer Zeit gegründet hatten. James hatte viel durchgemacht und geglaubt, er würde nie heiraten. Jetzt war er mit einer Frau zusammen, die perfekt für ihn zu sein schien.

Doch Ewan weigerte sich, diese Tatsache als Anlass zur Hoffnung zu nehmen.

„Was ist mit Simon und Graham?", fragte er. „Ich habe natürlich von beiden gehört, aber wie lautet eure Einschätzung?"

Diesmal antwortete Baldwin mit einem breiten Lächeln. „Sie haben vor etwa einem Monat wieder angefangen, miteinander zu sprechen, doch sie scheinen sich nun so nahe zu stehen wie seit Jahren nicht mehr. Simon und Meg sind unfassbar verliebt. Adelaide wohnt immer noch bei ihnen, obwohl ich glaube, dass es ein offenes Geheimnis ist, dass Graham die meisten Nächte mit ihr verbringt. Daher die überstürzte Heirat, sobald das neue Jahr beginnt."

Ewan seufzte erleichtert. Er hatte gesehen, wie sehr Graham gelitten hatte, nachdem Simon ihn im Sommer betrogen hatte. Dass die beiden Freunde nicht nur ihren Bruch überwunden, sondern auch Liebe und Glück gefunden hatten, erwärmte sein Herz.

„Was den Rest betrifft", sagte Matthew, „Hugh schleicht in London herum, immer schlecht gelaunt. Ich wünschte, er würde einem von uns anvertrauen, was ihn bedrückt."

Ewan runzelte die Stirn. „Ich werde Brighthollow schreiben", schlug er vor. „Vielleicht hilft ihm das, sich zu öffnen."

„Wenn jemand das kann, dann du", meinte Baldwin achselzuckend. „Du bist ja auch der Einzige, der noch mit Willowby Kontakt hat, oder?"

„Früher hat er auch Simon geschrieben", schrieb Ewan seufzend. „Aber ich glaube, in den letzten Monaten hat er niemandem mehr geschrieben. Ich mache mir Sorgen um Lucas. Er ist so verschlossen und er war schon so lange nicht mehr in England."

„Meine Theorie ist, dass er ein Spion ist", sagte Matthew mit einem Augenzwinkern und nahm einen Schluck von seinem Drink.

„Sei kein Idiot", gluckste Baldwin, und Ewan grinste.

„Roseford fickt immer noch halb London", fuhr Matthew fort. „Manche Dinge ändern sich also nie."

Baldwin stellte sein Glas ab. „Und manche Dinge schon. Hast du von Kits Vater gehört?"

Ewan schüttelte den Kopf. Matthew neigte den seinen. „Er ist krank. Ziemlich krank. Kit ist ganz außer sich."

„Wer kann es ihm verdenken?", fragte Baldwin leise. „Der Duke of Kingsacre ist der beste."

Ewan nickte. „Ich werde ihm auch schreiben. Ich nehme an, er ist auf dem Land?"

„Ja, obwohl ich sicher bin, dass Kingsacre ihn ermutigen wird, sein Leben und seine Pflichten weiterzuführen." Matthew schüttelte den Kopf. „So ist er nun einmal."

Ewan runzelte die Stirn. Kingsacre hatte ihn immer an seinen Onkel erinnert. Beide waren gute und anständige Männer. Eine Seltenheit unter den Vätern ihrer zusammengewürfelten Gruppe. Die meisten waren nicht einmal das Papier wert, auf dem ihre Namen standen. Zum Glück hatten ihre Söhne einander gefunden.

„Und das waren alle", sagte Baldwin an Ewan gewandt. Irgendetwas an seinem finsteren Blick brachte Ewan dazu, sich ein wenig aufzurichten. „Außer dir."

Ewan deutete mit einem Kopfschütteln auf sich selbst.

Baldwin hob die Augenbrauen. „Schau mich nicht mit diesem unwissenden Blick an, Donburrow. Ich habe das Gefühl, dass du einiges zu erzählen hast."

Er schluckte. Sheffield war einer seiner besten Freunde – schon seit ihrer Kindheit. Doch in diesem Moment spürte Ewan, dass eine gewisse Neugierde von ihm ausging, die er noch nie zuvor wahrgenommen hatte. Langsam schrieb er: „Nicht viel. Der Regen hat die Brücke beschädigt, wir mussten einen Damm aus Sandsäcken errichten. Ich werde mich im Frühjahr um eine dauerhafte Lösung kümmern müssen, falls ihr einen Rat habt. Ich bin wohl der Langweiligste in unserer Gruppe."

Baldwin und Matthew lasen seine Notiz gemeinsam, und Baldwin schnaubte. „Das habe ich nicht gemeint. Was ist mit dir und Charlotte?"

Die Stimmung im Raum änderte sich augenblicklich. Plötzlich hing Spannung schwer und dicht in der Luft. Matthews Augen wurden groß und er entfernte sich langsam von den Männern. Nicht so weit, dass er nicht eingreifen konnte, falls es hitzig werden sollte. Aber auch nicht so nah, dass er sich einmischen oder Partei ergreifen konnte.

Ewan schluckte schwer, als er schrieb: „Ich weiß nicht, was du meinst."

„Natürlich weißt du es", entgegnete Baldwin leise. „Aber wenn du willst, dass ich es dir genau erkläre, kann ich das tun. Als ich angekommen bin, habe ich sofort gemerkt, dass sie sich nicht wohlfühlte. Das kann nur an dir liegen."

Jetzt trat Matthew vor. „Hör mal, Sheffield, ich weiß nicht, ob das fair ist."

Baldwin fixierte Ewan, anstatt ihren Freund anzusehen. „Ich stimme zu. Es ist nicht fair."

Ewan legte den Kopf schief. In all den Jahren hatte er nie gewusst, ob Baldwin sich der Verbindung zwischen Ewan und Charlotte bewusst war. Natürlich wusste die Welt, dass sie befreundet waren, und ihr Freundeskreis lächelte oft über die übertrieben komplizierte Handsprache, die sie entwickelt hatten. Er war sich sicher, dass viele einen Verdacht hegten, und er würde sein halbes Vermögen darauf wetten, dass Charlotte wahrscheinlich mit James' Schwester Meg über ihre Gefühle gesprochen hatte.

Aber Baldwin hatte sich immer aus dem Geschehen herausgehalten. Er hatte das Thema nie angesprochen.

Bis jetzt. Und sein Blick war … hart. Beschützend. Als wäre Ewan eher ein Feind als ein Freund. Vielleicht hatte er das nach den letzten paar Tagen verdient. Nach den letzten Jahren. Nach seinem bisherigen Leben.

Er räusperte sich und schrieb: „Es war nicht meine Absicht, dafür zu sorgen, dass Charlotte sich unwohl fühlt."

Ewan ließ seinen Bleistift einen Moment über dem Papier schweben. Er wollte mehr sagen. Er wusste, dass er wahrscheinlich mehr sagen *musste*. Aber die Worte wollten nicht herauskommen. Wahrscheinlich, weil jedes Wort, das ihm durch den Kopf ging, ein Geständnis war. Ein Flehen um Hilfe. Eine Kapitulation vor allem, was sie begehrte und was er fürchtete.

Schließlich reichte er den Block weiter. Baldwin las den Text und reichte ihn schweigend an Matthew weiter. Sheffields Gesichtszüge entspannten sich etwas. „Ich weiß", sagte er. „Ich weiß, dass du meiner Schwester nicht wehtun willst. Wenn ich das denken würde, würde ich dich im Morgengrauen herausfordern, Freundschaft hin oder her. Aber du musst einsehen, dass du es trotzdem tust."

Ewan rutschte auf seinem Stuhl umher. Natürlich merkte er das. Er spürte es. Er trug diese Schuld wie eine Decke um seine Schultern.

„Ich weiß nicht, was zwischen euch beiden vorgefallen ist, während ihr hier allein wart", fuhr Baldwin fort, während Matthew Ewan den Block zurückgab. „Aber ich spüre, dass sich irgendetwas verändert hat. Ich hoffe, dass dies ein Zeichen für eine neue Zukunft für euch beide ist. Aber wenn nicht, hoffe ich, dass du sie nicht verletzen wirst. Sie hat letztes Mal schon genug gelitten."

Ewan zuckte zusammen. Baldwin wusste also über die Vergangenheit Bescheid oder hatte es erraten. Ebenso wie die Gegenwart. Er nickte langsam.

„Entschuldigung."

Die Männer drehten sich um, und Ewan stockte der Atem. Charlotte stand an der Tür. Ihr Gesichtsausdruck war heiter und unbeschwert, deswegen glaubte er nicht, dass sie ihr Gespräch mitbekommen hatte. Er hoffte, dass sie es nicht getan hatte.

„Mama und die Duchess of Tyndale würden sich gerne etwas ausruhen, daher dachte ich, dies wäre eine gute Gelegenheit, um in die Stadt zu gehen."

Baldwin legte den Kopf schief. „Warum?"

„Nun, im Gegensatz zu euch bin ich in den letzten Tagen nicht aus dem Haus herausgekommen. Ich hätte nichts dagegen, zu sehen, dass die Welt außerhalb dieser Mauern noch existiert. Außerdem habe ich ein paar Versprechungen in Bezug auf Holzschwerter und Puppen gemacht, die ich gerne einhalten würde."

Baldwin und Matthew tauschten einen verwirrten Blick aus, und Ewan lächelte Charlotte an. Natürlich wollte sie ihr Wort gegenüber den Kindern halten. Da der zweite Weihnachtsfeiertag vor der Tür stand, war es außerdem logisch, den Kindern seiner Pächter ihre Geschenke an dem Tag zu geben, an dem er ihnen auch ihre anderen Geschenke bringen würde.

Er nickte und gebärdete: „Ich werde dich begleiten."

„Ewan ist einverstanden", übersetzte sie. „Seid ihr beide bereit oder habt ihr genug von der Stadt?"

„Ich bin ein bisschen müde, ehrlich gesagt. Baldwin, was hältst du von einer Partie Billard?", erwiderte Matthew. Er lächelte, doch Ewan entging die Anspannung in seinem Gesicht nicht. Er spielte den Friedensstifter, indem er Abstand zwischen Baldwin und Ewan brachte, damit der Streit zwischen ihnen keinen Schaden verursachte, der nicht so leicht zu reparieren war.

Nach den letzten Monaten, in denen Simon und Graham sich zerstritten hatten, wollte das niemand.

Baldwin blickte erst Charlotte und dann wieder Ewan an. Dann nickte er. „Mir ist Billard auch lieber. Aber ich wünsche euch beiden viel Spaß. Ich gehe davon aus, dass ihr rechtzeitig zum Mittagessen zurück seid, falls Mutter fragen sollte."

„Ich denke schon", antwortete Charlotte. „Ich muss nur ein paar Dinge besorgen." Ewan nickte und ihr Gesicht hellte sich auf. „Ausgezeichnet. Ich lasse Smith meinen Mantel und meine Handschuhe holen, dann können wir los."

Sie wirbelte aus dem Zimmer und Ewan konnte nicht umhin, ihr nachzuschauen. Er war so auf ihren Abgang konzentriert, dass er nicht bemerkte, dass Baldwin auf ihn zukam, bis sich seine Hand um Ewans Oberarm schloss. Ewan drehte sich um, und sein Herz pochte, als er seinen Freund anblickte.

Baldwins Stimme war sanft, als er sagte: „Versuch einfach, sie nicht zu verletzen. Oder besser noch, tu dir selbst nicht weh. Ihr scheint sehr aneinander zu hängen." Er klopfte Ewan auf den Arm, bevor er sagte: „Komm, Tyndale. Ich bin bereit, dich beim Billard fertigzumachen."

„Unfreundlich!", sagte Matthew lachend, während er Ewan mit einem Blick bedachte, der ihm sagte, dass dieses Thema noch einmal diskutiert werden würde. Dann folgte Matthew Baldwin zur Tür hinaus und ließ Ewan allein.

Er seufzte. Irgendwie hatte er gedacht, dass die Anwesenheit der anderen eine Art Puffer zwischen ihm und Charlotte schaffen würde. Doch stattdessen schien jeder die Verbindung zwischen den beiden zu sehen und sie zu fördern.

Und er würde gleich wieder einmal mit ihr allein sein. Ein Rezept für eine Katastrophe, die er unbedingt vermeiden musste. Um ihrer beider willen.

KAPITEL 13

Charlotte hielt sich an Ewans Hand fest, als sie aus der Kutsche stieg. Die Stadt Donburrow war ein belebter Ort mit einem gut besuchten Gasthaus für Reisende, mehreren Geschäften und Einwohnern, die alle innezuhalten schienen, um vor dem Duke ihren Hut zu ziehen.

Sie lächelte angesichts der Ehrerbietung, die sie ihm entgegenbrachten, obwohl ein Teil von ihr frustriert war. Ewan war fest davon überzeugt, dass alle, die ihm begegneten, ihn für kaputt hielten, dabei schien ihn sein Volk eindeutig zu respektieren. Seine Freunde bewunderten ihn. Es war, als ob die negativen Dinge, die ihm gesagt und angetan wurden, so viel Gewicht hatten, dass sie ihn die positiven vollkommen vergessen ließen.

Sie eingeschlossen.

Charlotte holte tief Luft. Sie hatte nicht vor, ihre Gedanken in diese Richtung wandern zu lassen. Auf der halbstündigen Fahrt in die Stadt hatte sie sehr darauf geachtet, ausschließlich über harmlose Themen zu plaudern. Sie hatte sich in seine Arme stürzen wollen, doch sie hatte dem Drang widerstanden. Sie hatten sich über das Wetter und die Feiertage unterhalten und die Neuigkeiten, die es in ihren jeweiligen Freundeskreisen gab.

Es war angenehm und normal gewesen. Genau so, wie sie es sich gewünscht hatte, in der Hoffnung, dass er sehen würde, wie einfach es zwischen ihnen sein konnte. Wie einfach und normal ihr Leben sein könnte.

„Schwerter und Puppen", sagte sie, legte eine Hand auf seinen Ellenbogen und drückte ihn sanft. „Führ mich hin, bitte."

Er salutierte mit seiner freien Hand, und sie schlängelten sich die Straße hinauf zu einem Gemischtwarenladen namens *Griffin's Emporium*. Er öffnete ihr die Tür, und die kleine Glocke darüber bimmelte, als sie ins Warme traten. Charlotte zog ihre Handschuhe aus und steckte sie in ihre Handtasche, während sie sich mit einem Lächeln umsah.

Es war kein feiner Laden wie die in London, aber er war schön und gemütlich und bot eine große Auswahl an Waren. Sie schlenderte zwischen den Tischen mit Warenauslagen hindurch, betastete hier einen Hutrand und nahm dort ein Buch in die Hand.

Sie spürte, dass Ewan sie beobachtete, doch sie erwiderte seinen Blick nicht. Sollte er ihr ruhig zusehen. Sollte er sich doch genauso nach ihr sehnen, wie sie sich nach ihm sehnte.

„Guten Tag, Euer Gnaden", ertönte eine Stimme hinter ihr. Sie drehte sich um und sah einen schlanken Mann aus dem hinteren Teil des Ladens kommen. Er hatte einen krausen Schnurrbart und einen scharfen Blick, der von Ewan zu ihr huschte, als er Ewan die Hand entgegenstreckte.

„Was für eine Ehre, Euch hier zu begrüßen, Euer Gnaden. Eine Ehre!"

Charlotte schürzte leicht die Lippen angesichts des unterwürfigen Tonfalls, den der Mann anschlug. Fast so devot, als würde er gleich auf die Knie gehen und Ewan die Stiefel lecken. Es war derselbe Ton, den sie im Laufe der Jahre gegenüber ihrem Bruder, ihrem Vater, ihrem Ehemann und allen Freunden ihres Bruders gehört hatte. Auch wenn das manchen Menschen, die einem Titel trugen, gefallen mochte, war es für sie immer so, als würde man mit einem Fingernagel über eine Tafel kratzen.

Ewan kritzelte etwas auf seinen Block und der Mann blickte darauf. Charlotte glaubte, einen kleinen Anflug von Abscheu zu erkennen, den er jedoch verbarg, als er sagte: „Ah, Lady Portsmith, ich bin Martin Griffin, seit fast dreißig Jahren Inhaber dieses Geschäfts. Seine Gnaden sagt, Ihr seid auf der Suche nach ein paar Artikeln für die Feiertage. Ihr seid wohl etwas spät dran, was?"

Charlotte unterdrückte ihre negativen Gefühle gegenüber dem dummen Mann und rang sich ein Lächeln ab. „Seine Gnaden hat völlig recht. Ich bin eigentlich mit meinen eigenen Weihnachtseinkäufen fertig, doch ich habe den Pächtern des Anwesens ein Versprechen gegeben, das ich nicht brechen kann. Ich bin auf der Suche nach Puppen und Holzschwertern. Haben Sie hier welche?"

Die Stirn des Mannes legte sich in Falten, als würde er nicht verstehen. „Für die Pächter, sagtet Ihr?"

Sie nickte. „Ja. Es sind fünf kleine Mädchen und drei Jungen." Sie warf Ewan einen Blick zu. „Stimmt doch, nicht wahr? Ich habe doch niemanden vergessen?"

Er gebärdete: „Das stimmt."

Sie lächelte den Ladenbesitzer an. „Ich hoffe, Ihr habt, was ich brauche."

Er zögerte kurz. „Nun, ich habe ein paar. Ich werde kurz hinten nachsehen, wie viele ich jeweils habe." Mit einem weiteren kurzen Blick in Ewans Richtung eilte er in den hinteren Teil des Ladens.

Charlotte schürzte die Lippen, als sie sich wieder Ewan zuwandte. „Griffin ist …"

„Lächerlich", gebärdete Ewan mit einem Seufzer. „Ein Überbleibsel aus der Zeit meines Vaters. Der Heuchler verbiegt sich nach Kräften, aber da er der Inhaber ist, pflege ich die Beziehung, so gut ich kann."

„Das ist sicherlich nicht leicht", erwiderte sie in Zeichensprache und rückte näher an ihn heran. Es war unmöglich, es nicht zu tun. Sie konnte sich einfach nicht gegen die Anziehungskraft zwischen ihnen wehren. „Danke, dass du mich hierhergebracht hast und ihn erträgst."

Ewan sah ihr ein, zwei Sekunden lang in die Augen und sie konnte die Sehnsucht darin sehen. Dieselbe Sehnsucht rief sie zu ihm zurück. Sie verzehrte sich nach seiner Berührung und seinem Kuss und allem anderen, von dem er behauptete, es müsse zurückgehalten werden.

„Mylady, wie es scheint, habe ich, was Ihr braucht", sagte Mr. Griffin mit fester Stimme hinter ihr.

Sie zwang sich, sich von Ewan zu lösen, und betrachtete lächelnd den Stapel Spielzeug, den Mr. Griffin vor ihnen auf dem Tresen ausgebreitet hatte. „Oh, ausgezeichnet, das freut mich sehr", sagte sie.

„Was darf ich noch für Euch oder den Duke tun?", fragte der Ladenbesitzer.

Sie wollte ihm gerade sagen, dass sie nun alles hatte, doch bevor sie das tun konnte, betrat Ewans Fahrer den Laden. „Verzeihung, Euer Gnaden, aber Anthony Alberts hat mich gerade auf der Straße angehalten. Er wollte mit Euch über die Pferde sprechen."

Ewan nickte und wandte sich wieder an Charlotte. „Alberts will diesen Sommer Vollblüter einführen und erwägt, sie in meinem Stall unterzubringen. Ich muss kurz mit ihm sprechen", gebärdete er.

„Natürlich", antwortete sie und drückte seine Hand. „Lass dir Zeit. Ich werde mich hier noch ein wenig umsehen. Du kannst mich abholen, wenn du fertig bist."

Er schenkte ihr ein dankbares Lächeln, bevor er seinem Fahrer zur Tür hinaus folgte. Charlotte wandte sich wieder an Mr. Griffin. „Ich werde mich umsehen, wenn Ihnen das recht ist."

Der Ladenbesitzer sah sie mit zusammengekniffenen Augen an, nickte aber sofort. „Natürlich, Mylady. Es ist mir eine Ehre, die Countess of Portsmith in meinem Laden zu haben."

Charlotte konnte ein Seufzen kaum unterdrücken, als sie sich den verschiedenen Artikel um sie herum zuwandte. Das meiste konnte sie weder gebrauchen noch verschenken, doch sie hielt ihren

Blick fest auf die Waren gerichtet, um von Mr. Griffin nicht in ein Gespräch verwickelt zu werden.

Das schien ihn jedoch nicht davon abzuhalten, sich auf der Ladenfläche herumzudrücken und sie zu beobachten. Sie war kurz davor, einfach den Laden zu verlassen und zum Hutmacher zu gehen, als sie einen Gegenstand in einer Schmuckschatulle erblickte, der sie innehalten ließ. Es war ein silbernes Notizbuch, das mit Papier nachgefüllt werden konnte. Die Verzierungen waren wunderschön, mit Wirbeln und Wappen.

„Dürfte ich mir dieses Stück dort genauer ansehen?", fragte sie und deutete auf den Gegenstand hinter dem Glas.

„Gewiss, Mylady", stimmte er zu und öffnete den Kasten, um das Notizbuch herauszunehmen. „Sterling. Ein feines Stück. Fein genug für jeden Lord oder jede Lady."

Sie ignorierte sein Geplapper und nahm es in die Hand. Es war ziemlich groß, aber es würde wahrscheinlich perfekt in Ewans Hand passen. Sie öffnete es. Darin befand sich Papier und etwas Platz für einen Bleistift.

„Sehr schön", sagte sie. „Machen Sie auch Gravuren?"

Griffin beobachtete sie gebannt, und die Frage schien ihn zu überraschen.

„Selbstverständlich. Ich nehme an, es soll bis zum zweiten Weihnachtsfeiertag fertig sein?"

Sie nickte. „Ja."

Er zog eine Augenbraue hoch. „Das würde etwas mehr kosten, da es sehr kurzfristig ist."

Sie hob ihren Blick und stellte fest, dass er sie angrinste. Ihre Abneigung gegen diesen Mann wuchs. „Das wäre schön. Darf ich Ihnen aufschreiben, was ich eingraviert haben möchte?"

„Natürlich", sagte er und holte ein Blatt Papier und einen Federkiel sowie ein Tintenfass unter dem Tresen hervor. „Lasst Euch ruhig Zeit."

Sie betrachtete das leere Blatt und kritzelte dann ein paar Worte darauf, bevor sie es ihm reichte. Sie sah, wie Griffin ihre Worte las und seine Augen weiteten sich. Sie errötete, als der raffgierige kleine Mann ihre private Nachricht an Ewan las.

„Soll ich den Rest einpacken?", fragte er und deutete auf die Schwerter und Puppen.

Sie nickte und ging auf die Kasse zu, um ihm ihre Rechnungsadresse zu geben. Griffin packte ihre Sachen sorgfältig in Papier ein. „Darf ich Euch eine Frage stellen, Mylady?"

Sie verlagerte ihr Gewicht, da sein Tonfall Unbehagen in ihr auslöste. Er war anzüglich und aufdringlich. „Fragt nur", antwortete sie, wobei sie darauf achtete, ihre eigene Stimme kühl und distanziert klingen zu lassen.

„Mir ist aufgefallen, dass Ihr über Handbewegungen mit dem Duke kommuniziert", sagte er.

Sie versteifte sich. „Wir haben eine Zeichensprache, ja."

„Sehr interessant. Wobei ich nicht weiß, ob das eine Verbesserung gegenüber seinem Gekritzel ist", meinte Griffin und blickte zu ihr auf. Sie spürte, wie er sie auf eine höchst unangemessene Weise musterte.

Sie starrte ihn an. „Ihr solltet nicht vergessen, mit wem Ihr sprecht."

„Ja, das sollte ich besser nicht. Immerhin scheint Ihr dem Duke sehr nahe zu stehen."

Charlotte runzelte die Stirn. „Ihr vergesst Euch, Mr. Griffin. Meine Freundschaft mit dem Duke of Donburrow geht Euch wirklich nichts an."

Mit einem abfälligen Lächeln überreichte er ihr das Paket mit ihren Sachen. „Vielleicht nicht. Dennoch kann ich nicht umhin, mich dafür zu interessieren."

Sie hob ihr Kinn, nicht gewillt, diesen Bastard auch nur eine weitere Sekunde zu ertragen. „Schickt die Rechnung an den Sekretär des Dukes. Er wird sie an mich weiterleiten. Guten Tag, Sir."

Sie machte auf dem Absatz kehrt und verließ den Laden. Sie war froh, dass sie ein Paket bei sich trug, sodass der unangenehme Mann nicht sehen konnte, wie ihre Hände zitterten, als sie wegging. Die kühle Luft von draußen schlug ihr entgegen, und sie atmete tief ein, als könnte sie dadurch ihre Lungen von dem Schmutz befreien, den sie in ihrem Inneren empfunden hatte.

Ewan schien mit seinem Treffen fertig zu sein, da er gerade die Straße überquerte. Charlotte versuchte, sich zu beruhigen. Er lächelte sie an, und in diesem Moment wusste sie, dass sie ihm nicht erzählen würde, was in dem Laden vorgefallen war. Dass Mr. Griffin sie auf ihre Verbindung zu Ewan angesprochen und, schlimmer noch, eine Bemerkung über die Tatsache gemacht hatte, dass Ewan stumm war, würde ihn nicht erfreuen. Er würde sich jedes Mal merkwürdig fühlen, wenn er dem Mann begegnete.

Außerdem könnte Ewan in ihrem Namen eine Szene machen. Das würde nur noch zu mehr Gerede und Unbehagen führen. Also bemühte sie sich um einen heiteren Gesichtsausdruck und Tonfall, als er sie erreichte. „Hattest du genug Zeit?"

Er nickte, als sein Fahrer kam, um ihr die Pakete abzunehmen. Ewan gebärdete: „Ja, hatte ich. Es ist alles unter Dach und Fach. Möchtest du noch irgendwohin, bevor wir zurückfahren?"

„Nein", sagte sie hastig und widerstand dem Drang, zum Laden zurückzublicken. „Ich glaube, ich habe alles, was ich brauche."

Ewan runzelte die Stirn, ging aber nicht weiter auf das Thema ein, sondern öffnete die Kutschentür und half ihr beim Einsteigen. Doch als sie sich auf der Rückfahrt zu seinem Haus in ihrem Sitz zurücklehnte, konnte sie sich des Gefühls nicht erwehren, dass das, was gerade im Laden passiert war, noch nicht ganz ausgestanden war.

Und das bereitete ihr Angst, auch wenn sie nicht verstand, warum.

Ewan sah Charlotte an, doch sie schaute weiter aus dem Fenster. Unter anderen Umständen hätte er angenommen, dass sie einfach nur die Aussicht auf sein Anwesen genoss, oder über die bevorstehenden Feiertage nachdachte.

Doch irgendetwas an ihrer Haltung, ihren Händen, die sie in ihrem Schoß zu Fäusten geballt hatte, und der Tatsache, dass sie seinem Blick auszuweichen schien, sagte ihm, dass mehr hinter ihrem Verhalten steckte. Er beugte sich vor und zögerte.

Nach dem Besuch im Laden hatte sie ihre Handschuhe nicht wieder angezogen. Er hatte seine auch ausgezogen. Wenn er sie berührte, würde es Haut auf Haut sein, und das könnte im Moment äußerst gefährlich sein. Es war schon Stunden her, dass er sie geküsst hatte. Seit er ihren Körper an seinem gespürt hatte. Es kam ihm wie eine Ewigkeit vor, und er sehnte sich danach, ihre Lippen auf seinen zu schmecken und die Wärme ihrer Haut auf seiner zu spüren.

Er holte tief Luft und nahm ihre Hand, wobei er sich bemühte, nicht auf die elektrische Verbindung zu reagieren, die zwischen ihnen herrschte. Seine Berührung zwang sie, ihn anzusehen, und an ihren geweiteten Pupillen war deutlich zu erkennen, dass die körperliche Verbindung, die sie nun teilten, sie ebenso beeinflusste wie ihn.

„Was ist los?", gebärdete er.

Sie neigte den Kopf und ein Lächeln erhellte ihr Gesicht. Aber das war Charlotte. Er hatte es sich zur Lebensaufgabe gemacht, ihre Mimik und ihre Stimmungen zu studieren. Dieses Lächeln war nicht echt. Keines von ihnen war echt gewesen, seit er sie in Griffins Laden zurückgelassen hatte.

„Was soll los sein?", fragte sie. Er legte den Kopf schief und schaute sie an, nicht fordernd, nur wartend. Sie stieß einen Atemzug aus. „Meine Güte, lass das."

„Was?", fragte er mit einer Handbewegung.

„Mich zu lesen, als wäre ich ein Buch in deiner Bibliothek", erwiderte sie und zog ihre Hand weg. Sie strich ihren Rock glatt. „Ich verspreche dir, es ist alles in Ordnung."

Sie log, und das tat weh. Das sollte es nicht. In Wahrheit sollte er nicht derjenige sein, an den sie sich mit ihren Sorgen wandte. Er hatte ihr bereits gesagt, dass sie keine Zukunft hatten. Von ihr zu verlangen, dass sie ihm etwas so Tiefgreifendes wie ihren Schmerz preisgab, war nicht fair.

Doch er wollte es trotzdem wissen, verdammt nochmal. Er wollte trotzdem derjenige sein, an dessen Schulter sie sich ausweinte oder dem sie ihre Geheimnisse anvertraute. Er wollte nicht, dass sie diese Dinge mit jemand anderem teilte.

„Hat Griffin etwas zu dir gesagt?", fragte er langsam. Ihr Blick schweifte ab, womit sie seine Frage beantwortete. Er lehnte sich zurück und schwieg einen Moment, bevor er vorsichtig fortfuhr: „Als mein Vater mich vor Jahren hierhergebracht hat... damals, bevor ich bei meinem Onkel und meiner Tante lebte, hat er mich in Griffins Laden mitgenommen. Sie haben über mich geredet, als wäre ich nicht da."

Sie schloss die Augen und erschauderte. Jedoch nicht vor Schmerz. Nicht aus Verlegenheit. Nein, als sie die Augen öffnete, war da nur ein Gefühl: Wut. Sie war aufgebracht.

„Wenn ich das gewusst hätte, hätte ich keinen Penny dort ausgegeben", versicherte sie und verschränkte die Arme. „Ein schrecklicher Mann."

Er zuckte mit den Schultern. „Sein Laden gibt zwei meiner Männer Arbeit."

„Und deswegen ist sein abscheuliches Verhalten akzeptabel?", fragte sie.

Er wischte sich mit der Hand über das Gesicht, bevor er gebärdete: „Meine Aufgabe als Duke ist es, die mir anvertrauten Menschen zu schützen. Soll ich etwa in seinen Laden marschieren und seine Waren zerstören? Ihm die Miete erhöhen, bis er gehen muss?"

Für einen Moment verzogen sich ihre Lippen zu einem boshaften Lächeln. „Er hätte es nicht anders verdient."

Ewan spürte, wie seine Wangen brannten, als er erwiderte: „Ich weiß nicht, was er zu dir über mich gesagt hat, dass diese Rachsucht in dir weckt, aber ich bin daran gewöhnt, Charlotte."

„Das solltest du aber nicht sein", flüsterte sie.

„Aber ich bin es." Ewan beugte sich vor und strich ihr eine Haarsträhne aus der Stirn. „Mit deiner Verachtung für ihn beweist du mir, dass ich recht hatte. Wenn du dein Leben mit mir teilen würdest, würdest du wahrscheinlich ständig in meinem Namen Drachen töten. Und irgendwann würdest du mich dafür hassen."

Er machte Anstalten, von ihr wegzurücken, doch sie hielt seine beiden Hände fest. Dann rutschte sie nach vorne, sodass sie einander genau gegenübersaßen. Nase an Nase.

„Ewan, wenn ich ein Leben mit dir hätte, würde ich es gerne leben, indem ich deine Drachen töte. Ich würde von dir erwarten, dass du meine tötest. Frag James und Emma oder Simon und Meg oder Graham und Adelaide – ich glaube, sie würden dir bestätigen, dass es genau das ist, was Liebe ausmacht."

Er schloss die Augen, als ob er sie auf diese Weise ausblenden könnte. Doch das konnte er nicht. Wie immer war sie hartnäckig und redete weiter.

„Du willst so tun, als würde ich dich nicht lieben. Oder denkst, dass es mich weniger schmerzt, wenn du dich weigerst, es zu akzeptieren. Aber sieh mich an."

Langsam öffnete er seine Augen. Ihre waren voller unvergossener Tränen und bei dem Anblick rutschte ihm das Herz in die Hose. Er schüttelte ihre Hände ab. „Ich will dir keinen Schmerz zufügen."

„Dann lass mich dich lieben", flüsterte sie. „Geh das Risiko ein, dass die Liebe nicht so sein wird, wie das, was du in deiner Vergangenheit erlebt hast. Vertrau darauf, dass ich besser sein kann. Dass *wir* besser sein können."

In seinem Kopf drehte sich alles. Sie sagte Dinge, denen er sich am liebsten hingegeben hätte.

„Du musst nicht antworten", sagte sie und fuhr mit den Fingerspitzen über seine Wange. „Nicht heute. Und auch nicht morgen. Aber ich hoffe, du denkst darüber nach, was ich dir sage. Überleg dir wirklich, was ich dir anbiete und was du so leichtfertig wegwirfst."

Er wollte protestieren, dass nichts an dieser Sache einfach war, doch sie gab ihm keine Gelegenheit dazu. Sie beugte sich vor und küsste ihn. Es war ein tiefer, leidenschaftlicher Kuss, und sein Kopf war plötzlich vollkommen leer, als er ihre Taille umfasste und sie noch näher an sich zog, fast vom Sitz weg. Sie neigte ihren Kopf und gewährte ihm so viel Zugang, wie er wollte, während sie leise lustvolle Laute von sich gab, als sich ihre Zungen berührten.

Er wollte weitermachen. Er wollte sie auf seinen Schoß ziehen und ihren Körper für sich beanspruchen, während er sich immer wieder sagte, dass er ihr Herz nicht beanspruchen konnte. Doch die Kutsche wurde langsamer und hielt an. Ewan entfernte sich von ihr und stellte fest, dass sie bereits an seinem Haus angekommen waren.

Charlotte lächelte wieder, doch dieses Mal war es nicht falsch. Sie berührte noch einmal seine Wange, bevor sie wieder auf ihren Platz rutschte, als hätten sie nie etwas Unangemessenes getan, als sei alles in Ordnung und normal.

Doch das war es nicht. Er wusste es. Sie wusste es. Die Zeit, die sie allein miteinander verbracht hatten, hatte alles verändert, ganz gleich, wie sehr er versucht hatte, sich einzureden, dass er das nicht zulassen würde. Jetzt musste er nur noch entscheiden, was er dagegen tun wollte.

Bevor es zu spät war.

KAPITEL 14

Ewan lehnte sich zurück und sah zu, wie Charlotte und ihre Mutter den großen Weihnachtsscheit, der kurz nach dem Abendessen unter großem Trara ins Haus gebracht worden war, mit Öl beträufelten. Die beiden Frauen beugten sich vor und stießen unter dem schallenden Gelächter der übrigen Gruppe mit den Köpfen zusammen.

„Wir sind wirklich nicht für diese Aufgabe geeignet!", kicherte Charlotte und warf Ewan einen Blick zu, während sie sich den Kopf rieb. „Meine Güte, Ewan, selbst Kinder können das besser."

„Solange ihr zwei nicht das Haus abfackelt, ist alles in Ordnung", scherzte Baldwin, der eine weitere Portion Weihnachtspunsch in seine Tasse schöpfte. „Aber vielleicht solltet ihr Matthew und Tante Mary das Salz geben, damit sie sich um die Garnierung kümmern können."

Die Duchess of Sheffield nickte und legte den Arm um ihre Tochter, während die beiden kichernd und flüsternd zu Baldwin zurückgingen. Ewans Herz schlug schneller, als er Charlotte so glücklich und unbeschwert sah. Er war sich nicht sicher gewesen, ob sie nach dem Ausflug ins Dorf und der angespannten und leidenschaftlichen Fahrt nach Hause so sein würde.

Aber in den Stunden danach hatte sie keinen Druck auf ihn ausgeübt. Bis zum Abendessen hatte sie ihn seinen Freunden überlassen, sich an der Unterhaltung beteiligt und sogar übersetzt, damit er während des Essens nicht sein Notizbuch hervorholen musste. Und jetzt hielt sie Baldwins Hände und versuchte, ihn zum Tanzen aufzufordern, da ihre Mutter eine beschwingte Melodie zu spielen begonnen hatte, während Ewans Tante und Cousine sich um den Weihnachtsscheit kümmerten.

Nein, sie sagte und tat nichts … außer genau so zu sein, wie sie war. Außer ihn zum Lächeln zu bringen und sein Herz von den Ketten zu befreien, die es sein ganzes Leben lang gefesselt hatten. Alles, was sie tat, war, ihn in ihren Bann zu ziehen mit ihrem spielerischen, leichten Geist, der alles … perfekt erscheinen ließ.

In der Kutsche hatte sie zum letzten Mal Widerstand geleistet. Das begriff er jetzt. Sie hatte klar gemacht, was sie wollte, und die Zukunft lag nun in seinen Händen. Eine Zukunft, von der er sich jahrelang eingeredet hatte, dass er sie nicht haben könne. Doch während sie sich drehte und selbst den ernsten Baldwin zum Lachen brachte, wünschte er sich diese Zukunft mehr als alles andere auf dieser Welt.

Mehr noch, er hatte das Gefühl, dass er sie verdiente, vielleicht zum ersten Mal überhaupt. Charlotte war eine ausgezeichnete Menschenkennerin und würde ihr Herz niemals einem Mann schenken, der es nicht verdient hatte.

Er seufzte, als Tante Mary und Matthew mit dem Salzen des Baumstamms fertig waren. Sie traten zurück und seine Tante winkte ihn zu sich.

„Ich denke, wir haben ihn genug gewürzt. Euer Gnaden, würdet Ihr uns die Ehre erweisen, ihn zu erleuchten?"

Ewan nickte und trat einen Schritt vor. Er wollte das Holz anzünden, doch bevor er die Gelegenheit dazu hatte, fasste Tante Mary ihn am Arm. Die Duchess of Sheffield hörte auf zu spielen, und Charlotte und Baldwin gingen auf die Familie zu.

„Mein Lieber, obwohl du deinen Titel schon seit drei langen

Jahren trägst, ist dies dein erstes Weihnachten in diesem Haus, und ich habe heute Abend ein Geschenk für dich." Sie nahm ein kleines, hübsch genähtes Säckchen von einem Tisch und zog drei verbrannte Holzstücke heraus.

„Was ist das?", fragte Ewan, und Charlotte trat noch näher heran, um seine Worte für die anderen zu übersetzen.

Plötzlich füllten sich Tante Marys Augen mit Tränen. „Traditionsgemäß wird der Weihnachtsscheit mit den Resten der Opfergaben des Vorjahres angezündet. Aber diese sind nicht vom letzten Jahr." Sie holte scharf Luft. „Die sind vom letzten Weihnachtsfest deines Onkels."

Ewan betrachtete die drei kleinen Holzstücke und blickte dann in ihr Gesicht. Er schrieb nichts und machte auch keine Zeichen. Doch anscheinend war das auch nicht nötig.

Tante Mary berührte seinen Arm. „Er war damals so krank, dass ich wusste, dass uns nur noch sehr wenig Zeit blieb. Also habe ich die Stücke für dein und Matthews Feuer aufgehoben. Falls er jemals ..." Sie warf einen bedauernden Blick in Richtung ihres Sohnes. „Wenn du dich jemals bereit fühlst zu heiraten, mein Lieber, können du und deine Braut euer Weihnachtsfest auch mit diesen beginnen. Oder wann auch immer ihr sie haben wollt."

Matthew trat vor. Zu Ewans Überraschung schimmerten Tränen in den Augen seines Cousins. Er legte einen Arm um Ewan, und gemeinsam streckten sie die Hand aus, um die Überbleibsel zu berühren, kleine Stücke des Lebens, das sie verloren hatten und um das sie alle noch trauerten.

Ewan nickte und nahm die Stücke entgegen. Er gebärdete: „Danke. Vielen Dank."

Charlotte holte tief Luft, ihre Stimme war tränenerstickt. „Er sagt –"

„Ich weiß, was er gesagt hat, Liebste", erklärte Mary, während sie sich auf die Zehenspitzen stellte, um Ewan einen Schmatzer auf die Wange zu drücken. „Ich weiß."

Er erwiderte den Kuss, bevor er mit den Holzstücken in der

Hand vortrat. Vorsichtig zündete er damit den Baumstamm an. Alle sahen zu, wie sich die Flammen ausbreiteten, und plötzlich flammte das Holz auf und erhellte und erwärmte den Raum fast augenblicklich. Während alle seufzten, blickte Ewan wieder zu Charlotte. Sie wischte sich die Augen, lächelte und weinte zugleich. Ihr Gesicht spiegelte alles wider, was er innerlich fühlte. In dieser Hochphase der Gefühle fühlte er sich zu ihr hingezogen und hatte das Bedürfnis, nach ihrer Hand zu greifen.

Und es wurde mit jedem Moment größer. Er drückte Matthews Schulter und die Hand seiner Tante, dann hob er einen Finger, um zu sagen, dass er einen Moment brauchte. Er spürte ihre Blicke auf sich, als er aus dem Zimmer schlich. Er wusste, dass er sein Verschwinden später erklären müssen würde. Dass das, was er tat, unglaublich unhöflich war. Doch in diesem Moment war es ihm egal. Er konnte sich jetzt nicht damit auseinandersetzen, denn seine Emotionen kochten hoch, und es würde ein Moment kommen, in dem er sie nicht mehr verbergen konnte.

Er schritt durch die Flure, blind für alles um ihn herum, und betrat sein Arbeitszimmer. Nachdem er die Tür hinter sich geschlossen hatte, ging er zu seinem Schreibtisch. Er lehnte sich dagegen und versuchte, zu Atem zu kommen und sich zu sammeln.

Ein leichtes Klopfen ertönte hinter ihm, und er drehte sich um, bereit, Charlotte dort stehen zu sehen. Bereit, sich von ihr über den Abgrund stoßen zu lassen, an dessen Rand er im Moment balancierte.

Aber es war nicht Charlotte. Es war seine Tante. Sie sah ihm in die Augen. Sie hatte den gleichen sanften Blick, wie immer, wenn sie seine Wunden versorgt hatte, körperliche oder emotionale. Jedes Mal, wenn sie freundlich mit ihm gesprochen oder ihm geholfen hatte, sich mitzuteilen, wenn er frustriert war, weil er das, was für alle anderen so selbstverständlich war, nicht konnte. Sie war seine wirkliche Mutter – weit mehr als die Frau, die ihn geboren und anschließend nur Befehle ihres Mannes befolgt hatte.

Sie schloss die Tür hinter sich und winkte ihn zum Feuer. Er zögerte, bevor er zu ihr hinüberging. Als er sich auf seinem Platz niederließ, nahm sie seine Hand. „Bin ich zu weit gegangen?", fragte sie. „Mit dem Baumstamm?"

Ewan schüttelte schnell den Kopf und kramte den Notizblock aus seiner Tasche. Eilig schrieb er: „Nein! Das war das schönste Geschenk, das du mir hättest machen können. Ich werde immer wissen, dass der Weihnachtsbaum in diesem Haus von meinem Onkel bewacht wird. Ich danke dir so sehr."

Sie seufzte, fast erleichtert, bevor sie ihn wieder mit ihrem eindringlichen Blick ansah. „Nun gut, dann bist du also nicht des Geschenks wegen so aufgewühlt."

„Aufgewühlt?", schrieb er, obwohl er sehr wohl wusste, worauf sie sich bezog.

Sie bedachte ihn mit einem Blick, den er nur zu gut kannte. Der Blick, den sie ihm immer zuwarf, wenn sie glaubte, dass er log und die Wahrheit wissen wollte. Er hatte ihn als Junge ein Dutzend Mal gesehen, und er war nie gut darin gewesen, Dinge vor ihr zu verbergen. Doch in diesem Fall war die Wahrheit etwas komplizierter.

„Seit wir heute Morgen angekommen sind, bist du nervös", sagte sie. „Ich kenne dich, mein Schatz. Ich merke, dass du etwas auf dem Herzen hast. Ich kann mir denken, warum, aber ich denke, es wäre besser, wenn du es mir sagen würdest."

Er atmete langsam aus. Tante Mary war eine Naturgewalt, unerbittlich, wenn sie auf ein Thema stieß, das sie vertiefen wollte. Es war sinnlos, ihr jetzt die Wahrheit zu verweigern. Letzten Endes würde sie es ja doch herausfinden.

Er schrieb: „Charlotte."

Sie schwieg einen langen Moment, dann nickte sie. „Ich habe immer gewusst, wie sehr du sie in deinem Herzen trägst. Als sie geheiratet hat, habe ich gesehen, wie du ein wenig geschrumpft bist. Ich habe mich gefragt, warum du sie damals hast gehen lassen."

Er zuckte mit den Schultern und schrieb: „Aus demselben Grund, aus dem ich weiß, dass ich sie jetzt gehen lassen muss."

Tante Mary schürzte die Lippen. „Und welcher wäre das?" Er

legte den Kopf schief und deutete auf seinen Hals. Ihre Augen verengten sich. „Dein Mutismus?"

Er nickte.

„Das ist absolut lächerlich, Ewan, und das weißt du", erklärte sie. „Ich kenne Charlotte schon genauso lange wie du, und ich hatte noch nie den Eindruck, dass dein Problem ein Problem für sie ist."

„Ist es auch nicht", kritzelte er. „Wenn wir in diesem Haus in einer Blase leben könnten, wie wir es in den letzten Tagen getan haben, gäbe es kein Problem. Aber das können wir nicht, oder? Ich könnte ihr das nicht antun, sie ist so gesellig. Sie müsste das Gleiche ertragen, was du und Onkel Aldous und Matthew all die Jahre ertragen mussten."

Als sie seine Worte las, sah sie ihn verwirrt an. „Und was genau, glaubst du, mussten wir ertragen?"

„Das Geflüster", schrieb er, seine sonst so saubere Handschrift war jetzt krakelig und schwer zu entziffern. „Das Gespött. Die Fragen über meine Eignung im Hinblick auf den Titel. Die Kämpfe darum, dass ich überhaupt anerkannt werde. Charlotte würde das Gleiche durchmachen müssen."

„Du glaubst also, wir mussten deinetwegen etwas ertragen?", flüsterte seine Tante. „Lieber Gott, Ewan, wir waren froh, dich zu haben. Wenn dein Onkel oder dein Cousin oder ich für dich gekämpft haben, dann haben wir das gerne getan. Wir haben es aus Liebe zu dir getan. Das weißt du doch." Sie griff nach seinen Händen und sah ihm in die Augen. „Was hält dich wirklich davon ab, das Leben zu leben, das du mit Charlotte haben könntest?"

Die Emotionen schwollen in ihm an, so wie zuvor, als er die Holzstücke des letzten Weihnachtsbaums seines Onkels gesehen hatte. Er zog seine Hände aus ihren zurück und schrieb die Worte, die er Charlotte bereits mitgeteilt hatte. Er schrieb seine tiefste Angst schwarz auf weiß nieder und schob ihr den Zettel hin, während er aufstand und sich entfernte.

„Ich habe Angst, dass ich es an meine Kinder weitergeben werde", las sie laut vor, und ihre Stimme stockte.

Er ging zum Fenster und starrte hinaus in die tiefe schwarze Nacht. Wieder einmal wurde er von Visionen von Kindern heimgesucht, die draußen in der Kälte tanzten. Charlottes Haar, seine Augen, Charlottes Lächeln, sein … Schweigen. Und er wusste, welchen Schmerz diese Kinder erleiden würden.

„Dein Vater war mein Bruder", sagte seine Tante, stand neben ihm auf und blickte mit ihm auf die Geisterkinder hinaus. „In unserer Familie gab es nie einen anderen Menschen mit deinem Leiden, Ewan. Und auch seitdem gab es keinen mehr. Du hast zwei jüngere Brüder, die sprechen können. Matthew wurde nach dir geboren, und er kann sprechen. Nichts auf der Welt kann dir versprechen, dass dein Kind von Krankheit oder Missbildung verschont bleiben wird. Wenn wir uns alle vor unserer Zukunft verschließen würden, um keine Kinder zu gebären, die möglicherweise irgendwann einmal leiden werden, würde die Weltbevölkerung nicht mehr wachsen und die Menschheit würde aussterben.

Er nahm ihr den Notizblock aus den Fingern und schrieb: „Ich könnte es nicht ertragen, mit anzusehen, wie sie das erleiden müssen, was mir widerfahren ist."

Sie nickte. „Ich kann deinen Wunsch, deine imaginären Kinder zu schützen, verstehen. Aber deine Kinder, ob sie nun sprechen können oder nicht, müssten niemals ertragen, was du ertragen hast. Denn du wärst ihr Vater. Mein Bruder war ein elender Flegel, seit er … acht Jahre alt war!" Sie warf die Hände in die Luft. „Sieh dir an, wie er deine sogenannten perfekten Brüder erzogen hat. Er war grausam zu ihnen, jeder weiß das."

Ewan holte tief Luft. Das stimmte natürlich. Schon bevor er weggeschickt worden war, hatte er gesehen, wie hart sein Vater mit seinen Brüdern umgegangen war. Und er hatte auch davon gehört, wie sie behandelt worden waren, nachdem seine Tante und sein Onkel ihn aufgenommen hatten."

„Du bist nicht dieser Mann", fuhr sie fort. „Ob deine Kinder sprechen können oder nicht, du würdest sie lieben. Und Charlotte ist ganz bestimmt nicht diese erbärmliche Frau, die sich deine

Mutter nennt. Sie ist eine gütige und goldene Seele. Sie hat sogar diese wahnsinnig komplizierte Sprache erfunden, nur um dir sagen zu können, dass sie dich liebt."

Er drehte sein Gesicht. „Das war nicht der Grund, warum sie das getan hat", schrieb er.

„Doch, natürlich", beharrte Mary leise. „Natürlich hat sie es deswegen getan. Vom Tag ihrer Geburt an würden deine Kinder nicht nur von dir, sondern auch von deiner Frau und ihrer Familie, deiner Tante, deinem Cousin und einem großen Kreis unglaublich einflussreicher Freunde akzeptiert und aufgezogen werden. Sein oder ihr Leben würde sich deutlich von deinem unterscheiden, besonders in den prägenden Jahren, bevor dein Onkel und ich dich zu uns genommen haben."

Er legte den Kopf schief. Seine Tante öffnete ihm weitere Türen, weitere Wege zu Charlotte. Mehr Hoffnung, die sich schön und gefährlich zugleich anfühlte.

„Ich weiß nicht", schrieb er.

„Du musst es nicht heute wissen", beruhigte sie ihn. „Du kannst darüber nachdenken. Und ich denke, das solltest du auch. Denn das, was du in Erwägung ziehst, ist nichts, was man auf die leichte Schulter nehmen sollte. Aber lass mich dir noch etwas sagen, und dann werde ich dich ermutigen, zu den anderen zurückzukehren und dich von der Festtagsstimmung etwas aufheitern zu lassen."

Er nickte und bedeutete ihr, fortzufahren.

„Dein Onkel Aldous hat mit jeder Faser seines Seins und fast mit seinem letzten Atemzug dafür gekämpft, dass du die Zukunft bekommst, die du verdient hast." In Marys Augen schimmerten Tränen. „Es wäre eine furchtbare Schande, wenn du diese Zukunft wegwerfen würdest, nur weil du versuchst, eine Frau zu schützen, die stark genug ist, ihre eigenen Entscheidungen zu treffen, und Kinder, die du noch nicht einmal kennengelernt hast."

Ewan neigte den Kopf, als sich ihre Worte in seine Haut und in seine Seele bohrten. Sie beschämten ihn, aber sie ermutigten ihn auch. Sie gaben ihm eine Menge zum Nachdenken.

„Jetzt komm", sagte sie. „Der Weihnachtsbaum ist angezündet, das bedeutet wir können in dem hellen Feuer Schattenpuppen an der Wand entlang tanzen lassen. Ich weiß, dass das früher deine liebste Familientradition war."

Er nickte, denn sie hatte recht, und hakte sich bei ihr ein. Doch als sie sein Arbeitszimmer verließen und sich auf den Weg zurück in die warme Stube und zum Rest der Gesellschaft machten, drehte sich Ewans Kopf. Bald würde er keine andere Wahl haben, als eine Entscheidung zu treffen, die sein Leben verändern würde, ob er Charlotte für immer den Rücken kehrte … oder ob er seine Arme für sie öffnete und damit sein Herz für das Leben, das er sowohl fürchtete als sich auch ersehnte.

Charlotte fröstelte in der kalten Nachtluft. Ein paar Schneeflocken wirbelten um sie herum, und sie konnte nicht umhin, ihre Zunge herauszustrecken, um eine zu fangen. Normalerweise würde ihr das ein Lächeln entlocken, aber heute Abend … konnte sie einfach nicht.

Sie hatte Ewan hinterherlaufen wollen, als er nach dem Anzünden des Weihnachtsscheits den Raum verlassen hatte. Alle hatten mitbekommen, wie aufgewühlt er gewesen war. Doch schließlich war Tante Mary ihm nachgegangen, so wie es ihr zustand. Nicht Charlotte.

Sie seufzte und spürte plötzlich, wie ihr ein Tuch um die Schultern gelegt wurde. Sie drehte sich um und zuckte überrascht zusammen, als sie Matthew hinter sich stehen sah.

„Deine Mutter wollte ihn dir bringen, doch ich habe ihr gesagt, dass ich das machen würde", sagte er, als er an den Rand der Mauer trat und mit ihr über das Anwesen blickte. „Ich glaube, wir beide müssen uns unterhalten."

Sie lehnte sich gegen die Terrassenbrüstung. „Über was willst du dich denn unterhalten?"

Er zog eine Augenbraue hoch. „Über ihn."

„Ihn", wiederholte sie lachend. „Ich würde ja meine Unschuld beteuern, aber das würde die Sache nur in die Länge ziehen, nicht wahr?"

„Ja", sagte er. „Und es ist kalt und wir sind alte Freunde. Wir können genauso gut einfach ehrlich zueinander sein."

Sie lächelte den attraktiven Mann vor ihr an. Ein Mann, in dessen Blick ein Verlust lag. Ein Verlust, den sie nicht verstehen konnte, obwohl ihr eigener Mann tot war. Das war etwas anderes als das, was Matthew vor all den Jahren durchgemacht hatte.

„Es ist unmöglich, nicht ehrlich zu dir zu sein, Matthew", sagte sie. „Es geht also um ihn. Wie lautet deine Frage?"

„Wie weit bist du mit ihm gegangen, während ihr allein in diesem Haus wart?", fragte er leise.

Charlottes Wangen wurden heiß, und sie blickte hinter sich in die Stube, wo ihre Mutter und ihr Bruder saßen und sich unterhielten. Sie konnten sie natürlich nicht hören. Aber das machte das Thema nicht weniger persönlich oder peinlich.

„Als Dame sollte ich nicht –"

„*Freunde*, schon vergessen?", unterbrach Matthew sie. „Und ich bezweifle, dass du sonst jemanden hast, mit dem du darüber reden kannst. Warum vergessen wir dieses Getue also nicht und du bist einfach ehrlich. Wie weit?"

„Ich habe mir eingeredet, dass wenn ich ..." Sie brach ab, ihre Wangen brannten nun so stark, als würden sie in Flammen stehen. „Dass ich ihm, wenn ich ihn verführen würde, zeigen könnte, wie gut wir zusammenpassen."

Er verlagerte sein Gewicht, ein unbehaglicher Ausdruck trat in sein Gesicht. „Und hat das funktioniert?"

„Ein bisschen", seufzte sie. „Aber er ist voller Angst wegen all der Was-wäre-wenn-Fragen der Zukunft. Als ob es, wenn er sprechen könnte, niemals Probleme, Ungewissheit, Verlust, Kummer oder Schmerz geben würde."

„Das ist ganz sicher nicht der Fall", sagte Matthew, und seine Stimme wurde plötzlich rau.

„Nein, das weißt du besser als jeder andere." Sie streckte die Hand aus und drückte sanft seinen Arm.

Als sie ihn losließ, blickten sie wieder in den Garten hinaus, beide in Gedanken, Erinnerungen und Schmerz versunken. Dann räusperte sie sich und sah ihn aus den Augenwinkeln an. „Darf ich dich etwas fragen?"

Er nickte, ohne sie anzuschauen. „Natürlich. Das ist nur fair, wenn man bedenkt, dass ich gerade so tief in dein Leben eingedrungen bin."

Charlotte legte den Kopf schief. „Er hat mir erzählt … er hat mir erzählt, dass dein Vater sich manchmal … für seinen Mutismus geschämt hat."

Matthew drehte sich zu ihr um, sein Mund stand offen und seine Augen waren groß. „Er hat dir *was* erzählt?"

Sie zuckte mit den Schultern. „Das hat er geglaubt. Ich wollte wissen, ob es wahr ist."

Matthew schüttelte den Kopf. „Natürlich ist es nicht wahr. Wie kommt er darauf? Mein Vater – unser Vater, denn in Wahrheit war er mehr Ewans Vater als sein eigener – hat Ewan geliebt. Ich habe nie auch nur Getuschel gehört, dass er sich für Ewans Unfähigkeit zu sprechen schämte. Er war wütend, dass andere ihn anders behandelten, ja. Frustriert, dass er es Ewan nicht leichter machen konnte, natürlich. Aber beschämt? Niemals. Nicht ein einziges Mal."

Sie seufzte. „Das habe ich auch gedacht. Ich habe ihm sogar dasselbe gesagt. Aber letzten Endes ist das unser Problem."

„Dass er denkt, mein Vater hätte ihn nicht voll unterstützt?", fragte Matthew ungläubig, als er auf das Haus zuging. „Nun, ich kann ihn sofort von diesem Gedanken abbringen."

„Nein." Charlotte fasste ihn am Arm, um ihn aufzuhalten. „Das nicht. Mein Problem ist, dass Ewan glaubt, dass es wahr sein könnte. Selbst, wenn jemand seine Liebe und Akzeptanz bekundet, wartet ein kleiner Teil von ihm darauf, gedemütigt zu werden. Wartet darauf, dass sich derjenige gegen ihn wendet."

Matthew schwieg einen Moment lang, während er über ihre Worte nachdachte. „Hast du ihm gesagt, dass du ihn liebst?"

Sie zuckte zusammen. Natürlich hatte sie gewusst, dass ihre Gefühle für einige offensichtlich waren. Aber nun, da Matthew dieses Thema so beiläufig erwähnte, brannten ihre Wangen noch heißer als zuvor, als er sie nach ihrer körperlichen Beziehung zu Ewan gefragt hatte.

„Ja", flüsterte sie. „Ich habe es einmal versucht, bevor ich geheiratet habe. Woraufhin er mich zurückgewiesen hat. Und jetzt habe ich es ihm nochmal gesagt. Mehr kann ich nicht tun. Wenn ich nach London zurückkehre, werde ich mich wieder auf dem Heiratsmarkt umsehen. Mir bleibt nichts anderes übrig. Wenn Ewan also keine Zukunft mit mir will, dann muss er nur warten, und irgendwann wird die Möglichkeit auf eine gemeinsame Zukunft ganz von selbst verschwinden."

Matthew wandte sich ihr zu. „Es tut mir leid, Charlotte. Ich weiß, wie es ist, jemanden zu verlieren, den man liebt. Die Umstände sind ganz anders, aber der Schmerz ist echt. Wenn ich ihn zur Vernunft bringen könnte, würde ich es tun."

„Aber das kannst du nicht", entgegnete sie. „Jetzt liegt es an ihm. Zu lieben oder nicht zu lieben. Das ist die Frage."

„Und diese Frage kann nur er selbst beantworten." Matthew seufzte und warf einen Blick über seine Schulter. „Sieht so aus, als hätte meine Mutter ihn überredet, zur Herde zurückzukehren."

Charlotte blickte zu den Fenstern der Stube und holte Luft. Tante Mary und Ewan waren zurück, und er und Baldwin hatten damit begonnen, die Wohnzimmermöbel umzustellen, damit sie an der Wand gegenüber dem leuchtenden Weihnachtsbaum Platz für ihre Schattentiere hatten.

Wie es schien, würde das Leben weitergehen. Egal, wie sehr ihr Herz auch schmerzte.

„Dann sollten wir hineingehen", sagte sie.

Matthew nickte und bedeutete ihr, voranzugehen. „Charlotte“, sagte er, als sie nach der Türklinke griff, um zu den anderen zurückzukehren.

Sie wandte sich ihm zu. „Ja?“

„Er ist ein Narr, wenn er dich gehen lässt.“

„Danke, Matthew.“

Dann ging sie wieder hinein, mit einem falschen Lächeln im Gesicht und einem Herzen, das schwer wie Blei war.

KAPITEL 15

Charlotte kam die Treppe herunter und lächelte angesichts der Stille, die sie empfing. Es gab keine emsigen Diener, die in den Fluren putzten oder ihr zur Hilfe eilten. Heute war der zweite Weihnachtsfeiertag, und sie freute sich, dass Ewan die Tradition, seinen Dienstboten einen freien Tag zu gewähren, in Ehren hielt.

Als sie den Frühstücksraum betrat, sah sie, dass einige Speisen auf der Anrichte bereitstanden. Sie waren nicht ganz so schön angerichtet wie sonst, und eindeutig vom Vortag und dem gestrigen Abend übriggeblieben, aber ihr lief trotzdem das Wasser im Mund zusammen.

Sie begrüßte ihre Mutter und ihren Bruder, die bereits am Tisch saßen und Teller mit Essen vor sich stehen hatten.

„Es war ein schönes Weihnachtsfest, nicht wahr?", fragte Baldwin, als er aufstand und Charlotte die Hand reichte.

Sie drückte sie und tätschelte ihrer Mutter die Schulter, bevor sie zur Anrichte ging. „Das war es in der Tat. Die Predigt des Pfarrers war sehr schön, und ich freue mich sehr über meine neuen Hausschuhe, Mutter, und das Tagebuch, Baldwin."

Sie begann, ihren Teller zu beladen, war aber noch nicht besonders weit gekommen, als Ewan den Raum betrat, gefolgt von Matthew und Tante Mary.

„Guten Morgen!", rief die Duchess. „Wie schmeckt euch das Frühstück?"

„Vorzüglich", erwiderte Charlotte lachend. Sie erwähnte nicht, dass der Kaffee eher lauwarm war. Stattdessen schenkte sie sich einen Tee ein und ging zum Tisch. Als sie an Ewan vorbeikam, sagte sie: „Guten Morgen."

Er musterte sie von oben bis unten, und ihr Körper reagierte automatisch auf seinen Blick. Sie war Jahrzehnte ohne seine Berührung ausgekommen, doch jetzt waren zwei Tage plötzlich zu viel.

„Guten Morgen", gebärdete er, bevor er sich abwandte, um sie zum Tisch gehen und neben ihrer Mutter Platz nehmen zu lassen.

Die anderen setzten sich ebenfalls, und eine Weile lang diskutierten sie heiter über Musik und Bücher. Charlotte konnte nicht umhin, daran zu denken, wie einfach sich das alles anfühlte. Wie einfach es sein würde, für immer so zu leben.

Wenn Ewan es nur zulassen würde.

Als ihre Teller irgendwann leer waren, lehnte Tante Mary sich mit einem zufriedenen Seufzer auf ihrem Stuhl zurück. „Deine Köchin ist wirklich die allerbeste, Ewan. Selbst die Reste sind göttlich."

Er nickte, und sein warmes Lächeln spiegelte wider, wie sehr er Mrs. Winkle und sein gesamtes Personal schätzte. „Hast du ihnen schon deine Weihnachtsgeschenke überreicht?", fragte Charlotte.

„Ja", gebärdete er. „Das Hauspersonal hat heute früh seine Geschenke bekommen, damit sie zu ihren Familien gehen können."

Sie übersetzte für die anderen, und seine Tante lächelte. „Du willst gleich nach dem Frühstück zu den Pächtern, nicht wahr?"

Er nickte. Tante Mary lächelte Charlotte an. „Ich habe gehört, dass du auch ein paar Sachen für die Kinder hast."

„Ja", antwortete sie. „Eine Belohnung für ihre harte Arbeit und ihren Mut während der Überschwemmung."

„Wie schön, Charlotte", sagte ihre Mutter und nahm ihre Hand. „Dann wirst du also mit Ewan mitgehen?"

Charlotte rutschte auf ihrem Stuhl herum und schaute ihn an. Er hatte seine Lippen fest aufeinandergepresst und die Anspannung, die von ihm ausging, war regelrecht greifbar. „Das würde ich gerne", sagte sie leise.

„Ich finde, das ist eine hervorragende Idee", mischte sich Matthew ein und stieß Baldwin mit dem Ellenbogen an. „Findest du nicht auch?"

Charlottes Bruder schien von der Idee am wenigsten begeistert zu sein. Er schaute nicht zu ihr, sondern zu Ewan. „Wenn Ewan ihre Gesellschaft möchte."

„Natürlich möchte er ihre Gesellschaft", sagte Mary lachend. „Dann ist es abgemacht. Ihr zwei geht und übergebt eure Geschenke, und wenn ihr zurückkommt, ist eine Partie Whist angesagt, wie ich finde."

Charlotte sah Ewan an. „Darf ich mitkommen?", fragte sie in ihrer Zeichensprache. „Du musst nicht Ja sagen, nur weil sie dich dazu drängen."

Er legte den Kopf schief und erwiderte schnell: „Ich möchte, dass du mitkommst. Niemand hat mich zu etwas gedrängt."

„Wie könnt ihr euch nur all diese Zeichen merken?", lachte die Duchess of Sheffield, während sie aufstand und begann, die Teller abzuräumen.

„Es ist ganz einfach. Es gibt Zeichen für jeden Buchstaben und auch einige Abkürzungen für Wörter, die wir oft benutzen."

Ihre Mutter schüttelte den Kopf. „Das müssen um die hundert Zeichen sein."

Charlotte zuckte mit den Schultern. „Wir können uns Tausende von Wörtern merken. Was sind da schon ein paar kleine Handbewegungen?" Sie warf Ewan einen Blick zu. „Ich hole meinen Mantel, dann können wir los."

Er nickte, und sie huschte aus dem Zimmer. Ihr Herz pochte. Sie würden wieder einmal allein sein. Wieder einmal würden sie auf die

Probe gestellt werden. Und wieder einmal spürte sie, wie der Mann, den sie liebte, sich von ihr distanzierte.

Und wenn es ihm diesmal gelang, wusste sie, dass sie ihn für immer gehen lassen musste.

⁓

Ewan konnte seinen Blick einfach nicht von Charlotte abwenden. Es war unmöglich, sie nicht anzustarren, wenn ihr Gesicht strahlte und sie von schwert- und puppenschwingenden Kindern umgeben war.

„Ihr seid zu gütig, Euer Gnaden", sagte eine der Damen, Mrs. Nickel, zu ihm. Doch er schüttelte den Kopf und bemühte sich, sich weiter zu konzentrieren. Seine Pächter waren mit dem Einsammeln ihrer Weihnachtsgeschenke fertig. Körbe mit Lebensmitteln, Stoffen und mit Münzen gefüllte Tüten waren an strahlende, glückliche Gesichter weitergereicht worden.

Ewan zuckte mit den Schultern und tätschelte ihr den Arm, in der Hoffnung, sie dadurch loswerden zu können. Er fühlte sich unwohl angesichts ihres Lobs. Natürlich ließ sich Mrs. Nickel nicht beirren.

„Es ist ein solcher Segen, dass Ihr Lady Portsmith mitgebracht habt", fuhr sie fort. „Alle lieben sie. Sie ist die freundlichste Frau, der ich je begegnet bin."

Ewan schluckte und ließ seinen Blick noch einmal zu Charlotte gleiten. Sie unterhielt sich gerade mit Mrs. Boyd und war voll und ganz auf die andere Frau konzentriert. Ihr Gesicht war ausdrucksvoll und offen und ja, unglaublich freundlich. Er nickte langsam als Antwort auf die Bemerkung seiner Pächterin.

„Ich glaube, mein Mann ruft mich", sagte sie. „Verzeihung."

Ewan schüttelte seine Gedanken ab, nickte erneut und zwang sich, ihr zuzulächeln, als sie ihn allein ließ. Wieder blickte er zu Charlotte. Sie war in die Hocke gegangen und zupfte das Kleid einer Puppe zurecht. Das Mädchen, für das die Puppe bestimmt war, starrte sie an, als sei sie eine Prinzessin oder eine Göttin.

Natürlich war Charlotte beides, und als er sie mit dem kleinen Mädchen beobachtete, tat ihm das Herz weh. Guter Schmerz und schlechter Schmerz vermischten sich und dehnten seine Brust aus. Er hörte die Stimme seines Vaters in seinem Kopf, der die schlimmsten Dinge zu ihm sagte. *Idiot. Wertlos. Hätte nie geboren werden sollen. Für nichts und niemanden gut.*

Aber er hörte auch die Worte seiner Tante. Die seines Onkels. Die seines Cousins. Die seiner Freunde. Und ihre. Immer ihre. Charlotte, die ihm sagte, dass sie ihn liebte. Charlotte, die ihm in all ihrer Freundlichkeit, mit ihrem Lächeln und Lachen über die Jahre hinweg immer wieder dasselbe zeigte. Er wollte die Zukunft, für die sie stand, von ganzem Herzen. Er wollte sie, und jetzt, als er sie beobachtete, wie sie das Haar des kleinen Mädchens zerzauste, beugte er sich vor, fast so, als ob er einfach danach greifen könnte.

Charlotte richtete sich auf und blickte in seine Richtung. Ihre Blicke trafen sich und nach einem kurzen Moment öffnete sich ihr Mund. Sie sah verwirrt aus, als ob sie seinen Gesichtsausdruck lesen könnte.

Wahrscheinlich konnte sie das auch. Wer kannte ihn schließlich besser als die Frau, die sich fast gewaltsam in sein Leben geschlichen hatte? Seine Barrieren bedeuteten ihr nichts, als sei sie geboren worden, um sie niederzureißen. Als er sie weggestoßen hatte, war sie zurückgekommen, stärker und entschlossener als je zuvor.

Wie könnte er sie nicht für diese Unabhängigkeit und Sturheit lieben? Für ihre Freundlichkeit und ihr Vertrauen? Für die Tatsache, dass sie ihn liebte, ganz und gar, ganz gleich, was geschah?

Sie bewegte sich auf ihn zu, wie ein Engel, der vom Himmel herabschwebte, und drang in seinen Raum ein. Mit einem Lächeln ergriff sie seine Hand. Ihre Finger verschlangen sich mit seinen und sie sah zu ihm auf.

„Geht es dir gut?", flüsterte sie. „Du schaust so komisch."

Er nickte langsam. Oh, ja. Es ging ihm gut. So gut wie noch nie in seinem Leben. Denn er wusste genau, was er tun würde. Nicht in diesem Moment, wenn praktisch fremde Menschen zusahen. Nicht einmal dann, wenn er nach Hause kommen und sie von Familie und Freunden umgeben sein würden.

Aber später, heute Abend, würde er dieser Frau, dieser bemerkenswerten Frau, alles geben, was er war und was er hatte. Er würde sie bitten, ihn zu heiraten, und er wusste bereits, wie ihre Antwort lauten würde.

Er würde diesen großen Sprung wagen und darauf vertrauen, dass die Zukunft, so wolkig und ungewiss sie auch sein mochte, richtig sein würde, wenn er sie mit ihr teilte.

In diesem Moment wurde ihm all das klar, und sein Lächeln wurde noch breiter, weil sie nichts davon wusste.

„Du siehst glücklich aus, das gefällt mir", flüsterte sie und drückte seine Finger. „Aber sollen wir zurückfahren? Die Leute möchten bestimmt zu ihren Familienfeiern zurückkehren, und wir müssen uns ebenfalls um unsere Familien kümmern."

„Das stimmt", gebärdete er. „Wir werden sicher bereits erwartet."

Sie runzelte die Stirn, lächelte ihn aber an. „Gut. Dann lass es uns ihnen sagen, ja?"

Er ließ ihre Hand nicht los, sondern führte sie nach vorne und gebärdete: „Kannst du übersetzen?"

Sie nickte. „Natürlich."

Ewan zögerte einen Moment. Sie würde das für den Rest ihres Lebens tun. Seine Lippen, seine Zunge und auch sein Herz sein. Diese Menschen, die sie bereits anbeteten, würden sie als eine Einheit sehen.

Es war eine verblüffende Erkenntnis, und es dauerte einen Moment, bis er seine Fassung so weit wiedererlangt hatte, dass er gebärden konnte: „Dies war wieder ein ganz besonderes Jahr hier auf dem Anwesen, und das habe ich jedem Einzelnen von euch zu verdanken. Bitte genießt den Tag und einander und wisst, dass ich bei Problemen immer ein offenes Ohr habe und versuche, sie zu lösen."

Die Pächter kamen allesamt auf ihn zu, schüttelten seine Hand und bedankten sich murmelnd. Als sie sich auf den Weg zu ihren Häusern machten, geleitete er Charlotte zu seiner Kutsche. Als er ihr hinaufhalf, genoss er das Gefühl ihres Körpers, als sie sich an ihn drückte, und den Geruch ihrer Haut, als sie einstieg. Dann stieg er selbst ein, setzte sich ihr gegenüber und genoss ihren Anblick im schummrigen Licht der Kutsche, als der Fahrer die Tür schloss und sie sich in Bewegung setzten.

„Was ist mit dir los?", fragte sie kopfschüttelnd. „Du bist irgendwie anders."

Er nickte. „Das bin ich. Ich werde es dir später erklären. Aber im Moment will ich einfach nur das hier tun."

Er setzte sich neben sie und umfasste ihre Wangen. Als er sich vorbeugte, spürte er, wie ihr warmer Atem seine Lippen berührte. Er erschauderte, bevor er seine Lippen auf ihren Mund presste. Charlotte schlang ihre Arme um seinen Hals und schmiegte sich an ihn. Es fühlte sich an, als wäre sie allein für ihn geschaffen worden und in diesem Moment glaubte er, dass es tatsächlich auch so war. Dass sie ein Geschenk für ihn war, und er für sie. Schicksalhaft, egal wie sehr er es leugnete.

Doch jetzt würde er es nicht mehr leugnen.

„Ich habe das so sehr vermisst", flüsterte sie, als er mit seinen Lippen über ihren Hals wanderte. „Es fühlt sich wie eine Ewigkeit an."

Er antwortete nicht, sondern wanderte mit seinen Lippen weiter nach unten, während er ihren Mantel aufknöpfte, um die weiche Haut über dem Ausschnitt ihres Kleides zu schmecken. Sie wölbte sich ein wenig unter ihm, fuhr mit ihren Finger durch sein Haar und gab einen leisen Laut der Lust von sich.

Ewan wollte sie, so sehr, dass sein Schwanz unter seiner Hose schmerzte. Aber er wollte mehr als nur Erlösung. Er wollte ihr Freude bereiten. Er wollte ihr zeigen, noch bevor er es ihr sagte, dass er sie lieben und beschützen und sie für den Rest ihres Lebens glücklich machen würde.

Er blickte in ihre grünen Augen, die sich nun vor Verlangen weiteten.

„Was machst du da?", flüsterte sie und ihre Stimme zitterte auf erotische Weise. Als wäre sie kurz davor, die Kontrolle zu verlieren. Er war dabei, ihr den letzten Stoß zu versetzen.

Er antwortete nicht. Stattdessen zog er nur eine Augenbraue hoch und begann, ihre Röcke hochzuschieben. Ihr Kleid war schwer und dick und als er immer wieder auf eine weitere Lage Stoff stieß, warf er ihr einen Blick zu.

Sie lachte, und es war wie Musik in seinen Ohren. „Es ist nicht meine Schuld. Ich war nicht darauf vorbereitet, in einer Kutsche verführt zu werden. Hättest du mir vorher Bescheid gesagt, hätte ich etwas anderes angezogen."

Er grinste, als er endlich den Rock über ihre Oberschenkel schob und die seidene Unterhose ertastete. Er schob sie auf und öffnete den Schlitz so weit wie möglich, während er auf die Knie sank und ihre Beine auseinanderdrückte.

„Ewan", keuchte sie, als er mit einem Finger die Innenseite ihres Oberschenkels hinauffuhr und dann sanft ihre äußeren Lippen öffnete. Ihr Geschlecht glitzerte. Sie war schon feucht, bereit für ihn.

Er stieß ein lautes lustvolles Stöhnen aus, dann beugte er seinen Kopf und leckte mit seiner Zunge über das weiche Fleisch.

Sie zuckte sofort zusammen und rief erneut seinen Namen. „Ewan!" Diesmal mit Dringlichkeit, mit Verlangen, mit Leidenschaft.

Er strich ein zweites Mal über sie, dann ein drittes Mal, wobei er jedes Mal den Druck seiner Zunge verstärkte, während er sie über ihren Kitzler tanzen ließ.

Charlotte grub ihre Hände in den ledernen Kutschensitz und ließ ihren Kopf zurückfallen. „Bitte", hauchte sie.

Sie musste ihn nicht zweimal bitten. Denn obwohl er diesen

Moment auskosten wollte, es stundenlang tun wollte, bis sie unter seinem Mund schwach und erschöpft war, wusste er, dass sie nur wenig Zeit hatten, bevor sie am Anwesen ankommen würden. Also musste er sich konzentrieren und es perfekt machen.

Also leckte er sie immer wieder im gleichen Rhythmus. Sie stemmte sich gegen ihn, während ihr Atem in kurzen Stößen ging und ihre Arme und Beine zu zittern begannen. Er saugte an ihrem Kitzler und liebkoste ihn mit seiner Zunge, während sie stöhnte und sich unter ihm wand. Sie war fast soweit, so nah dran.

Ewan hob seinen Blick, während er sie weiter mit seinem Mund und seiner Zunge verwöhnte. Charlotte starrte ihn an, die Augen weit aufgerissen, die Lippen geöffnet, die personifizierte Schönheit, die fleischgewordene Lust.

Er ließ einen Finger in ihre Scheide gleiten, dann zwei, und sie zuckte zusammen und dämpfte ihren keuchenden Schrei der Erlösung mit dem Handrücken, während er sie weiterleckte, seine Finger in sie hineinschob und wieder herauszog und sie sich ihm mit jeder Erschütterung ihres Geschlechts entgegenstemmte.

Als ihr Zittern endlich nachgelassen hatte, schob er ihr vorsichtig ihre Unterhose wieder zurück. Dann tat er dasselbe mit ihrem Rock und half ihr, sich richtig auf den Kutschensitz zu setzen. Mit einem schaudernden Seufzer schmiegte sie sich an seine Brust, und er schlang seine Arme um sie und strich ihr Haar glatt, während sie die lange Einfahrt hinauffuhren.

„Wenn das mein Weihnachtsgeschenk war", flüsterte sie und beugte sich vor, um ihm einen Kuss auf die Wange zu drücken, „dann hat es mir sehr gut gefallen."

Er bewegte seinen Mund auf ihren zu und sie kam ihm entgegen und ließ ihre Zunge mit seiner tanzen. Er wusste, dass sie den süßen Geschmack ihrer Erlösung schmecken konnte, und sie seufzte. Die Kutsche kam viel zu früh zum Stehen, und er setzte sich auf die andere Seite, während die Bediensteten sich beeilten, die Türen zu öffnen und ihnen beim Aussteigen zu helfen.

Zum ersten Mal seit langem fühlte er sich vollkommen und frei.

Zum ersten Mal seit langem war er bereit, sich seiner Zukunft zu stellen.

Charlotte stieg zuerst aus der Kutsche und er folgte ihr. Er bemerkte, wie sie an der Kutsche vorbeispähte. „Erwartest du Besuch?", fragte sie.

Als er ihrem Blick folgte, blieb ihm fast das Herz stehen. Dort, in der Einfahrt vor seinem Gespann, stand eine Kutsche. Und das Wappen an der Tür war ihm nur allzu vertraut. In diesem Moment verflog seine gute Laune und seine Hoffnungen für die Zukunft waren vergessen, als eine Welle des Schmerzes aus der Vergangenheit über ihn hinwegschwappte.

Es war die Kutsche seiner Mutter. Das bedeutete, dass seine Familie hier war.

KAPITEL 16

Charlotte sah, wie jegliche Farbe aus Ewans Gesicht wich. Eine Emotion flackerte in seinen Augen auf, aus denen jegliche Wärme verschwunden war. Stattdessen waren da nur Schmerz, Kummer und sogar Angst. Sein Gesicht wurde lang und angespannt. Der Mann mit dem verschmitzten Lächeln, der in der Kutsche ihre Röcke hochgehoben hatte, war verschwunden. Jetzt war er wieder der kleine Junge, den sie vor all den Jahren kennengelernt hatte und dem das Herz von seiner Familie gebrochen worden war.

Sie hatte diesen Blick immer in Verbindung mit seinem Vater bei ihm gesehen, einem Mann, der schon lange tot war und keinen Schaden mehr anrichten konnte. Zumindest hatte sie das gedacht. Gehofft. Gebetet.

Sie drehte sich um, um sich die Kutsche, die Ewan so entsetzt angestarrt hatte, genauer anzusehen, und erschrak. An der Tür prangte Ewans Wappen: ein Löwe und ein Greif, die eine mit Fächern geschmückte Flagge hochhielten.

„Ewan", hauchte sie. „Wer –"

„Mutter." Er gebärdete das Wort mit den Fingern, ohne sie anzusehen. Die heftige Bewegung durchschnitt die Luft wie eine Peitsche. Sein Blick ruhte noch immer auf dem Wappen und allem, was es in seinem Herzen repräsentierte.

Plötzlich hatte Charlotte einen Kloß im Hals. Sie hatte Ewans Mutter nur ein einziges Mal getroffen, vor Jahren auf einer Society-Party. Die Frau war kalt wie Eis, hart wie Stein. Charlotte hatte in ihr genau die Art von Mensch gesehen, die es zuließ, dass ihr Kind misshandelt und verlassen wurde, ohne etwas dagegen zu tun oder zu verlangen, den Jungen, den sie geboren hatte, zumindest einmal zu sehen. Seitdem hatte Charlotte sie gemieden, ebenso wie Ewans missratene Brüder, die nur zu gerne die Komplizen ihres Vaters gewesen waren.

„Warum ist sie hier?", flüsterte sie. „Sie war nicht eingeladen, oder?"

Er schüttelte den Kopf mit fast schmerzhafter Langsamkeit, und sie verstand, ohne dass er ein Wort sagen musste. Sie verstand und fühlte mit ihm. Das Mitgefühl kam aus dem tiefsten Inneren ihrer Seele. Sie griff nach seinem Bizeps und versuchte, ihre ganze Kraft und Liebe auf ihn zu übertragen. Das brauchte er jetzt.

Er blickte auf sie herab.

„Ich bin da", sagte sie leise, als er sie die Treppe hinaufführte, wo Smith gerade die Tür öffnete, um sie zu begrüßen. Der Butler sah etwas mitgenommen aus, als sie das Foyer betraten.

„Euer Gnaden, Lady Portsmith", grüßte er, als er die Mäntel und Handschuhe entgegennahm. „Ich nehme an, Ihr habt bemerkt, dass wir Besuch haben?"

„Meine Mutter?", gebärdete Ewan, diesmal weniger emotionsgeladen. Charlotte übersetzte.

„Und Lord Josiah und Lord Roger", antwortete Smith mit einem verkniffenen Gesichtsausdruck, der sein Missfallen über diese Tatsache zum Ausdruck brachte. „Sie werden im Salon von Euren geladenen Gästen unterhalten."

Ewan nickte langsam, sein Blick war distanziert, als er in Richtung Salon blickte, von wo Charlotte undeutliches Gemurmel hören konnte.

„Haben sie gesagt, wie lange sie bleiben wollen?", fragte Charlotte.

Smith warf ihr einen Blick zu. In diesem Moment waren sie Partner, beide wollten Ewan beschützen, aber keiner von ihnen war dazu in der Lage. Nicht diesmal. „Nein, Mylady. Das haben sie nicht."

Sie nickte und drückte Ewans Arm. „Ich weiß, dass Ihr bereits alles in Eurer Macht Stehende getan habt, um es allen recht zu machen, Smith. Haltet Euch für weitere Anweisungen bereit, ja? Ich werde Euch Bescheid geben, ob sie … zum Essen bleiben."

Diese Vorstellung schien Entsetzen bei Smith hervorzurufen und sein Blick glitt zu Ewan. In seinen Augen lag das gleiche Mitgefühl, das Charlotte selbst empfand. Dann war die Emotion verschwunden, weggewischt durch seine jahrzehntelange Ausbildung, und er senkte den Kopf.

„Natürlich, Mylady. Da heute Feiertag ist, gibt es viele Reste."

„Du liebe Güte, Ihr musstet wegen dieses unerwarteten Besuchs Euren freien Tag unterbrechen, nicht wahr?", fragte Charlotte mit einem entschuldigenden Blick. „Ihr müsst Euch nicht bereithalten, Smith. Ich verspreche Euch, dass wir hier alleine zurechtkommen."

Er hob sein Kinn. „Gewiss nicht, Mylady. Ich stehe für Anweisungen bereit." Sie streckte die Hand aus, um kurz seinen Arm zu berühren, und er beugte sich vor und reichte ihr einen gefalteten Zettel. „Ihr habt eine Nachricht von Mr. Griffin vom Laden in der Stadt erhalten."

Charlotte nickte, als sie den Brief nahm und ihn kurz überflog. Sie runzelte die Stirn. Sie hatte den Herrn gebeten, das silberne Notizbuch für Ewan liefern zu lassen, doch jetzt bat er darum, sie möge es persönlich abholen. Das wollte sie auf keinen Fall, nicht, wenn Ewans Familie hier war, um Gott weiß was mit ihm anzustellen.

„Danke, Smith", sagte sie und steckte den Brief in die Tasche ihrer Pelisse.

Sie warf Ewan einen Blick zu. Während des gesamten Gesprächs hatte er unbeweglich in Richtung Flur gestarrt. Sie war sich nicht sicher, ob er überhaupt etwas davon mitbekommen hatte.

Sanft nahm sie seine Hand. „Bist du bereit?"

Er seufzte und erwiderte: „Nein. Aber ich habe wohl keine Wahl."

Sie holte tief Luft und gemeinsam gingen sie in die Stube. Ewan öffnete langsam die Tür und ließ sie zuerst eintreten. Ihr Blick wanderte durch den Raum.

Matthew und Tante Mary standen vor dem Kamin. Matthew hatte die Arme verschränkt, und in seinem sonst so freundlichen Gesicht lag ein harter Ausdruck des Zorns, den sie noch nie bei ihm gesehen hatte. Die Duchess sah ebenso verärgert aus, obwohl sie sich sichtlich bemühte, einen gewissen Anstand zu wahren.

Baldwin und Charlottes Mutter saßen nebeneinander auf dem Sofa, und ihr Unbehagen war ihnen deutlich anzumerken, obwohl sie die Gastgeber der drei Personen waren, die ihnen gegenübersaßen.

Eine von ihnen war Ewans Mutter. Sie war hager und knochig, ihr Gesicht war verkniffen und ihre kühlen Augen blickten auf, als sie den Raum betraten. Als sie Ewan hinter Charlotte erblickte, wandte sie den Blick rasch ab. Als wäre er ein Nichts. Als wäre er nicht der Sohn, den sie seit … nun, seit Jahren nicht mehr gesehen hatte. Wahrscheinlich seit all den Kämpfen, die Ewan geführt hatte, um seinen Platz als Duke of Donburrow einzunehmen.

Doch so kalt ihr Gesichtsausdruck auch war, die Mienen der Männer zu ihren beiden Seiten waren noch schlimmer. Charlotte kannte sie von den Bällen und gesellschaftlichen Veranstaltungen. Zur Linken der Duchess of Donburrow saß ihr jüngster Sohn, Roger. Er war korpulent und rot, als ob er zu viel trinken würde. Das hatte ihn beträchtlich altern lassen, obwohl er erst dreiundzwanzig war. Als er Ewan ansah, biss er sich auf die Lippe und verzog das Gesicht, als würde er versuchen, ein schwieriges Rätsel zu entschlüsseln.

Zu ihrer Rechten saß ihr mittlerer Sohn, Josiah. Er sah Ewan eigentlich sehr ähnlich, mit dem Unterschied, dass in seinem Gesicht weder etwas von der brillanten Intelligenz noch der Sanftmut zu sehen war. Sein blondes Haar war kurz geschnitten, wie es heutzutage üblich war, und sein kantiges Gesicht war frei von Gesichtsbehaarung. Während die Duchess gleichgültig und Roger neugierig dreinschauten, lag in Josiahs Blick etwas völlig anderes.

Als Charlotte ihn ansah, rutschte ihr das Herz in die Hose. Er starrte Ewan mit purem Hass an. Sein Blick war so intensiv, dass sie sich am liebsten vor den Mann geworfen hätte, den sie liebte. Um ihn zu beschützen.

Es schien, als hätte der junge Mann seinem älteren Bruder nicht verziehen, dass er sich im Kampf um die Nachfolge des Dukes durchgesetzt hatte. Drei Jahre später sah er immer noch verbittert aus.

Ewan blickte sie an, und sie nickte verzweifelt, weil sie ihm unbedingt helfen wollte.

„Guten Tag", gebärdete er, als sich alle im Raum bei ihrer Ankunft erhoben. „Es tut mir leid, dass ich nicht zu Hause war, ich wusste nicht, dass ihr kommen würdet."

Die Duchess of Donburrow warf Charlotte einen Blick zu, als sie Ewans Worte übersetzte, trat dann jedoch vor. „Wir waren auf dem Anwesen in Lindborough, das du uns freundlicherweise zur Verfügung gestellt hast." Sie blickte zu ihren beiden Söhnen, die sich zurückhielten. „Da dachte ich, wir kommen über die Feiertage vorbei."

Charlotte hielt den Atem an, als die Duchess Ewan erreichte. Doch in ihren Augen lag keine Liebe, als sie ihren ältesten Sohn ansah. Nur Leere und kühle Abgeklärtheit. Ein Muskel in Ewans Kiefer zuckte, und Charlotte musste sich zusammenreißen, um nicht nach seiner Hand zu greifen und sie beruhigend zu drücken.

„Willkommen", gebärdete er und nickte seinen Brüdern zur Begrüßung zu.

„Hat er dich etwa als Übersetzerin angeheuert?" Josiah grinste, als er sich umdrehte und zur Anrichte schlenderte, wo er im Schrank herumkramte und eine Flasche Sherry herausholte. Sein jüngerer Bruder verfolgte die Bewegung mit hungrigen Augen, machte jedoch keine Anstalten, auch nach einem Glas zu verlangen. Ohne um Erlaubnis zu fragen, schenkte Josiah sich ein großes Glas ein und trank es in einem Zug aus. „Ihr seid jetzt Lady Portsmith, nicht wahr? Die Schwester von Sheffield? Hier?"

Aus den Augenwinkeln sah Charlotte, wie ihr Bruder sich versteifte. Sie widerstand dem Drang, das Gleiche zu tun. Diese Männer waren Tyrannen, die von ihrem unglücklichen Vater dazu erzogen worden waren. Sie würde sich nicht von ihnen provozieren lassen, egal wie grausam und schrecklich ihr Tonfall war.

„In der Tat", sagte sie. „Seine Gnaden und mein Bruder sind schon lange befreundet."

„Ich habe schon von dieser komischen Geheimsprache gehört", fuhr Josiah mit einem Schnauben fort. „Und hier ist sie nun. Wie es scheint, stimmen die Gerüchte also."

Er warf seinem Bruder einen vielsagenden Blick zu, den Roger jedoch nicht erwiderte. Der jüngste von Ewans Brüdern sah im Moment äußerst unbehaglich aus, und Charlottes Magen verkrampfte sich. Sie mochte den Unterton nicht, der in den Stimmen der Männer mitschwang.

Sie mochte den Hass nicht, der Ewan immer noch von Josiah entgegenschoss.

„Bitte, setzt Euch doch wieder", sagte Charlotte und schlüpfte in die Rolle der Gastgeberin, um die Spannung im Raum zu lindern. „Möchte jemand noch einen Tee oder …?" Sie sah Josiah an und schluckte. „Einen Drink?"

Roger und die Duchess of Donburrow nahmen wieder ihre Plätze ein. Charlotte konnte nicht umhin zu bemerken, dass Ewans Mutter ihn nicht berührte. Wieder sah sie ihn kaum an, als sie sich auf ihren Platz setzte. Ewan seufzte fast unmerklich und holte ein paar Stühle, die am Rand des Zimmers standen, während Charlotte zu seiner Tante und seinem Cousin am Kamin ging.

„Wann sind sie angekommen?", fragte sie und begegnete jedem von ihnen mit festem Blick.

„Vor einer halben Stunde", stieß Matthew zwischen zusammengebissenen Zähnen hervor. „Sie haben Einlass verlangt und ließen sich nicht abwimmeln. Ich schwöre, ich sollte meine Faust –"

Tante Mary legte eine Hand auf den Unterarm ihres Sohnes. „Das wird uns nichts nützen, mein Lieber. Auch wenn ich dir den Wunsch nicht verdenken kann."

„Nein", flüsterte Charlotte. „Diese Sache gefällt mir auch nicht."

„Sie gefällt keinem von uns", bekräftigte die Duchess mit einem kurzen Blick. „Diese Frau hat sich nie etwas aus Ewan gemacht. Ich habe ihr mehrmals geschrieben, wie es ihm geht. Ein Jahr, nachdem er zu uns gezogen war, schrieb sie mir, ich solle es nicht mehr tun. Und dass sie kein Interesse daran habe."

Charlotte versteifte sich, holte aber tief Luft, um sich zu beruhigen. „Ich tue das wirklich nur ungern, aber würdet ihr bitte mit in den Kreis der anderen kommen? Ich glaube, unsere Unterstützung wird Ewan sehr helfen."

Sie nickten sofort und machten sich auf den Weg zu den anderen. Charlotte lächelte, als Tante Mary neben ihrer Nichte Platz nahm und kurz eine Hand auf Ewans legte, bevor sie sagte: „Du siehst gut aus, Melinda."

Die Duchess of Donburrow blickte sie an. „Du auch, Mary."

Nach ihrem knappen Wortwechsel herrschte eine ganze Weile lang Schweigen, und Charlotte biss die Zähne zusammen, als sie Ewan Tee einschenkte und ihn süßte. „Was führt euch zu unserer fröhlichen Feier?", fragte sie und bemühte sich, ihre Stimme freundlich klingen zu lassen.

„Manchmal verspürt man einfach das Bedürfnis nach den Dingen zu sehen, die einem eigentlich gehören sollten", blaffte Josiah, und Charlotte wirbelte herum und verschüttete fast den Tee, als sie wieder zu Atem kam.

Diese grausame Bemerkung ließ den Raum explodieren. Matthew und Baldwin sprangen auf und schrien Josiah gleichzeitig an. Dies schien Roger zu ermutigen, der sich in dem Streit auf die Seite seines Bruders stellte. Die Duchesses of Tyndale und Sheffield griffen nach ihren Söhnen, um Friedensargumente vorzubringen oder sich vielleicht auch nur in den Streit einzumischen. Wegen des Lärms, der plötzlich den Salon erfüllte, war Charlotte sich nicht sicher.

Die Duchess of Donburrow saß währenddessen einfach nur da und nippte an ihrem Tee, während sie Ewan mit ihren kalten, ausdruckslosen Augen betrachtete. Ewan sah einen Moment lang still zu, sein Blick war unergründlich. Charlotte hatte keine Ahnung, was er fühlte, und das war so selten, dass sie sich … hilflos fühlte. Leer.

Einen Moment später stand er auf und ging zur Anrichte, an Charlotte vorbei, und griff nach einer Porzellantasse. Er sah ihr kurz in die Augen, bevor er auf die andere Seite des Raumes ging und die Tasse gegen die Wand warf.

Charlotte zuckte zusammen, als sie in ein Dutzend oder mehr Stücke zerbrach, und der scharfe Aufprall brachte den Tumult zum Verstummen.

„Genug!", gebärdete Ewan, und sie übersetzte, obwohl ihre Stimme zitterte. „Es reicht. Ich habe keine Ahnung, warum ihr drei hier seid. Ihr sagt, ihr wollt sehen, was eurer Meinung nach euch gehören sollte? Nun, dann seht euch um. Das ist es."

„Ja, das ist es", zischte Josiah und schritt an Charlotte vorbei auf Ewan zu. Sie roch seine Fahne, die nicht nur von dem Sherry stammen konnte, den er hier im Salon getrunken hatte. „Dieses Haus, diese Dinge, die Pferde in deinem Stall, diese Mistkerle, die das Land unseres Vaters bearbeiten und dich verehren. Dieser Name, den du hinter dir herschleppst und der uns alle wegen deines geschädigten Geistes und Körpers wie Narren aussehen lässt. Der stumme Duke. Eigentlich sollte es eher der *idiotische* Duke heißen."

Charlotte sprang vor. „Du Bastard", zischte sie und ignorierte angesichts dieses beleidigenden Verhaltens jegliche Anstandsregeln. „Was weißt du schon von seinem Verstand, seinem Herzen oder sonst irgendetwas? Deine herzlose Familie hat sich von ihm abgewandt, als er noch ein Kind war."

„Er hat Glück, dass wir ihn nicht in der Scheune erschossen haben", bellte Josiah Ewan ins Gesicht. „Das macht man nämlich mit lahmen Tieren." Als Ewan nicht reagierte, drehte er sich zu Charlotte um. „Und was kümmert Euch das eigentlich, Mylady? Oder wollt Ihr Euch tatsächlich zur Hure dieses Narren machen, wie es seit Jahren heißt?" Die Spucke flog aus seinem Mund, und Charlotte wich vor ihm zurück. „Was hat Euer Mann davon gehalten, dass Ihr Euch einen Verrückten zum Liebhaber genommen habt?"

KAPITEL 17

Ewan hatte jedes hässliche Wort, das über ihn gesagt wurde, schon hundertmal oder sogar öfter gehört. Sein Vater hatte diese Worte über ihn verbreitet, ebenso wie seine Brüder. Jungen in seinem Alter, die nicht seine Freunde waren, hatten sich über ihn lustig gemacht … Er hatte sogar hier und da gehört, wie ein paar Frauen hässliche Dinge geflüstert hatten. Diese Worte hatten sicherlich Narben hinterlassen. Sie hatten sich in seine Haut eingebrannt wie eine Tätowierung, und sie lebten in ihm weiter und erinnerten ihn unablässig daran, was er war … und nicht war.

Aber jetzt sprach Josiah nicht mehr über ihn. Er redete über Charlotte, und ein roter Schleier aus Wut, wie ihn Ewan noch nie zuvor gespürt hatte, vernebelte ihm die Sicht. Er konnte nichts als Hass sehen. Er konnte nichts als Rachedurst fühlen.

Also stürzte er nach vorne, packte Josiah am Revers und zog ihn mit drei langen Schritten zur Tür. Sein Bruder krallte sich an seinen Händen fest, die Augen weit aufgerissen und stammelte: „Was machst du da? Lass mich los!"

Ewan ignorierte ihn. Er schleifte ihn den ganzen Weg durch das Foyer und zur Eingangstür. Dort stand Smith. Die Augen des

Butlers weiteten sich kurz, als er die Szene betrachtete. Dann breitete sich ein winziges Lächeln auf seinem Gesicht aus.

Er begegnete Ewans Blick und öffnete die Tür, damit Ewan Josiah hinausschieben konnte. Josiah stolperte die halbe Treppe hinunter, bevor er sich fing.

„Gut gemacht", sagte Matthew und Ewan zuckte zusammen.

Er war so wütend gewesen, dass er niemand anderen mehr wahrgenommen hatte. Als er sich umdrehte, sah er Charlotte und Matthew ganz in der Nähe stehen. Matthew sah einigermaßen erfreut aus, Charlotte war hingegen schwieriger zu durchschauen. Ewans Blick huschte zu seiner Tante, Baldwin und der Duchess of Sheffield. Sie standen beide am Eingang zum Foyer, und in ihren Gesichtern lag eine Mischung aus Bewunderung und Sorge.

Seine Mutter und sein jüngster Bruder standen zwischen ihnen. Ewan blickte an Charlotte und Matthew vorbei, sah seiner Mutter in die Augen und hob dann die Hand, um auf den Ausgang zu zeigen. Sein ganzer Körper bebte, als Verständnis über ihr Gesicht huschte. Er brauchte weder ein Notizbuch noch Zeichen, um deutlich zu machen, was er wollte.

Sie strich ihr Kleid glatt und ging an ihm vorbei, dicht gefolgt von Roger. Ewan drehte sich um und betrachtete die Leute, die sich in seiner Einfahrt versammelt hatten. Josiah funkelte ihn immer noch an.

„Ich habe genug gesehen. Du kannst dich nicht verstecken, Euer Gnaden. Nicht mehr. Das wird dir noch leidtun", knurrte Josiah. „Dieser Titel wird nicht dein sein, und er wird ganz sicher nicht durch dich an irgendjemanden außer mir weitergegeben werden. Das wird dir noch leidtun."

Er machte auf dem Absatz kehrt und ging zur Kutsche. Ewan sah ihm hinterher, und seine Brust schwoll vor Wut, Bedauern und ein wenig Angst an. Er hatte gedacht, der Kampf um das Herzogtum sei vor drei Jahren beendet worden. Offenbar hatte er sich geirrt. Doch was genau Josiah, Roger und ihre Mutter dazu bewogen hatte, hier und jetzt aufzutauchen, war ihm ein Rätsel.

Er schlug die Tür zu, damit er das Geschimpfe seines Bruders nicht mehr hören konnte, und drehte sich zu den anderen um.

Einen Moment lang schwiegen alle, dann lächelte Matthew verschmitzt. „Gut gemacht, Ewan."

Charlotte warf Matthew einen kurzen Blick zu, und Ewan konnte sehen, dass sie von seinen Glückwünschen überrascht war. Sie wandte ihre Aufmerksamkeit wieder Ewan zu und ihre Augen tanzten vor Rührung.

„Du hast sie meinetwegen hinausgeworfen", gebärdete sie.

Er nickte. Sie atmete aus und er merkte, dass sie frustriert war. „Sie hätten alles Mögliche über dich sagen können, nicht wahr? Dieser Bastard hätte dich nennen können, wie er wollte, hätte versuchen können, Anspruch auf alles zu erheben, was dir gehört, und du hättest nichts getan."

Ewan zuckte mit den Schultern. „Du bist mir wichtig."

Sie schnappte nach Luft, Entsetzen ersetzte ihre Frustration. „*Du* bist auch wichtig", entgegnete sie und ihre Hände flogen wild umher, als sie diese deutlichen Worte schlampig gebärdete.

„Möchte einer von euch vielleicht übersetzen, was ihr da sagt?", fragte Baldwin und lehnte sich ein wenig näher heran.

Charlottes Wangen färbten sich dunkelrot, als sie ihn anfuhr: „Nein!" Dann fuhr sie fort, in Zeichensprache auf Ewan einzureden. „*Du* bist wichtig, Ewan. Für mich, für alle Menschen in diesem Haus, für deine Pächter, für deine Freunde. Warum bedeutet dir das, was dein Vater oder deine Brüder oder deine Mutter sagen, mehr als das, was wir alle denken? Wenn ich dir so wichtig bin, warum kann meine Liebe zu dir dann nicht das gleiche Gewicht haben wie der Hass deines Vaters?"

Die Direktheit ihrer Frage ließ ihn zusammenzucken, was sie zu bemerken schien. Die Wut in ihren Augen verblasste etwas und wurde durch Schuldgefühle ersetzt. „Es tut mir leid", flüsterte sie und wandte ihr Gesicht ab.

„Also wollt ihr uns nicht mitteilen, worüber ihr diskutiert?", fragte Tante Mary und ihr freundlicher Blick ruhte auf Ewan.

Charlotte blickte auf den Boden im Foyer, ihre Schultern zitterten. „Ich... ich bin etwas durch den Wind. Ich sollte ... ich sollte woanders hingehen." Sie sah Ewan an. „Es tut mir leid", wiederholte sie heiser, und ihr tränenüberströmter Blick verweilte eine Sekunde lang auf ihm, bevor sie sich auf dem Absatz umdrehte und aus dem Foyer stürmte.

Ewan starrte ihr hinterher, unsicher, wie er weiter vorgehen sollte. Glücklicherweise musste er sich nicht entscheiden. Die Duchess of Sheffield sah die Gruppe an, aber ihr Blick ruhte auf ihm. Als ob sie etwas verstanden hätte, was ihr vorher nicht ganz klar gewesen war.

„Ich werde mit ihr sprechen", sagte sie und schenkte ihm ein kleines Lächeln. Sie tätschelte Baldwins Arm und ging dann in die Richtung, in die Charlotte verschwunden war.

Alle, die im Foyer zurückgeblieben waren, schienen darauf zu warten, dass er in irgendeiner Weise reagierte. Er kramte in seiner Tasche und zog sein Notizbuch heraus. Hastig schrieb er: „Ich brauche einen Moment. Entschuldigt mich."

Ewan übergab den Zettel seinem Cousin, bevor er den Raum verließ und in sein Arbeitszimmer ging. Er hoffte, dass er dort seinen Kopf freibekommen würde, wusste jedoch, dass das schwierig werden könnte.

~

„Wie lange liebst du ihn schon?"

Charlotte schnappte nach Luft und drehte sich zu ihrer Mutter um, die ihr Gemach betrat. Die Duchess of Sheffield schloss die Tür hinter sich, lehnte sich zurück und betrachtete ihre Tochter mit einem wissenden Blick.

„Schon immer", gab Charlotte mit einem Seufzer zu, der sich anfühlte, als käme er aus den Tiefen ihrer Seele. „Vom ersten Moment an, als ich ihn gesehen habe. Es war eine kindliche Liebe. Aber mit der Zeit wurde sie zu etwas viel Tieferem."

Ihre Mutter legte die Stirn in Falten. „Warum hast du dann Portsmith geheiratet, Charlotte?“

Charlotte senkte den Kopf. Die Frage klang so einfach, und doch war sie es nicht. Aber sie hatte keine Kraft mehr, die Wahrheit zu verbergen.

„Ich habe Ewan vor meiner Hochzeit meine Gefühle gestanden. Aber das, was du da unten gesehen hast, was diese Leute ihm angetan haben, was sie zu ihm gesagt haben, wie sie ihn behandelt haben … das hat so viel Gewicht für ihn. Die Vergangenheit hält ihn davon ab, eine Zukunft mit mir zu sehen. Er hat mich vor all den Jahren zurückgewiesen.“

Die Duchess holte tief Luft und kam auf sie zu. „Es tut mir leid. Das muss dich tief verletzt haben.“

Charlotte drehte sich um und blickte aus dem Fenster auf das Meer. Heute konnte sie sehen, wie es gegen die Klippen rollte und sich die Wellen dort brachen. Wunderschön und tückisch, genau wie die Gefühle, die noch immer in ihr tobten.

„Es hat mir das Herz gebrochen. Aber ich habe versucht, das Beste daraus zu machen. Ich wusste, was von mir erwartet wurde. Ich hatte gehofft, es würde mit Portsmith funktionieren. Aber ob verheiratet oder nicht, ich habe immer nur Ewan geliebt. Er war stets alles, was ich wollte. Also bin ich zu ihm gekommen, als sich meine Trauerzeit dem Ende zuneigte. Ich hatte von den Liebesgeschichten unserer Freunde gehört, ich hatte die Tiefe von Simons und Megs Verbindung aus der Nähe gesehen. Umso mehr habe ich mich nach Ewan gesehnt. Ich war entschlossen, es noch einmal zu versuchen. Ich wollte alles … ich habe alles in meiner Macht stehende getan, um ihm zu zeigen, dass wir eine Zukunft haben könnten.“

Die Augen der Duchess wurden groß und ihre Wangen glühten. „Ich verstehe.“

„Aber ihm ist immer noch wichtig, was diese Narren, diese grausamen, idiotischen Narren, sagen. Er betrachtet sich selbst immer noch als kaputt und mangelhaft. Und er hat immer noch Angst, dass sein Mutismus unser Glück zerstören wird. Deshalb denke ich, dass er sich wieder von mir abwenden wird." Die Tränen, gegen die sie angekämpft hatte, begannen ihr über die Wangen zu rinnen. „Und dieses Mal wird er für immer für mich verloren sein."

„Oh, Liebling", sagte ihre Mutter, trat neben sie und nahm sie in die Arme. Charlotte klammerte sich einen Moment lang an sie. „Wenn es dir hilft... ich glaube, er liebt dich auch."

Charlotte schloss die Augen. Ewan liebte sie. Das war natürlich keine Überraschung. Ein Teil von ihr wusste das, hatte es vielleicht schon immer gewusst. „Und doch stößt er mich immer wieder weg", flüsterte sie.

„Hast du ihm gesagt, dass dies die letzte Chance ist, die du ihm bieten kannst?", fragte ihre Mutter, die sich jetzt von ihr löste, um Charlotte aufmerksam zu mustern. „Hast du ihm das ganz klar gesagt?"

„Ich habe ihn gebeten, eine Entscheidung zu treffen", antwortete Charlotte. „Und ich habe ihm gesagt, dass ich, wenn ich nach London zurückkehre, wieder in den Heiratsmarkt eintreten werde."

Ihre Mutter seufzte. „Das sollte genügen, aber manchmal brauchen Männer einen kleinen zusätzlichen ... Anstoß."

Charlotte dachte kurz darüber nach. „Vielleicht hast du recht. Ich habe ihm ein Geschenk gekauft. Der Ladenbesitzer in der Stadt sollte es heute hierher liefern, aber stattdessen hat er mich gebeten, es selbst abzuholen."

Die Miene der Duchess hellte sich auf. „Das ist eine ausgezeichnete Idee. Wir können gemeinsam in die Stadt fahren, um es abzuholen. Gib dir und Ewan etwas Freiraum. Lass ihn mit seiner Familie und mit deinem Bruder sprechen. Lass ihn einen Moment darüber nachdenken, was vor ihm liegt und was er verlieren könnte."

„Und dann, wenn ich zurückkomme...", setzte Charlotte den Gedanken ihrer Mutter fort. „Meinst du, ich sollte ihm mein Geschenk überreichen und ihn noch einmal bitten, eine gemeinsame Zukunft zuzulassen?"

Ihre Mutter nickte. „Ja, er ist ein guter Mann und passt gut zu dir. Ihr habt ein ähnliches Temperament, er bringt dich zum Lächeln und du scheinst ihn aufzuheitern. Mehr könnte sich eine Mutter für ihre Tochter nicht wünschen. Außerdem ist er reich wie Krösus und hat obendrein einen schönen Titel."

Charlotte legte den Kopf in den Nacken und lachte über die spießige Antwort ihrer Mutter. „Nun, da hast du recht. Es ist gut zu wissen, dass du immer noch scharf wie ein Schwert bist, wenn es darum geht, gute Partner für deine Kinder zu finden."

Ihre Mutter lächelte, aber Charlotte glaubte, einen Hauch von Sorge in ihrem Blick zu erkennen. „Ich will nur das Beste für dich", sagte sie. „Das ist alles, was ich je wollte. Wenn du glücklich sein kannst, während du das Beste hast, dann umso besser."

Charlotte wischte sich über die Augen und holte tief Luft. „Also gut, ich werde deinen Plan ausprobieren, Mama. Sollen wir dann in die Stadt fahren?"

„Ja", erwiderte ihre Mutter. „Ich hole meinen Mantel und dann fahren wir los."

Charlotte drückte die Hand ihrer Mutter, bevor die Duchess das Zimmer verließ, um ihre Sachen zu holen. Als sie allein war, ging Charlotte zum Fenster und blickte noch einmal auf das Meer hinaus. So unbeständig es auch war, es hatte etwas Schönes an sich. Eine Faszination, der man sich nicht entziehen konnte. Dasselbe galt für Ewan und das Risiko, das sie später am Tag eingehen würde, wenn sie ihn noch einmal um sein Herz bitten würde, das er so sorgsam hütete.

Sie hoffte nur, dass sie nicht wie die Wellen an den Felsen zerschellen würde.

Ewan war seit etwas mehr als einer Stunde mit seinen Gedanken allein, als sich die Tür seines Arbeitszimmers öffnete und Matthew und Baldwin eintraten. Er saß vor dem Kamin und sah mit einem leichten Kopfschütteln auf, bevor er nach dem Notizbuch auf dem Tisch neben ihm griff.

„Ihr habt länger gewartet, als ich dachte", schrieb er.

Matthew las laut vor, während Baldwin ihnen Drinks einschenkte. Er lachte. „Nun, das war wohl das Werk meiner Mutter. Sie dachte, du bräuchtest etwas Zeit zum Nachdenken, bevor wir in dein Arbeitszimmer einfallen."

Ewan nickte langsam und nahm das Notizbuch wieder an sich. Er schrieb: „Und sie wollte euch nicht begleiten?"

„Nein", meinte Baldwin und ließ sich seufzend gegenüber von Ewan nieder. „Ich glaube, sie dachte, dass wir dich einen Arsch oder Schlimmeres nennen würden, und wollte nicht, dass wir in ihrer Gegenwart auf unsere Ausdrucksweise achten mussten."

Ewan wandte sein Gesicht ab und blickte erneut in die Flammen, während er darauf wartete, dass die Schimpftirade begann. Stattdessen lehnte sich Baldwin vor, die Ellenbogen auf die Knie gestützt. Er berührte Ewans Arm und zwang ihn, ihm ins Gesicht zu blicken.

„Du liebst sie", sagte er leise.

Ewan nickte. Er konnte es nicht leugnen. Er wollte es auch gar nicht.

Matthew hob die Augenbrauen. „Schön, dass du es zugibst. Aber hast du die Absicht, sie wegzustoßen?"

Ewan kritzelte: „Nein! Das ist es ja gerade. Ich habe tatsächlich nicht die Absicht, sie zurückzuweisen. Nicht dieses Mal."

Sheffield sackte ein wenig in seinem Sessel zusammen, Erleichterung lag in seinem Gesicht. „Gott sei Dank. Ich habe nämlich wirklich keine Lust, dich im Morgengrauen aufzusuchen, weil du meiner Schwester das Herz gebrochen hast. Warum dann der Streit im Foyer? Warum hast du dich eine Stunde lang in deinem Arbeitszimmer verkrochen und geschmollt?"

Ewan blickte ihn an. Diesen Vorwurf konnte er wohl kaum leugnen. „Meine Brüder und meine Mutter zu sehen, hat starke Erinnerungen geweckt", gab er schreibend zu. „Es ist schwer, das nicht an mich heranzulassen."

Die Blicke seiner Freunde wurden deutlich nachsichtiger, und Ewan war froh, dass Baldwin als Erster das Wort ergriff. „Das kann ich mir vorstellen. Um ehrlich zu sein, hatte ich fast vergessen, wie furchtbar diese Leute sein können. Als ich das heute gesehen habe, hätte ich am liebsten jemandem die Faust ins Gesicht geschlagen."

„Was Charlotte mich gefragt hat, als wir uns im Foyer gestritten haben, war, warum ihre Liebe nicht stärker ist als der Hass meines Vaters." Ewan zögerte, bevor er weiterschrieb. „Das hat mich verletzt. Aber es hat mich deswegen verletzt, weil ich erkannt habe, dass es wahr ist. Ich habe mir mein ganzes Leben lang von seinen Worten und Taten diktieren lassen, was ich tue. Ich habe die letzte Stunde hier damit verbracht, darüber nachzudenken, was ich seinetwegen nicht getan oder weggeworfen habe. Und was ich jetzt deswegen zu tun gedenke."

„Und was gedenkst du zu tun?", fragte Matthew.

Er seufzte. „Ich gedenke ..." Er zögerte erneut, als er versuchte, die richtige Formulierung zu finden, „... zu leben. In aller Öffentlichkeit. Ich habe mich lange genug versteckt."

Matthew nickte. „Das mit dem Verstecken kann ich verstehen."

Ewan drückte den Arm seines Cousins. Keiner wusste besser über Verlust und Trauer Bescheid als Matthew. Nach dem Verlust seiner Verlobten hatte Ewan ihn durch so manche dunkle Nacht begleitet. Was einem der Tod raubte, war unwiederbringlich.

Doch das war bei dem, was Ewan erlebt hatte, nicht der Fall. Er hatte Charlotte schon einmal verloren, aber das Schicksal hatte sie zurückgebracht. Sie ein zweites Mal zurückzuweisen, wäre ... nun, es würde ihn zu genau dem Narren machen, für den sein Vater ihn gehalten hatte.

„Ich wollte Charlotte bitten, mich zu heiraten, als wir heute von unserem Besuch bei den Pächtern zurückgekehrt sind, um sie in meine Welt zu holen. Um hier zu leben, wo wir in Sicherheit sind. Doch jetzt ist mir klargeworden, dass ich ihr erlauben muss, mich in ihr Leben zu ziehen. In die Welt, die ich so lange gemieden habe." Ewan schrieb langsam und behielt Baldwin dabei im Auge. „Und wenn du einverstanden bist, Baldwin, habe ich noch immer die Absicht, das zu tun."

Matthew las das Geschriebene laut vor, und Baldwin begann zu lächeln. „Ich habe vor langer Zeit gelernt, dass meine Schwester in der Lage ist, ihre eigenen Entscheidungen zu treffen, ohne auch nur einen Gedanken an mich zu verschwenden. Aber wenn du meine Zustimmung brauchst, dann hast du sie. Aus tiefstem Herzen. Heirate meine Schwester."

„Ich fürchte, das ist eine sehr schlechte Idee."

Die Männer sprangen auf und stellten fest, dass die Tür zum Arbeitszimmer geöffnet worden war und die Duchess of Donburrow im Eingang stand. Smith drängte sich an ihr vorbei. Der Butler sah angespannt und aufgebracht aus, auch wenn er sich bemühte, einen gewissen Anstand zu wahren.

„Es tut mir so leid, Euer Gnaden, ich konnte sie nicht aufhalten", keuchte er.

Ewan winkte Smiths Entschuldigung ab. Sein Herz pochte, als er auf seine Mutter zuging und dann schrieb: „Was machst du hier? Wie kannst du es wagen, darüber zu urteilen, was ich tun oder nicht tun soll? Du hast dich schon vor langer Zeit aus meinem Leben zurückgezogen."

Sie zuckte zusammen, als sie die Worte las, und blickte dann wieder zu ihm auf. Normalerweise war sie völlig kalt, wenn sie ihn ansah. Doch jetzt war tatsächlich eine Emotion in ihren Augen zu sehen.

Angst.

Es fühlte sich an, als würden sich Finger um Ewans Herz schließen, als er diese Angst sah und überlegte, was die Ursache dafür sein könnte.

„Ich weiß, dass ich hier nichts zu suchen habe", sagte sie leise. „Aber ich musste zurückkehren. Du bist in Gefahr. In größerer Gefahr als du ahnst, wenn du Lady Portsmith heiraten willst. Oder überhaupt irgendjemanden."

Ewan warf seinen Freunden, die sich zu ihm gesellt und sich vor seine Mutter gestellt hatten, einen ratlosen Blick zu. Matthew legte den Kopf schief. „Was genau meint Ihr damit?"

Sie zuckte zusammen. „Es war kein Zufall, dass wir heute vor deiner Tür aufgetaucht sind, Ewan. Deine Brüder und ich sind nicht nur gekommen, weil wir auf einem nahegelegenen Anwesen waren. Das hat unser Kommen nur einfacher gemacht."

„Erklärt Euch, Madam", blaffte Baldwin. „Ihr sprecht in Rätseln."

Ewan nickte, genauso verwirrt und verärgert wie seine Freunde. Er war froh, dass sie genau das aussprachen, was er dachte.

„Das werde ich. Zumindest werde ich es versuchen." Sie zögerte, fast so, als ob sie nicht wusste, wie sie es sagen sollte. Dann seufzte sie. „Seit die Sache mit dem Titel vor drei Jahren geklärt wurde, hat Josiah … intrigiert."

„Intrigiert?", wiederholte Baldwin mit einem Kopfschütteln.

„Warum sollte Josiah intrigieren?“

Sie zitterte. „Sein Vater hat ihn Hass gelehrt. Er hat ihn Rache gelehrt. Er hat ihn Anspruchsdenken gelehrt. Das gewalttätige und grausame Verhalten des letzten Dukes hat mit deinem Auszug aus unserem Haus nicht aufgehört, Ewan. Der Mann hat einen Weg gefunden, uns alle für verschiedene Vergehen zu bestrafen.“

Ewan blinzelte. Er hatte Gerüchte über das schlechte Verhalten seines Vaters gegenüber den „guten“ Söhnen“ gehört. Er wusste, dass er sie misshandelt hatte. Aber er hatte sich nie Gedanken darüber gemacht, welche Folgen das nach sich ziehen könnte. Dass seine Brüder dadurch genauso geschädigt werden könnten wie er selbst. Er hatte sie immer alle als eine Einheit des Schreckens betrachtet, nicht als Individuen.

„Ihr sagtet, er intrigiert“, wiederholte Matthew ruhig. „Was genau hat Josiah vor?“

Sie schluckte schwer. „Josiahs schlimmste Impulse sind jetzt getrieben von Alkohol, Selbstmitleid und einer Gier nach dem, was ihm seiner Meinung nach genommen wurde.“

„Und was will er?“, schrieb Ewan, und seine Frustration darüber, dass sie um dieses Thema herumtänzelte, spiegelte sich in Matthews und Baldwins Gesichtern wider.

Sie wandte sich kurz ab. „Deinen … deinen Untergang“, flüsterte sie. „In Gedanken hat er dich schon ein Dutzend Mal ermordet. Ich habe sogar gehört, wie er darüber gesprochen hat.“

Matthew schreckte zurück. „Josiah will Ewan umbringen?“

„Dann würde der Titel auf ihn übergehen“, bestätigte die Duchess mit einem Nicken. „Dann wäre alles so geregelt, wie es seiner Meinung nach schon vor Jahren hätte sein sollen.“

„Und Ihr wusstet das und habt bis jetzt nichts gesagt?“ Baldwin brüllte geradezu. „Was für eine Mutter seid Ihr nur?“

Ihre Wangen glühten. „Ich habe gehört, wie er darüber gesprochen hat, wie er es mit seinem Bruder geplant hat, aber ich habe nie geglaubt, dass er es ernst meinte. Es waren nur leere Worte, das ist alles. Nur leere und ohnmächtige Wut.“ Sie schob sich an ihnen vorbei in den Raum. „Bis gestern. Er hat Spione in eurer Mitte, Ewan. Sie erstatten ihm seit Jahren Bericht über alles, was du tust."

„Spione?", unterbrach Smith sie und stürzte vor. „In diesem Haus?"

Sie schüttelte den Kopf. „Nein, Smith. Ihr habt gute Arbeit geleistet, um alle Diener zu vertreiben, die den Idealen meines Mannes gegenüber loyal sein könnten. Er hat andere Quellen. Das ist im Moment nicht wichtig. Eine dieser Quellen hat Josiah geschrieben, dass Lady Portsmith zu Besuch ist."

Ewan zuckte zusammen, als Charlottes Name in einer Geschichte auftauchte, die äußerst gefährlich und tödlich klang.

Seine Mutter sprach weiter. „Er hat deinem Bruder erzählt, dass du und Charlotte mehrere Tage lang allein auf dem Anwesen gewesen seid. Und als er euch später zusammen gesehen hat, hat diese Person vermutet, dass die Verbindung zwischen euch über eine bloße Freundschaft hinausgeht. Allein der Gedanke, dass es wahr sein könnte, hat Josiah rasend gemacht."

„Was soll das heißen?", kritzelte Ewan.

„Er hat seine Gemächer verwüstet, seinen Diener geschlagen, seine Wut war …" Sie erschauderte. „Es war entsetzlich. Schlimmer noch als dein Vater an seinen schlimmsten Tagen. Es wurde klar, dass seine Pläne, dir etwas anzutun, nicht mehr nur Hirngespinste waren."

„Aber warum sollte Charlotte und ihre Beziehung zu Ewan Josiah dazu motivieren?", fragte Matthew.

„Es geht um das Erbe", flüsterte sie. „Wenn Ewan heiraten und einen Erben zeugen würde, dann würde der Titel an sein Kind übergehen. Und Josiah hätte keine Chance mehr darauf."

Ewan taumelte einen großen Schritt von seiner Mutter weg. Als ob er durch seine Distanzierung ihre schrecklichen Worte vergessen könnte.

„Also musste er seine Pläne, die bis dahin nur vage waren, konkretisieren, bevor es zu spät war." Seine Hände zitterten, als er diese Worte schrieb.

Sie nickte. „Ja. Er hat darauf bestanden, dass wir alle hierherreisen, Feiertage hin oder her. Er musste sich selbst ein Bild machen, und wenn er das Gefühl hatte, dass das Gerücht wahr war, musste er entscheiden, was er dagegen tun wollte."

„Das hat er also gemeint, als er vorhin gesagt hat, er habe genug gesehen", überlegte Baldwin. „Er hat die Verbindung zwischen dir und Charlotte mit eigenen Augen gesehen. Die Berichte, die er erhalten hat, haben sich bestätigt."

„Auf dem ganzen Weg zurück in die Stadt hat er davon erzählt, was er tun würde. Wie er eure Welt zerstören würde." Die Duchess bedeckte ihr Gesicht mit den Händen. „Wie er dich zerstören würde. Ich weiß, dass ich dir keine Mutter gewesen bin, Ewan. Ich hatte keine Ahnung, wie ich es sein sollte. Aber die Vorstellung, dass er dich ermorden könnte …" Sie nahm ihre Finger weg und sah ihn an. „Ich konnte nicht … ich konnte nicht …"

Ewan wandte sich ab und schritt zum Fenster. Die ganze Wahrheit ihrer Worte überflutete ihn, und ihm drehte sich der Magen um. So weit war es also gekommen. Der Hass seines Vaters hatte Männer hervorgebracht, die er eigentlich Brüder hätte nennen sollen. Jetzt wollte mindestens einer von ihnen seinen Tod.

„Er will mich also ermorden", schrieb er und reichte Matthew das Notizbuch, damit er es der Duchess of Donburrow vorlesen konnte.

Sie drückte ihre Augen zu. „Ich weiß es nicht. Ich vermute es aber. Er ist zu diesem schrecklichen Mr. Griffin gegangen, sobald er mich im Gasthaus abgesetzt hatte, und Roger ist ihm mitgekommen."

„Mr. Griffin?", meldete Smith sich von der Tür aus zu Wort. „Der … der Ladenbesitzer im Dorf?"

Die Duchess schürzte die Lippen, verärgert darüber, dass er ihre kleine Geschichte unterbrochen hatte. „Ja", sagte sie schnippisch. „Griffin ist Josiahs Spion."

Zu Ewans Überraschung wich die Farbe aus Smiths Gesicht, er taumelte und stützte sich am Türpfosten ab.

„Was ist los?", fragte Matthew und ging auf den Butler zu.

Smith schluckte. „Euer Gnaden, Lady Portsmith und ihre Mutter sind vor fast einer Stunde in die Stadt aufgebrochen. Sie hatte ... sie wollte etwas abholen. Aus Mr. Griffins Laden."

~

Charlotte stieg aus der Kutsche und wartete darauf, dass ihre Mutter ihr folgte. Mit einem Lächeln sah sie sich im Dorf Donburrow um. Ihre Mutter hatte recht gehabt. Es war die richtige Entscheidung gewesen, das Anwesen zu verlassen. Ein wenig Abstand machte sie sicherer denn je in dem, was sie heute Abend für Ewan zu tun gedachte. Was sie ihm sagen wollte.

Sie brauchte nur noch das silberne Notizbuch, um ihr Vorhaben in die Tat umzusetzen.

„*Griffins Emporium*", las ihre Mutter mit einem Kopfschütteln. „Meine Güte, er hält wirklich viel von sich."

Charlotte verdrehte die Augen. „Dieser Mann ist schrecklich", flüsterte sie, als sie sich bei ihrer Mutter unterhakte und auf den Laden zuging. „Du hast ja keine Ahnung, Mama. Ewan hat mir Sachen erzählt... Wenn ich dies gewusst hätte, hätte ich nie etwas bei ihm gekauft."

Als sie den Laden betraten, kündigte die kleine Glocke an der Tür ihre Ankunft an. Charlotte sah sich um und war überrascht, dass der Laden leer war. Natürlich, es war ja Feiertag.

„Er hat aber ein paar schöne Dinge", sagte ihre Mutter, löste sich von ihr und betrachtete eine Haube hinter der Auslage.

Während sie dies tat, tauchte Griffin aus dem hinteren Teil des Ladens auf. Als er sich ihr näherte, bemerkte Charlotte, dass er sehr blass wirkte. Und als er sie ansah, stellte sie fest, dass der selbstbewusste und schmierige Ausdruck, den er ihr am Vortag gezeigt hatte, verschwunden war. Er wirkte nervös, als er an den Tresen trat.

„Lady Portsmith", sagte er und blickte über seine Schulter. „Ihr kommt wegen Eurer Bestellung, nehme ich an."

Sie nickte. „Ganz genau, Mr. Griffin. Wie schade, dass es nicht wie ursprünglich besprochen geliefert werden konnte."

Er verlagerte sein Gewicht. „Äh, ja. Das tut mir auch leid. Der Junge hat sich geweigert, an den Feiertagen zu arbeiten, und es kamen einige Dinge dazwischen, die nicht vorhersehbar waren."

„Nun, das macht nichts", sagte sie und bemühte sich um einen lässigen Tonfall. „Die Fahrt in die Stadt hat mir nichts ausgemacht, und meine Mutter wollte sich Eure Waren ansehen."

Griffins Blick huschte zur Duchess und er wurde noch blasser. „Oh, ich wusste nicht, dass Ihr in Begleitung kommen würdet. Natürlich, seid Ihr hier willkommen, Mylady."

„Euer Gnaden", korrigierte Charlotte in einem hochmütigen Ton, den sie nur selten anschlug. Niemand hatte ihn mehr verdient als dieser Bastard. „Meine Mutter ist die Duchess of Sheffield."

Griffin schien leicht auf seinen Füßen zu schwanken und murmelte etwas vor sich hin, bevor er seine Fassung wiederzuerlangen schien. „Herzlich willkommen in meinem Laden, Euer Gnaden", rief er.

Ihre Mutter winkte ihm mit einer Hand zu, und Charlotte räusperte sich. „Also, was ist mit meiner Bestellung?"

Er warf noch einmal einen Blick auf Charlottes Mutter, dann sagte er: „Er ist hinten. Kommt Ihr mit, um ihn Euch anzusehen?"

Charlotte runzelte verwirrt die Stirn. „Mit nach hinten?", wiederholte sie.

Sie glaubte nicht, dass sie schon einmal in den hinteren Bereich eines Ladens gegangen war, es sei denn sie sollte in einer Schneiderei vermessen werden.

Er nickte. „Dort bewahre ich meine Gravurwerkzeuge auf. Falls Ihr noch etwas zu dem Text hinzufügen möchtet, ist es dort einfacher."

Sie zuckte mit den Schultern. „Ich denke, das ergibt Sinn. Mama, ich werde Mr. Griffin nach hinten begleiten. Es wird nicht lange dauern."

Ihre Mutter lächelte sie an. „Sehr gut, meine Liebe. Lass dir Zeit, ich sehe mir inzwischen Mr. Griffins Bücherauswahl an."

Mr. Griffin warf der Duchess ein knappes Lächeln zu und wies Charlotte dann den Weg in den hinteren Teil seines Ladens. Sie folgte ihm durch einen kleinen Raum im hinteren Teil in einen dunklen, staubigen Gang. Sie zögerte ein wenig, denn dieses ganze Unterfangen erschien ihr irgendwie … merkwürdig.

„Nur noch ein Stückchen weiter", sagte er und lächelte sie an, als hätte er ihre Unruhe bemerkt. „Durch diese Tür."

Er wies auf eine Tür am anderen Ende des Flurs. Sie folgte ihm, als er sie öffnete und sie in einen kleinen Raum führte. Es war offensichtlich eine Art Lagerraum, dunkel und schmuddelig, nicht der Ort, an dem man komplizierte Gravuren anfertigen würde.

„Was soll das?", fragte Charlotte und wich an die Tür zurück.

Mr. Griffin antwortete nicht, sondern lächelte sie nervös an. Ihr Herz machte einen Sprung und sie drehte sich um, um den Raum zu verlassen, stellte jedoch fest, dass die beiden nicht allein waren. Hinter ihr stand Josiah, Ewans Bruder und schloss die Tür. In seinem Gesicht lag derselbe Hass und dieselbe Feindseligkeit, die sie schon bei seiner Begegnung mit Ewan darin gesehen hatte. Es war erschreckend.

„Was macht Ihr hier?", fragte sie und hasste es, dass ihre Stimme zitterte.

Er ignorierte sie und funkelte Griffin wütend an. „Warum ist nur sie hier? Wo zum Teufel ist mein Bruder?"

Griffin zuckte die Achseln. „Ich habe angenommen, dass sie zusammen kommen würden, als ich ihr die Nachricht geschickt habe, wie Ihr verlangt habt. Aber es ist nur sie gekommen … und ihre Mutter."

„Mama!", schrie Charlotte und stürmte zur Tür.

Josiah verdrehte die Augen, packte sie um die Taille und zog sie zurück in den Raum, während er ihr eine Hand auf den Mund presste. Sie wehrte sich gegen ihn, aber er war groß – nicht so groß wie Ewan, aber viel größer und stärker als sie selbst.

„Halt die Klappe", knurrte er. „Hier hinten kann dich deine Mutter sowieso nicht hören. Also halt die Klappe."

Sie starrte ihn über die Hand auf ihrem Mund hinweg an, und er starrte zurück.

„Das ist eine Zwickmühle, Mylord", sagte Mr. Griffin und rieb sich die Hände. „Was ist mit der Duchess?"

„Das wird alles sehr kompliziert", pflichtete Josiah ihm bei. „Ich kann keine tote Duchess gebrauchen, bei all dem, was ich zu tun habe. Aber wie werde ich sie sonst los?"

Charlotte begann sich zu wehren, als ihr die Bedeutung seiner Worte bewusst wurden. *Tot. Kompliziert.* Er wollte ihr wehtun. Er wollte Ewan wehtun.

Und wenn sie nicht aufpasste, auch ihrer Mutter.

„Ich sagte *Stopp!*", knurrte Josiah, packte sie an den Haaren und riss so fest daran, dass ihr Kopf schmerzhaft nach hinten kippte. „Oder ich breche dir auf der Stelle das Genick."

Charlotte hörte auf, sich zu wehren, als sie in sein verzogenes, hässliches Gesicht blickte. Sie hatte keine Ahnung, wie er so geworden war. Und sie wollte es auch nicht wissen. Sie wollte einfach nur leben.

Sie holte ein paar Mal tief Luft und sagte gegen seine Finger: „Ich werde nicht schreien."

Er starrte sie an und ließ seine Hand sinken. „Das würde ich dir auch raten."

„Ihr müsst meiner Mutter nicht … wehtun", flüsterte sie und versuchte, nicht zu weinen. Sie war sich sicher, dass es einem Mann wie ihm gefallen würde, wenn sie weinte er. Dadurch würde er möglicherweise noch wilder werden und sich nehmen, was er wollte.

„Zwing mich nicht dazu", drohte Josiah, wobei sich sein Griff um ihren Arm schmerzhaft verstärkte. „Jetzt lass mich nachdenken."

Sie schluckte und sah Mr. Griffin an. Sie wusste, dass sie ihn mit ihrem Blick regelrecht erdolchte. Er erwiderte ihren Blick und drehte sich um. „Gibt es einen Hintereingang, du feiger Bastard?"

Er zuckte zusammen, und Josiah musste tatsächlich lachen. „Du hast Feuer in dir. Kein Wunder, dass dieser Idiot dich mag."

„Ja", sagte Griffin und verzog das Gesicht. „Gleich rechts im Flur ist ein Eingang, wo ich Lieferungen entgegennehme."

Josiah schürzte die Lippen. „Na schön. Ich gehe um den Laden herum und lasse meine Kutsche zum Hintereingang bringen."

Er drückte Charlotte mit einer solchen Wucht auf einen Stuhl, dass ihre Zähne aufeinander knallten, dann griff er in seine Tasche und holte eine Pistole heraus. Entsetzt sah sie zu, wie er sie Griffin übergab.

„Richte sie auf ihren Kopf", befahl er. „Und wenn sie versucht zu fliehen, verpass ihr ihr eine Kugel."

Mit zitternden Händen nahm Griffin die Waffe und richtete sie auf Charlotte, während Josiah hinauseilte. Als sie allein waren, konzentrierte sich Charlotte ganz auf Griffin.

„Ihr müsst das nicht tun", sagte sie leise.

Er bewegte sich und sie zuckte zusammen, denn er zitterte so stark, dass sie befürchtete, er könnte sie versehentlich erschießen. „Er hat mir Dinge versprochen … wenn er Duke ist", sagte er.

„Glaubt Ihr denn wirklich, dass er Duke werden wird?", fragte sie und warf einen Blick zur Tür, während sie sich fragte, wie viel Zeit ihnen noch blieb. „Er wird von Rache und Habgier getrieben, Mr. Griffin. Er ist wild und hat nicht einmal einen richtigen Plan."

Griffin schien darüber nachzudenken. „Aber ich hänge schon in dieser Sache mit drin, Mylady."

„Er könnte mich umbringen", sagte sie. „Und irgendwann wird alles ans Licht kommen. Ihr könnt in diesem Stück ein Schurke sein und mit diesem Mann untergehen. Oder Ihr könnt ein Held sein. Es ist noch nicht zu spät. Ihr könnt noch helfen."

Er starrte die Tür an, eine Sekunde verging, dann zwei, und sie hielt den Atem an.

„Wie?", fragte er leise, und ihr Herz machte einen Sprung, als sie anfing, ihm einen Ausweg zu erklären.

KAPITEL 19

Ewan stürmte durch die Tür von *Griffins Emporium*, dicht gefolgt von Matthew und Baldwin, und suchte den Laden nach Charlotte ab. Sie war nirgends zu sehen, dafür aber die Duchess of Sheffield, die sich mit dem Besitzer stritt.

„Das ergibt keinen Sinn, Mr. Griffin", sagte sie, die Hände zu Fäusten geballt. „Ich warte schon seit einer Dreiviertelstunde!"

Ewan stürmte vor und schob dabei die Auslagen beiseite. Griffins Augen weiteten sich, und er taumelte zurück und stieß gegen die Regale hinter der Theke. Die Duchess drehte sich um und erschrak.

„Was ist hier los?", fragte sie.

Ewan ignorierte sie und zog das Notizbuch aus seiner Hosentasche. Er schrieb: „Wo ist Charlotte?"

Er warf den Block Griffin zu, der stammelnd vorlas. „Euer Gnaden, Euer Gnaden ..."

„Wo ist meine Schwester?", wiederholte Baldwin donnernd, wobei seine Stimme den Laden erschütterte.

„Das würde mich auch interessieren", sagte die Duchess. „Sie sind vor fast fünfundvierzig Minuten nach hinten gegangen, um ein Geschenk zu holen. Dann ist dieser Mann ohne Charlotte zurückgekommen. Er hat versucht, mir weiszumachen, sie sei hinten hinausgegangen, um noch weitere Besorgungen zu machen, was absolut lächerlich ist."

Griffin hob die Hände, nun umgeben von drei Dukes, deren Wut unübersehbar war. „Ich … er hat mich gezwungen, Euer Gnaden. Er hat mich gezwungen."

Fast wäre Ewan zusammengebrochen. Er hatte gehofft, dass seine Mutter sich irrte, was Josias wilde Wut betraf. Dass er Charlotte und ihre Mutter bei einem friedlichen Einkaufen antreffen würde, wenn er in die Stadt ritt. Dass sie verwirrt sein würde, wenn er auf sie zuging und er sie umarmen und ihr schwören würde, sie nie wieder loszulassen.

Aber jetzt konnte man an Griffins Gesicht ablesen, dass all seine schlimmsten Albträume wahr geworden waren.

„Josiah hat sie mitgenommen", sagte Matthew, der wahrscheinlich der ruhigste von den dreien war.

„Josiah? Ewans Bruder?", rief die Duchess. „Sie mitgenommen – wovon redest du?"

Baldwin fasste sie am Arm und führte sie sanft weg, um ihr zu erklären, was hier vor sich ging. Dabei beugte sich Matthew zu Griffin hinunter. „Du sagst uns jetzt sofort die Wahrheit!"

Hinter ihnen stieß die Duchess von Sheffield einen entsetzten Schrei aus, der an ein verletztes Tier erinnerte. Ewan zuckte zusammen, als sie sich schluchzend an ihren Sohn klammerte. „Nicht meine Tochter! Du darfst nicht zulassen, dass er Charlotte etwas antut!"

Griffin öffnete seinen Mund wie ein Fisch auf dem Trockenen, dann stieß er hervor: „Er ist verrückt, Euer Gnaden. Wie ein wilder Hund. Ich wusste nicht, dass er jemanden umbringen wollte. Ich schwöre Euch, ich wusste es nicht!"

Daraufhin weinte die Duchess nur noch bitterlicher, und ihr Schluchzen erfüllte den Raum. Ewan schlug mit den Händen so fest auf die Glasscheibe, dass sie zersprangen. Es schien, als hätte er seinen Standpunkt klargemacht, ohne etwas schreiben zu müssen, denn Griffin quiekte wie das in die Enge getriebene Schwein, das er war.

„Sie wollte nicht, dass er ihrer Mutter wehtut", schluchzte er fast. „Also hat sie ihn überredet, sie woanders hinzubringen."

„Wohin?", schrie Baldwin, der immer noch seine Mutter stützte.

„Die Jagdhütte auf dem Hügel", würgte Griffin hervor. „Sie hat ihn überredet, sie dorthin zu bringen."

Ewan schüttelte den Kopf. Sie hatte ihn davon überzeugt, um ihre Mutter zu schützen – und vielleicht, um Ewan die Oberhand zu verschaffen. Immerhin war in der Hütte in letzter Zeit viel los gewesen, und die Pächter waren dortgeblieben, solange die Gefahr einer Überschwemmung bestanden hatte. Deshalb war er gerade dort gewesen, während sein Bruder diesen Ort seit ... Jahren nicht mehr besucht hatte. Sogar seit Jahrzehnten, würde Ewan wetten.

Er atmete tief ein und wandte sich an seine Freunde. Er kritzelte: „Jemand muss die Duchess zurück zum Anwesen bringen."

Matthew trat vor und löste Baldwin sanft ab. „Ich werde sie hinbringen", sagte er leise. „Ihr Bruder sollte bei dir sein, Ewan."

Ewan drehte sich zu Griffin um und schrieb: „Und du. Wenn ich später hierher zurückkomme und du immer noch in meinem Dorf bist, werde ich dafür sorgen, dass du für die Rolle, die du in dieser Sache gespielt hast, sehr leiden musst."

Griffin schluckte und nickte ruckartig.

Ewan gab Baldwin ein Zeichen, und sie stiegen auf ihre Pferde und preschten in Richtung des Jagdhauses davon, das gleich hinter der Brücke auf einem hohen Hügel lag. Er konnte nur hoffen, dass sie nicht zu spät kamen.

Charlotte zuckte zusammen, als Roger ihre Hände mit verschränkten Fingern fesselte. Er hatte in der Kutsche gewartet, als Josiah sie eine halbe Stunde zuvor aus dem Laden geschleift hatte. Während Josiah die ganze Zeit geplappert und ihr gedroht hatte, hatte Roger auf der langen Fahrt den Hügel hinauf zum Jagdhaus geschwiegen. Da hatte sie noch Hoffnung gehabt, aber sobald sie angekommen waren, hatte er alles getan, was Josiah ihm befohlen hatte. Er hatte sie sogar an einen Stuhl gefesselt und ihr die Hände zusammengebunden.

Sie musterte ihn prüfend, während er sich vorbeugte, um seinem Befehl nachzukommen. Roger sah nicht ganz so wahnsinnig aus wie sein älterer Bruder. Natürlich hatte er auch nie die Illusion gehabt, dass der Titel ihm gehörte. Das könnte sich zu ihren Gunsten auswirken, wenn sie es richtig anstellte.

Wenn sie ihn überzeugen konnte, nicht alles zu tun, was man ihm sagte.

„Du musst nicht sein Lakai sein", sagte sie leise.

Roger drehte sein Gesicht und zog die Seile so fest, dass sie in ihre Haut einschnitten. Sie holte tief Luft und funkelte Josiah an, der jetzt grinste.

„Ich will nicht, dass du mit Ewan sprichst", sagte er, „in eurer kleinen Geheimsprache." Er schüttelte angewidert den Kopf. „Du warst eine Lady. Was ist nur in dich gefahren, dass du so viel Zeit in einen Dummkopf wie ihn investierst?"

Sie hielt seinem Blick stand, während sie versuchte, sich zu beruhigen und zu sprechen. „Das wird dein Untergang sein. Dass du sein Schweigen als Zeichen dafür wertest, dass er nicht klüger ist als du. Dass er nicht stärker ist. Dass er dir nicht in jeder Hinsicht überlegen ist."

Josiah ging einen Schritt vorwärts, seine Hände zitterten. Er kniff ihr in die Wange und drückte so fest zu, bis ihr Kiefer schmerzte. „Halt dein verdammtes Maul", knurrte er. „Oder ich überlege mir etwas anderes, was du damit machen kannst, bevor ich dich umbringe."

Charlotte erschauderte, denn die Bedeutung war mehr als klar. Sie presste die Lippen aufeinander, als er wegging, um das Feuer zu schüren, das er bei ihrer Ankunft entfacht hatte. Sie musste nachdenken. Sie brauchte einen Plan.

Sie konnte Ewan kein Zeichen geben, wenn er kam, und sie machte sich keine Illusionen, dass er nicht kommen würde. Josiah hatte nur wenige Minuten zuvor eine Nachricht zum Haus hinaufgeschickt. In einer Stunde etwa würde Ewan den Weg heraufdonnern.

Und direkt in einen Albtraum laufen.

Sie bewegte sich, versuchte ihre Fesseln zu lösen, aber Roger hatte sie zu fest gezurrt. „Kneble sie", sagte Josiah.

„Nein, warte", keuchte sie. „Du willst doch nicht, dass ich ihm ein Zeichen gebe, oder?"

Er starrte sie an, stumm und mit ausdruckslosen Augen. „Kneble sie", wiederholte er.

„Nein!", schrie Charlotte und drehte den Kopf, als Roger mit einem schmutzigen Stoffstreifen auf sie zukam und ihn ihr in den Mund stopfte. „Hör mir zu, verdammt nochmal. Wenn du ihm wirklich wehtun willst, dann hör zu!"

Josiah richtete sich auf und hob eine Hand, um seinen Bruder aufzuhalten. Er ging auf sie zu und musterte sie. „*Du* willst ihm wehtun?"

„Natürlich nicht", keuchte sie und blickte zu ihm auf. „Aber ihr wollt es. Und um das zu tun, müsst ihr mit ihm kommunizieren. Dazu habt ihr zwei Möglichkeiten. Ihr könnt ihn alles in sein Notizbuch schreiben lassen."

Josiah gab einen angewiderten Laut von sich. „Gott, dieses Notizbuch. Schreiben, schreiben, schreiben. Nein."

„Dann ist die einzige andere Möglichkeit, ihn in Zeichensprache kommunizieren und mich übersetzen zu lassen." Sie schluckte. Sie hasste das. Alles. „Ihr wollt seinen Schmerz hören, nicht wahr? Nun, dafür braucht ihr mich als Sprachrohr."

Charlotte hielt den Atem an, während sie auf seine Entscheidung wartete. Sie konnte nur hoffen, dass er zu dem Schluss kommen würde, dass es besser war, sie nicht zu knebeln. Sonst hatte sie keine Chance, Ewan mitzuteilen, was er wissen musste. Um ihm zu helfen, die Sache durchzustehen und sie beide lebend hier herauszuholen.

„Es ist riskant", überlegte Josiah. Er sah seinen Bruder an, aber sie konnte sehen, dass es ihm egal war, was Roger dachte. Der Jüngste von ihnen war in diesem Spiel genauso ein Spielball wie Griffin es gewesen war. Sie fragte sich, ob er das wusste.

Auf jeden Fall sah Roger nicht sonderlich glücklich aus.

„Es wäre allerdings nützlich, mit diesem Idioten kommunizieren zu können." Josiah rieb sich das Kinn, während er darüber nachdachte. „Roger wird die ganze Zeit neben dir stehen, Charlotte. Wenn du eine Dummheit begehst, werde ich ihm den Befehl erteilen, dir eine Kugel in den Schädel zu jagen."

Roger wich zurück und schüttelte den Kopf. „Ich werde sie nicht erschießen."

Josiah hob den Blick und verzog das Gesicht. „Was?"

„Ich habe gesagt, ich würde dir mit Ewan helfen", sagte Roger und verschränkte die Arme. „Davon, sie umzubringen, war nie die Rede."

„Du Feigling!", spottete Josiah, während er sich drohend auf Roger zubewegte. Charlotte hielt den Atem an. Wenn sie kämpften, würde sich die Situation vielleicht von selbst regeln, noch bevor Ewan eintraf.

Doch gerade als Josiah sich auf Roger stürzen wollte, rief der jüngere Mann: „Ein Reiter!"

Josiah drehte sich zum Fenster um, das die Vorderseite des Hauses überblickte, und unterdrückte einen Fluch. „Verdammte Scheiße, das sieht aus wie Ewan. Was macht er denn schon hier? Meine Nachricht sollte ihn doch noch gar nicht erreicht haben!"

Charlotte spannte sich auf ihrem Stuhl an und versuchte, den Reiter zu sehen. Sie erhaschte nur einen flüchtigen Blick auf ihn, wusste aber sofort, dass es tatsächlich Ewan war. Das bedeutete, dass er nach ihr gesucht hatte, wahrscheinlich im Laden, und dass Griffin die Wahrheit über ihren Aufenthaltsort gesagt hatte. Sie war hin- und hergerissen zwischen Erleichterung und Entsetzen.

Erleichterung, weil er hier war und sie retten wollte. Entsetzen, weil Josiah so unberechenbar war, dass diese Änderung seiner Pläne dazu führen könnte, dass er Ewan einfach erschießen würde, sobald er ihn sah.

Sie bewegte sich auf ihrem Stuhl, sodass die Stuhlbeine quietschend über den Holzboden schleiften. Das lenkte Josiahs Aufmerksamkeit auf sie, genau wie sie gehofft hatte, und er kam auf sie zu, die Waffe auf ihre Stirn gerichtet.

Sie kniff die Augen zu, als er den Lauf direkt an ihre Stirn presste. „Das ist eine Pistole mit zwei Kugeln, Mylady. Eine für dich, eine für ihn. Zwing mich nicht, die erste zu benutzen, bevor er überhaupt am Spaß teilhaben kann."

Sie schüttelte den Kopf. „Das werde ich nicht."

„Öffne unserem Bruder die Tür, Roger", rief Josiah über seine Schulter, ohne den Blick von Charlotte abzuwenden. „Lade ihn zu unserer Party ein."

Ewan schwang sich langsam von seinem Pferd, ohne den Blick vom Jagdhaus abzuwenden. Es war ein schönes Haus, vor vier Generationen erbaut. Er hatte es immer sehr gemocht. Als kleiner Junge hatte er sich immer hier versteckt, wenn sein Vater die Familie aufs Land geschleppt hatte.

Doch als er es jetzt betrachtete, spürte er einfach nur Angst. Wenn Charlotte da drin war, war sie vielleicht schon tot. Und wenn sie es nicht war, hatte er keine Ahnung, wie er sie vorfinden würde oder was der Verrat seines Bruders nach sich ziehen würde. Josiah hätte Charlotte auf so viele Arten verletzen können, und ihm schmerzte das Herz bei dem Gedanken, sie nicht retten zu können.

Als sich die Tür öffnete, stand Roger davor und zielte mit einer Pistole auf Ewan. „Komm rein. Ganz langsam", sagte er.

Ewan hob die Hände, um zu zeigen, dass er keine Waffe hatte, zumindest keine, an die er leicht herankommen konnte. Er ging die Treppe hinauf, den Blick auf Roger gerichtet. Bei dem Anblick, der sich ihm bot, drohten seine Knie, unter ihm nachzugeben. Charlotte war in der Mitte des Raumes an einen Holzstuhl gefesselt. Neben ihr stand Josiah und hielt ihr eine Waffe an die Schläfe. Ihre Hände waren zusammengebunden. Er konnte die rosa Streifen auf ihrer Haut sehen, an denen das Seil in ihr Fleisch schnitt.

Aber sie war am Leben und schien unverletzt zu sein, und als sie ihn ansah, schluchzte sie.

„Soll ich ihn durchsuchen?", fragte Roger.

Josiah drückte die Waffe noch fester an ihre Schläfe, sodass ihre Haut um den Lauf herum weiß wurde. „Nicht nötig. Er wird keine Waffe ziehen. Er weiß, was passiert, wenn er das tut. Nicht wahr, du Narr?"

Ewan hob sein Kinn leicht an und nickte. „Dein Bruder kommt hinten herum", gab er Charlotte in Zeichensprache zu verstehen. „Und Matthew wird bald mit der Wache kommen."

Sie nickte, doch ihr Gesicht zeigte weder Erleichterung noch Angst noch etwas anderes. Es war vollkommen ausdruckslos und undurchschaubar, ruhig im Angesicht eines schrecklichen Sturms. Sie sagte: „Er hat sich nach meinem Wohlbefinden erkundigt. Mir geht es gut, Ewan. Ich bin nicht verletzt."

„Noch nicht", korrigierte Josiah grinsend.

Ewan zuckte zusammen, denn in diesem Moment sah sein Bruder genauso aus wie ihr Vater. Er hatte dasselbe grausame Lächeln auf den Lippen, denselben Funken Wut in den Augen. Der Anblick transportierte Ewan fast zurück in eine längst vergangene Zeit, in der er keine Macht gehabt hatte. Fast. Doch Charlotte beruhigte ihn mit ihrer Anwesenheit.

„Noch ist das alles Zukunftsmusik, wie du siehst." Josiah grinste. „Also, willkommen in der Hölle, Ewan."

Ewan starrte seinen Bruder an. „Er lässt dich also übersetzen?", gebärdete er.

„Ewan will wissen, was hier los ist", log sie. Sie hielt ihren Blick fest auf Ewans Augen gerichtet. Die Botschaft in ihren Augen war klar.

„Sehr gut", gebärdete Ewan. „Ich werde mit ihm sprechen und du bist meine Stimme. Wir werden ihn so lange wie möglich hinhalten."

„Er fragt, was du willst", sagte Charlotte.

„Ich habe keine Ahnung, welche geheimen kleinen Botschaften du mit der Liebe deines Lebens austauschst", sagte Josiah. „Aber ich nehme an, dass du dich das tatsächlich fragst. Du willst wissen, was ich will?"

Ewan nickte.

„Du weißt, was ich will", zischte Josiah. „Du weißt, was mir gehört."

Ewan richtete seine ganze Aufmerksamkeit auf Josiah und gebärdete: „Den Titel."

Als Charlotte übersetzt hatte, grinste Josiah. „*Meinen* Titel", korrigierte er. „Es war schon immer *mein* verdammter Titel."

Ewan atmete aus und versuchte, sich in Erinnerung zu rufen, was dieser Mann als Kind durchgemacht hatte. Er versuchte, eher an den Schmerz in seinem Herzen zu appellieren als an den Hass. „Das ist es, was Vater dir gesagt hat", gebärdete er. „Was er dich durch seine Gewalt zu glauben gelehrt hat. Dass du ein Recht darauf hättest. Dass ich versucht hätte, dir den Titel zu stehlen."

„Ja."

Ewan sah Roger an. „Und was ist mit dir? Was hat er dir gesagt?"

Roger schien verwirrt zu sein, in ihr Gespräch einbezogen zu werden, aber er sagte langsam: „Er … er hat mir gesagt, dass du ein Usurpator bist. Dass es meine Aufgabe sei, meinem Bruder zu helfen, sich das zu holen, was ihm gehört."

„Und was genau gehört *dir*?", fragte Ewan und sah Roger in die Augen, während Charlotte übersetzte.

Roger schluckte und die Antwort huschte über sein Gesicht. „Nichts", gab er leise zu.

„Genug", schnauzte Josiah, griff nach Charlottes Haar und riss ihren Kopf nach hinten. „Das geht nur dich und mich etwas an."

„Ganz genau", gebärdete Ewan mit einem Nicken. „Dich und mich. Du solltest weder Roger noch Charlotte da hineinziehen. Lass die beiden gehen, und es kann zwischen dir und mir bleiben."

Charlotte zögerte. „Nein", sagte sie, mehr zu ihm als zu den anderen. „Nein, das werde ich nicht zulassen."

Er legte den Kopf schief und gebärdete: „Und ich werde nicht zulassen, dass du dich für mich opferst."

„Sag mir, was er gesagt hat!", brüllte Josiah und stürzte sich auf Charlotte. Sein Handrücken traf ihr Gesicht, und Ewan sprang nach vorne, als sie sich mit einem Schmerzensschrei abwandte. Ihre Wange färbte sich sofort rot.

Langsam wiederholte sie, was Ewan gesagt hatte, und ihre Augen füllten sich mit Tränen, die, wie er glaubte, eher seinetwegen flossen und nicht wegen ihrem eigenen Schmerz oder ihrer Angst. Denn sie war Charlotte, und sie liebte ihn wie niemand sonst ihn je geliebt hatte.

„Ich werde sie nicht gehen lassen", spottete Josiah. „Das Problem betrifft jetzt euch beide. Ein Kind, selbst ein uneheliches, könnte meine Pläne zunichtemachen, wenn sie dafür kämpft. Und das würde sie, nicht wahr?" Er richtete seinen Blick auf sie. „Weil du ihn so sehr, so sehr liebst."

„Allerdings, das tue ich", gab sie zu. „Hat dich noch nie jemand geliebt?"

Ewan sah, wie sich das Gesicht seines Bruders zu einer Maske aus Schmerz und noch mehr Wut verzog. Er wünschte sich, er könnte schreien, wie er es in seinem ganzen Leben noch nie getan hatte, um ihr zu sagen, dass sie aufhören sollte. Sie war dabei, in ein Hornissennest zu fassen, und wenn sie nicht aufpasste, würde sie tot sein, bevor er etwas tun konnte.

„Dieser Mann, dieser Duke, dieser Bastard, der euch alle gezeugt hat", fuhr sie leise, fast schon sanft fort. „Er hat euch beigebracht, euch gegenseitig zu hassen. Zu konkurrieren. Euch gegenseitig zu zerstören. Aber hat er euch jemals beigebracht, zu lieben? Oder zu akzeptieren? Zu vergeben?" Sie schluckte. „Du hättest es verdient, genauso wie Ewan. Vielleicht ist das, was du wirklich an ihm hasst, dass er aus dem Haus geflohen ist und du es nicht konntest. Dass er die Liebe bekommen hat, die du dir so sehr gewünscht hast."

„Hör auf", gebärdete Ewan verzweifelt. „Sieh dir sein Gesicht an, Charlotte. Hör auf!"

Sie ignorierte ihn. „Du hast noch Zeit, das zu ändern, Josiah. Um dein Leben neu zu gestalten. Du und Roger..."

„Ich bin bereits dabei, mein Leben neu zu gestalten, Mylady. Ich werde dir zwischen die Augen schießen und zusehen, wie er mit seinem Schweigen ringt, während du auf dem Boden verblutest. Ich werde ihn deinen letzten Atemzug spüren lassen. Und dann werde ich ihn umbringen. Und ich werde es so aussehen lassen, als hätte er erst dich und dann sich selbst getötet."

Charlotte versteifte sich und ihr Blick huschte zu Ewan. Der Ausdruck auf ihrem Gesicht zerriss ihm das Herz. Sie war ruhig. Voller Akzeptanz. Erfüllt von Liebe, die ihn überschwemmte und alles daransetzte, ihm das, was passieren würde, zu erleichtern.

„Sieh mich an", flüsterte Josiah. Dann drückte er langsam den Abzug seiner Pistole durch.

Ewan machte sich auf das Ende seines Lebens gefasst, auf das Ende von allem, was ihm je etwas bedeutet hatte. Doch zu seiner Überraschung kam es nicht. Sein Bruder drückte den Abzug, aber nichts geschah.

Josiah betrachtete die Pistole in seiner Hand, schüttelte sie und drückte den Abzug erneut. Aber immer noch nichts. Ewan nutzte seine Ablenkung, um nach vorne zu stürzen und warf sich mit seinem ganzen Gewicht auf seinen Bruder. Sie gingen zusammen zu Boden, und die Pistole landete klappernd ein paar Schritte weiter entfernt.

„Was ist hier los?", brüllte Josiah, während er mit Ewan rang, gefangen in seinem Griff, während beide versuchten, den jeweils anderen zu überwältigen.

„Er hat sie entladen", schluchzte Charlotte, während sie sich gegen die Seile zu wehren begann. „Als du die Kutsche geholt hast, habe ich Mr. Griffin überzeugt, die Pistole zu entladen."

„Erschieß sie!", schrie Josiah Roger zu, während er sich mit aller Kraft gegen Ewan stemmte. „Erschieß erst sie und dann ihn!"

Ewan sah entsetzt zu, wie Roger, der an der Tür gestanden hatte, seine Waffe auf Charlotte richtete. Ihre Augen weiteten sich, nun lag echte Angst darin. Sie war auf die eine Eventualität vorbereitet gewesen, aber nicht auf die andere, wie es schien.

In diesem Moment öffnete sich eine der Türen, die vom Hauptraum wegführten. Baldwin stürmte mit gezogener Waffe herein, und kam schlitternd zum Stehen, die Waffe auf Roger gerichtet, aber er schoss nicht. Natürlich konnte er nicht. Eine falsche Bewegung und Charlotte würde sterben.

„Bitte nicht", keuchte er. „Bitte tu meiner Schwester nichts."

Roger zuckte zusammen und sein Blick huschte zu Ewan. Dann zu Josiah. Seine Hände zitterten, als er die Waffe sinken ließ. Alles im Raum verlangsamte sich und blieb stehen.

„Nein", sagte er. „Nein, Josiah, das werde ich nicht tun."

„Was?", brüllte Josiah. „Wovon redest du, verdammt nochmal?"

„Ich habe dir gesagt, dass ich dir helfen würde, dir zu holen, was dir zusteht", sagte Roger und schluckte schwer. „Aber ich habe nie gesagt, dass ich eine unschuldige Frau erschießen würde. Oder meinen eigenen … meinen eigenen Bruder."

„Du Feigling!", kreischte Josiah und holte mit seinem Ellenbogen aus, der Ewan unvorbereitet traf. Er traf ihn an der Schläfe, und sein Griff lockerte sich ein wenig, als seine Sicht verschwamm. Josiah stieß ihn von sich und stürmte auf Roger zu, offensichtlich in dem Versuch, ihm die Waffe zu entreißen.

Roger hob die Waffe wieder. „Zwing mich nicht dazu!", schrie er.

Aber Josiah ignorierte ihn und stürzte in ungebremster Wut auf Roger zu. Ewan stürmte zu Charlotte, als Baldwin seine Waffe hob. Da ertönte der scharfe, schwere Knall eines Pistolenschusses, und

Josiah erstarrte. Er sah auf den immer größer werdenden Blutfleck hinunter, der sein schweißnasses Hemd durchtränkte.

„Du", hustete Josiah, als er auf die Knie und dann flach auf sein Gesicht fiel. Er war tot, noch bevor er auf den Holzplanken aufschlug.

Einen langen Moment bewegte sich niemand. Roger hielt die Waffe immer noch vor sich und starrte auf Josiahs Körper. Dann wurde sein Körper von heftigen Schluchzern geschüttelt. Langsam ging Baldwin auf ihn zu.

„Leg die Waffe weg", sagte Baldwin leise und sanft.

Roger blickte auf die Waffe in seiner Hand, bevor er wieder zu seinem toten Bruder sah. Mit einem Kopfschütteln legte er die Waffe auf den Boden, setzte sich daneben und begann zu weinen.

Während Baldwin sich beeilte, die Waffe an sich zu nehmen, erreichte Ewan Charlotte. Er kniete vor ihr nieder, umfasste ihre Wangen und küsste sie. Sie hob ihr Kinn und schluchzte leise, als sie seinen Kuss erwiderte.

„Meine Hände", sagte sie, und er schaffte es, den Kuss lange genug zu unterbrechen, um die engen Knoten um ihre Handgelenke zu lösen.

„Geht es ihr gut?", fragte Baldwin, als er von Roger wegtrat und beide Pistolen in seinen Hosenbund steckte.

„Mir geht es gut", bestätigte sie und sah ihren Bruder an. „Dank deiner und Ewans Heldentat."

Baldwin ließ die Schultern sinken, die Erleichterung stand ihm ins Gesicht geschrieben. Auf dem Boden begann Roger zu würgen, und Baldwin bückte sich, um ihm auf die Beine zu helfen. „Drau-ßen, Junge. Du kannst dich im Gebüsch übergeben."

Ewan sah zu, wie einer der Männer, die er sein ganzes Leben lang als seinen Bruder betrachtet hatte, Roger mit einer Sanftheit aus dem Zimmer half, die dieser wahrscheinlich nicht verdient hatte. Er würde noch viel mit seiner Familie regeln müssen, doch im Moment war alles, was ihn interessierte, Charlotte.

Nachdem er die Fesseln an ihren Händen gelöst hatte, wackelte sie mit den Fingern, damit sie wieder durchblutet wurden, während er die restlichen Fesseln löste. In Sekundenschnelle war sie frei, und schlang ihre Arme um seinen Hals. Ihr ganzer Körper zitterte, als sie sich an ihn klammerte und mit ihren Händen über sein Haar und seine Schultern strich, als wolle sie sich vergewissern, dass er unverletzt war.

Sie murmelte endlose, sanfte Worte der Liebe, süße Nichtigkeiten, die ihm alles bedeuteten, als er sie in seine Arme nahm und aus der Hütte trug, weg von der Leiche seines Bruders, der dazu erzogen worden war, ihn so sehr zu hassen. Hinaus an die frische Luft, wo Roger im Gras lag und seine Augen mit einem Arm abschirmte.

Baldwin eilte auf sie zu, als Ewan Charlotte wieder auf dem Boden absetzte. Die Geschwister umarmten sich gerade, als Matthew, gefolgt von einer Schar von Leuten, darunter der Constable und ein paar Männer, die anscheinend zum Dienst eingezogen worden waren, den Hügel heraufgeritten kam.

Ewan seufzte. Er wünschte sich nichts sehnlicher, als Charlotte in die Arme zu nehmen und sie in sein Bett zu tragen, um sich davon zu überzeugen, dass sie nicht verletzt war. Und ihr ohne Worte zu beweisen, wie sehr er sie liebte. Aber es gab noch viel zu tun. Dinge, die nur der Duke erledigen konnte.

Er zog sein Notizbuch aus der Tasche, aber Charlotte löste sich von ihrem Bruder und trat neben ihn. „Ich helfe dir", flüsterte sie.

„Du hattest einen anstrengenden Tag", protestierte er.

Sie schüttelte den Kopf. „Du hattest auch einen anstrengenden Tag. Aber wir machen das gemeinsam. Das ist alles, was zählt."

Er schaute auf sie hinab, auf die Liebe seines Lebens. Eine Frau, die er einmal verloren hatte. Fast hätte er sie ein zweites Mal verloren, und diesmal für immer. Ewan nickte, nahm ihre Hand, und sie gingen auf die Neuankömmlinge zu, um sich gemeinsam dem zu stellen, was kommen würde.

KAPITEL 20

Charlotte schloss die Augen, als ihre Mutter mit der Bürste durch ihr Haar fuhr, um die hundert Striche zu beenden. Da die Duchess of Sheffield das Dienstmädchen nach Hause geschickt hatte, half sie Charlotte nun in ihr Nachtgewand und bei den Vorbereitungen vor dem Schlafengehen. Es fühlte sich ein wenig so an, als wäre sie wieder acht Jahre alt, aber Charlotte beschwerte sich nicht, vor allem nicht, als sie zu ihr hochlächelte und die anhaltende Angst ihrer Mutter sah. Nach diesem Tag verstand sie das Bedürfnis der Duchess, ihr ein wenig näher zu sein.

Als sie zu Hause angekommen waren, war es allen so gegangen. Sie hatten sich in aller Stille zu einer liebevollen Familie zusammengefunden, die sich dessen nur zu bewusst war, was sie so leicht hätte verlieren können.

„Es geht mir gut, Mama", versicherte sie ihr und drückte ihre Hand. „Ich verspreche es dir."

Ihre Mutter fuhr mit dem Finger über den blauen Fleck auf Charlottes Wange und runzelte die Stirn. „Wir waren so nah dran, dich zu verlieren. Dich und Ewan. Ich kann mir nicht vorstellen, wie viel Angst ihr gehabt haben müsst. Ich hätte wissen müssen, dass etwas nicht stimmt, ich hätte –"

„Ach, Mama", beschwichtigte Charlotte sie. Sie stand auf und umarmte ihre Mutter. „Du hättest nichts tun können. Josiah war ein geplagter Mann. Wenigstens hat er jetzt seinen Frieden gefunden."

Ihre Mutter verzog das Gesicht. „Einen Frieden, den er nicht verdient hat. Und ich kann nicht glauben, dass Ewan entschieden hat, seinen anderen Bruder nicht für diese Beinahe-Tragödie zu bestrafen."

Charlotte seufzte. „Das war meine Idee, Mama. Roger hätte mich umbringen können, aber am Ende hat er sich gegen all den Hass gestellt und das Richtige getan. Er und die Duchess of Donburrow werden genug Kritik einstecken müssen, sobald diese Geschichte die Runde macht. Sie werden für ihre Taten leiden."

„Du bist zu gut", sagte ihre Mutter. Sie ging mit Charlotte zu ihrem Bett und schlug die Decke zurück. Charlotte lächelte und kroch unter die kühlen Decken, mit denen ihre Mutter sie wie früher als Kind zudeckte.

„Soll ich heute Nacht bei dir bleiben?", fragte sie.

Charlotte strich ihrer Mutter sanft über die Wange. „Danke, Mama, aber nein. Ich verspreche dir, dass ich zurechtkomme."

Sie seufzte. „Na gut. Gute Nacht, meine Liebe." Sie beugte sich vor, um Charlotte einen Kuss auf die Wange zu geben und wandte sich dann zum Gehen. Als sie die Tür erreichte, blieb sie stehen. „Das hätte ich fast vergessen."

Charlotte runzelte die Stirn. „Was vergessen, Mama?"

Ihre Mutter kam zurück und kramte in ihrer Tasche. Sie zog einen in ein Taschentuch eingewickelten Gegenstand heraus. „Nachdem Ewan den Laden von Mr. Griffin verlassen hatte und bevor Matthew mich hierhergebracht hat, hat mir dieser böse, schreckliche Mann das hier gegeben."

Charlotte nahm das Päckchen entgegen und packte es aus. Es war das silberne Notizbuch, das sie am Tag zuvor für Ewan gekauft hatte. „Er hat es nicht graviert", murmelte sie, während sie über die glatte Rückseite strich. „Natürlich nicht. Er wusste die ganze Zeit, dass es als Köder dienen würde, um mich und Ewan für Josiahs Pläne in seinen Laden zu locken."

„Er wird sich nie wieder in diesem Dorf blicken lassen", sagte die Duchess mit einem Schnauben. „Und ich werde dafür sorgen, dass er nie wieder in einem guten Geschäft arbeitet. Wirst du es Ewan geben?"

Charlotte drehte das Buch um und betrachtete die schöne Gravur auf der Vorderseite. „Ich glaube schon, ja", antwortete sie. „Aber nicht jetzt."

Im Moment war sie sich nicht sicher, wo sie mit ihm stand. Sie hatten Seite an Seite die Konsequenzen der Ereignisse dieses Tages durchgestanden. Er war ihr beim Abendessen und danach nicht von der Seite gewichen. Aber irgendetwas an der Art, wie er sie ansah … sie wusste nicht, was das zu bedeuten hatte.

Und ihre ganze Tapferkeit, sich seiner Ablehnung zu stellen, fühlte sich jetzt hinfällig an. Sie hatte zu viel durchgemacht, um sich von ihm sagen zu lassen, dass er ihre Liebe nicht noch einmal zulassen würde. Vielleicht würde sie es später tun. Wenn sie sich nicht mehr so … verletzlich fühlte.

Ihre Mutter küsste sie auf die Stirn und ging dann zur Tür. Sie verabschiedete sich ein letztes Mal, schloss die Tür hinter sich und ließ Charlotte allein zurück.

Einen Moment lang lag sie im Bett und betrachtete das Notizbuch. Sie wollte sich gerade vorbeugen und ihre Kerze ausblasen, als es an ihrer Tür klopfte. Charlotte schürzte die Lippen. Sie wusste die Fürsorge ihrer Mutter sehr zu schätzen, aber in diesem Moment wollte sie wirklich allein sein.

Sie stand auf und ging zur Tür. Als sie sie öffnete, sagte sie: „Hast du etwas vergessen, Mama?"

Aber die Person, die davorstand, war nicht ihre Mutter. Es war Ewan. Ewan hatte sein Hemd aufgeknöpft und seine Stiefel ausgezogen. Er blickte auf sie herab, seine dunklen Augen glitten über sie, als wäre er sich nicht sicher, ob sie echt war.

Ewan, so schön und perfekt, hier bei ihr.

„Ich dachte, sie würde nie gehen", gebärdete er, als er ins Zimmer stürmte und sie in seine Arme schloss.

Sie klammerte sich an ihn und erwiderte seinen Kuss leidenschaftlich, als er die Tür hinter sich zuschlug. Sie sagte kein Wort, als er sie mit dem Rücken zum Bett schob, sie auf die Kissen legte und sein Hemd auszog, bevor er sich zu ihr setzte.

Sein Mund bewegte sich hungrig auf ihrem. Es war auf eine Weise besitzergreifend, die viel tiefer ging als alles, was er bisher von ihr verlangt hatte. Er war verzweifelt. Und sie war es auch. Schließlich hatte sie zugesehen, wie Ewan bedroht wurde. Selbst das Wissen, dass Josiahs Waffe nicht geladen gewesen war, hatte ihre Angst nicht mindern können. Es hätte alles Mögliche passieren können. Sie hätte ihn verlieren können.

Also schob sie ihre Zweifel beiseite. Schob ihre Fragen und Ängste beiseite und gab sich dem Mann hin, den sie liebte, während seine Hände über ihren Körper wanderten. Er berührte jeden Zentimeter ihrer entblößten Haut, seine Fingerspitzen tanzten mit unendlicher Zärtlichkeit und Sorgfalt über sie hinweg.

Ewan zog einen Träger ihres Nachthemdes nach unten und unterbrach ihren Kuss, um sich am Saum ihres Nachthemdes entlangzuküssen und hungrig ihre Haut zu schmecken. Ihr Nachthemd fiel herunter, und er zog es über ihre Brüste, saugte an ihrer Brustwarze und ließ seine Zunge darum herumkreisen, bis sie vor Lust stöhnte.

Dann zog er ihr Nachthemd komplett nach unten und zeichnete die Wölbung ihrer Brüste nach, während er gebärdete: „Wunderschön."

„Du auch", flüsterte sie, fuhr mit ihren Händen über seine nackte Brust und schob ihre Finger in seinem Hosenbund, während sie mit dem Verschluss kämpfte.

Er lächelte und stieß sich vom Bett ab. Ohne den Blick von ihr abzuwenden, öffnete er den Verschluss und befreite seinen

Schwanz. Sie setzte sich etwas auf und leckte sich über die Lippen, ihr Körper kribbelte vor Verlangen. Doch es war nicht nur das Bedürfnis, ihn in sich zu spüren. Da war etwas Tieferes. Das Verlangen, sich wieder mit einer Person zu verbinden, die sie an diesem Tag fast verloren hätte.

Ewan zog seine Hose aus und Charlotte zerrte ihn zu sich aufs Bett. Er legte sich wieder zu ihr, aber diesmal lag er auf dem Rücken. Sie beugte sich über ihn, während sie ihr Nachthemd beiseite warf. Sie setzte sich rittlings auf ihn und drückte seinen Schwanz zwischen ihre Beine, ohne ihn eindringen zu lassen. Dann beugte sie sich über ihn, ihr Haar bedeckte sie beide, als sie ihn immer leidenschaftlicher küsste und sich ihm mit ihren Küssen und seinem Namen auf ihren Lippen hingab.

Er umfasste ihren Hinterkopf und fuhr mit seinen Fingern sanft durch ihr Haar. Sie küssten sich eine ganze Weile so, als hätten sie ein ganzes Leben lang Zeit, obwohl sie wusste, dass ihr dieses Leben noch nicht einmal versprochen worden war. Und es das vielleicht auch nie werden würde.

Sie verdrängte den Gedanken, griff zwischen ihnen hindurch und platzierte seine Eichel an ihren Eingang. Dann nahm sie ihn langsam in sich auf. Zentimeter für Zentimeter, Moment für Moment, tiefer und tiefer, bis er ganz in ihr war und nichts mehr zwischen ihnen war.

Sie begegnete seinem Blick und hielt ihm stand, während sie langsam auf ihm zu reiten begann. Seine Hände wanderten nach oben und umfassten erst ihre Hüften und dann ihren Hintern, während sie sich in langsamen, kreisenden Bewegungen über ihm räkelte. Jeder Stoß weckte eine tiefere Lust in ihr und brachte sie ihrem Höhepunkt näher. Sie hatte es nicht eilig, auch nicht, als die Lust immer größer wurde. Der heutige Tag hatte ihr gezeigt, dass jeder Moment der letzte sein könnte.

Also hatte sie vor, jeden einzelnen auszukosten. Ewan hob seine Hüfte unter ihr an und drang mit jedem Stoß tiefer in sie ein, während er sie aufmerksam beobachtete, jeden Moment ihres

Vergnügens und ihrer nahenden Erlösung registrierte, als würde es ihm genauso viel bedeuten wie ihr.

Sie wollte ihm sagen, dass sie ihn liebte, als ihr Orgasmus ihren Körper erschütterte, sie wollte es in den stillen Raum hinausschreien und es zu einem Teil dessen machen, was in diesem schönen, heiligen Moment zwischen ihnen war. Doch sie hielt sich zurück, aus Angst, den Bann zu brechen, aus Angst, ihn wegzustoßen, wenn sie ihn so sehr brauchte.

Also stöhnte sie einfach ihre Lust heraus, wimmerte seinen Namen, seufzte wirre, bedeutungslose Laute der völligen Befreiung, während der Orgasmus immer weiter und weiter über sie hinwegrollte.

Schließlich sackte sie erschöpft an seiner Brust zusammen. Ihr Körper krampfte immer noch und umklammerte ihn mit den letzten Ausläufern ihrer Lust. Er rollte sich mit ihr zusammen herum, sodass er oben war. Dann griff er nach einer ihrer Kniekehlen und hob ihr Bein hoch.

Ewan stieß hart und tief zu, sein Hals spannte sich an, als er im perfekten Takt in sie eindrang. Ihr Körper bebte weiter, steuerte auf einen weiteren Höhepunkt zu. Schließlich warf er seinen Kopf zurück und stieß einen leisen Schrei aus.

Er zog sich zurück und kam zwischen ihren Körpern, dann zog er sie an sich und hielt sie in der Dunkelheit ihres erlöschenden Feuers fest. Er drückte sie an sich, während sie ihr Gesicht an seiner Brust vergrub und sich wünschte, betete und hoffte, sich nie wieder von diesem Mann trennen zu müssen.

Charlotte wusste, dass diese süßen Träume vielleicht nie in Erfüllung gehen würden, egal wie viel sie ihm bedeutete.

Ewan lehnte mit dem Oberkörper am Kopfteil von Charlottes Bett. Sie hatte sich an seine Brust gekuschelt, und er fuhr mit seinen Fingern durch ihr seidiges Haar. Im Schein des Feuers konnte er ihr nur halbes Gesicht sehen. Die Hälfte mit dem Bluterguss, den Josiah vor ein paar Stunden dort hinterlassen hatte.

Sein Magen verkrampfte sich, als er diese schrecklichen Momente noch einmal Revue passieren ließ. Er würde sie wahrscheinlich für den Rest seines Lebens in irgendeiner Form noch mehrmals durchleben.

Als er sich bewegte, versteifte sie sich und hob den Kopf. „Du willst doch nicht gehen, oder?"

Er schüttelte den Kopf und deutete auf die Kerze. Sie war heruntergebrannt, während sie sich geliebt hatten, und war dann durch einen Luftzug von allein ausgegangen. Er zündete sie mit dem Feuerzeug wieder an. Als er den Gegenstand abstellen wollte, fiel ihm etwas anderes auf dem Nachttisch auf. Ein silbernes Notizbuch, das auf einem gefalteten Papiertuch lag.

Er griff danach und fuhr mit seiner Fingerspitze die fein gearbeitete Oberfläche, bevor er Charlotte fragend ansah.

Sie drehte sich um. „Das sollte ein Geschenk sein", erklärte sie. „Ich wollte es in der Stadt abholen wollte, bevor …"

Sie brach ab und senkte den Kopf. Er hielt es in seiner Hand. Es hatte ein perfektes Gewicht. Es war immer leicht in der Tasche zu finden, aber nicht so schwer, dass seine Kleidung dadurch verrutschen würde.

Er drehte es um und strich mit der Hand über die flache Rückseite. „Es ist wunderschön. Darf ich es öffnen?", gebärdete er.

Sie setzte sich etwas auf und stützte sich auf dem Ellenbogen ab, um ihn dabei zu beobachten. Als er es öffnete, segelte ein Stück gefaltetes Papier zwischen ihnen auf das Bett.

„Was ist das?", gebärdete er, als er die Hand danach ausstreckte.

Doch sie war schneller und griff mit geröteten Wangen rasch nach dem Zettel. „Das ist nichts."

Er zog eine Augenbraue hoch. Normalerweise verheimlichte Charlotte ihm nie etwas. Dass sie es nach dem heutigen Tag tat, löste ein ungutes Gefühl bei ihm aus, das er nicht benennen konnte.

„Was ist es?", wiederholte er langsam.

Sie neigte den Kopf. „Ich glaube, es ist der Zettel mit dem Text, den ich Mr. Griffin gebeten habe, auf der Rückseite einzugravieren", gab sie zu. „Was er natürlich nicht getan hat."

Ewan schluckte schwer, dann streckte er langsam seine Hand aus. Sie seufzte und reichte ihm den Zettel und er entfaltete ihn. Auf dem Papier standen zwei Zeilen in Charlottes sauberer, weiblicher Handschrift:

Meine Liebe zu dir hat sich nie geändert und wird sich nie ändern. Mit allem, was ich bin oder jemals sein werde, C.

Ihm stockte der Atem angesichts dieses einfachen Gefühls, das ihn nun bis ins Innerste traf. Langsam hob er den Blick und stellte fest, dass sie nicht ihn ansah, sondern an einem losen Faden an ihrer Bettdecke herumfummelte. Als er ihr Kinn umfasste, sah sie endlich zu ihm auf.

„Du wolltest nicht, dass ich das sehe?", gebärdete er, und plötzlich hatte er einen Kloß im Hals. „Haben sich deine Gefühle geändert?"

Er konnte es ihr nicht verdenken, falls das der Fall war. Nach allem, was sie seinetwegen durchgemacht hatte? Nicht nur heute, sondern seit sehr langer Zeit. Dass sie auf ihn zugegangen war, während er sich zurückgezogen hatte … Er konnte sich vorstellen, dass sie das sehr verletzt hatte, auch wenn sie seine Zurückhaltung verstand.

Und vielleicht war er zu weit gegangen.

Sie schnappte nach Luft. „Natürlich nicht", flüsterte sie. „Ewan, genau das fühle ich. Ich … ich wollte nur nicht, dass du es heute Abend siehst."

„Warum nicht?", fragte er.

Sie seufzte tief. „Weil ich es heute nicht ertragen würde, zu hören, warum das, was ich fühle, falsch ist. Weil ich heute nicht in der Lage bin, so um dich zu kämpfen, wie ich es tun sollte."

Er runzelte die Stirn. Um ihn kämpfen? Oh ja, das hatte sie über die Jahre hinweg getan. Allerdings nie so sehr, wie in diesen kurzen, magischen Tagen, in denen sie allein gewesen waren. Sie wäre seinetwegen sogar fast gestorben.

Und jetzt fürchtete sie, er würde all das ignorieren. Denn das hatte er bisher auch immer getan.

Er zog den Kopf ein, beschämt über seine Zurückhaltung. Sie holte Luft, und bei dem Geräusch sah er sie erneut an. Sie hatte ihr Kinn angehoben, ihr ganzer Mut war wieder da.

„Ich weiß, dass du die Risiken unseres Zusammenseins fürchtest, Ewan. Mir sind deine Sorgen bewusst. Aber ist letzten Endes nicht alles im Leben ein Risiko? Emma und James erwarten gerade ihr erstes Kind. Es wird höchstwahrscheinlich gesund sein, aber es könnte auch schiefgehen, und zwar auf weitaus schlimmere Weise, als du deine eigene Geburt beurteilst."

Er machte Anstalten, etwas zu erwidern, aber sie hielt seine Hände fest.

„Lass mich ausreden", bat sie. „Heute ist uns etwas widerfahren, mit dem ich nie gerechnet hätte. Ich habe einen Blick auf eine Zukunft geworfen, in der wir auf eine dauerhafte Weise getrennt werden könnten, die mir das Herz bricht. Wenn uns der Beinahe-Verlust des anderen etwas lehrt, dann hoffentlich, dass wir uns das, was wir wollen, in dem Moment nehmen müssen, in dem wir die Gelegenheit dazu haben. Reue ist ein schrecklicher Bettgenosse."

Er schob ihre Hände sanft weg, um gebärden zu können. „Darf ich jetzt etwas sagen?"

Sie lachte, doch es klang etwas nervös. „Ich denke schon."

„Ich weiß, dass ich dir nie bewiesen habe, dass ich dazu bereit bin, das Risiko, das du beschreibst, einzugehen. Ich habe dir das Gegenteil bewiesen. Zu oft. Aber ich wusste eine grundlegende Tatsache, lange bevor ich in die Hütte gestürmt bin und gesehen habe, wie mein Bruder dir eine Waffe an die Schläfe gehalten hat."

Ihre Augen waren weit aufgerissen und das Grün verdunkelte sich, als sie flüsterte: „Und welche Tatsache ist das?"

„Dass ich dich liebe, Charlotte Maria Penelope Undercross." Während er jeden einzelnen ihrer Namen betonte, sah er, wie sich ihr Gesicht verzog, doch die Tränen in ihren Augen waren Freudentränen, denn ihr Lächeln wurde noch breiter. „Ich habe dich so lange geliebt, dass ich mich nicht mehr daran erinnern kann, wie es war, dich nicht zu lieben. Ich denke, das ist keine Überraschung für dich."

„Ich habe es gehofft", flüsterte sie, ihre Stimme zitterte, als sie sich die Tränen von den Wangen wischte.

„Ich habe dich vor all den Jahren gehen lassen", gebärdete er, „in der Hoffnung, dich so vor dem retten zu können, was und wer ich bin." Sie zuckte zusammen, und er beeilte sich fortzufahren: „Aber ich habe schnell erkannt, dass du mich gerettet hast, mit allem, was du bist."

Sie schüttelte den Kopf. „Was sagst du da, Ewan? Denn deine Liebe bedeutet mir alles, aber nicht, wenn es ein Aber gibt."

„Kein Aber", gebärdete er, bevor er ihr eine Haarsträhne aus dem Gesicht strich. „Diesmal nicht. Ich weiß, ich habe Mist gebaut, indem ich mich bei dir zurückgehalten habe. Indem ich mich selbst verleugnet habe, in der verrückten Überzeugung, dass ich es dir leichter machen könnte. Das werde ich nie wieder tun. Ich will mein Leben mit dir verbringen. Und das wusste ich schon, bevor du heute Morgen das Haus verlassen hast. Ich hatte vor, dir all diese Dinge zu sagen, bevor meine Familie versucht hat, uns zu zerstören."

Die Tränen liefen ihr nun über das Gesicht und ihre Stimme zitterte. „Du willst also dein Leben mit mir verbringen?", wiederholte sie.

„Wenn du mich noch willst", gebärdete er. „Wenn du mich heiraten willst."

Sie schlang ihre Arme um seinen Hals und küsste ihn, bevor sie antwortete: „Ja! Ja!" Die Worte klangen gedämpft und verstummten schließlich, als er sie an sich zog und den Kuss vertiefte.

Tränen rannen nun auch über sein Gesicht und vermischten sich mit ihren, wie sie es für den Rest ihres Lebens tun würden. Die glücklichen und die traurigen.

Denn sie gehörte ihm, und er gehörte ihr, für immer. Und als er ihren Körper beanspruchte, veränderte sich die Freude, die ihn erfüllte. Er war noch nie so glücklich gewesen, wenn er an seine Zukunft gedacht hatte, und daran, seine Vergangenheit hinter sich zu lassen.

EPILOG

Zwei Wochen später, London

„**D**u hast die ganze Reihenfolge durcheinandergebracht, Ewan“, sagte Graham Everly, der Duke of Northfield, als er lachend sein Glas erhob. „Adelaide und ich werden in zwei Wochen heiraten, und du und Charlotte taucht hier auf und habt eure Leben bereits vereint.“

Die ganze Gruppe lachte und Simon Greene, der Duke of Crestwood, sagte: „Das ist kein richtiger Trinkspruch, Northfield.“

„Dann werde *ich* es versuchen“, meldete sich James Rylon, der Duke of Abernathe und inoffizieller Anführer der Gruppe zu Wort. Er erhob sich und tätschelte die Hand seiner hochschwangeren Frau Emma.

Ewan nahm sanft Charlottes Hand und strich mit dem Daumen über den Ring an ihrer linken Hand, der ihn daran erinnerte, dass sie ihm gehörte.

„Ein Leben besteht aus vielen Teilen“, begann James, und die Dukes und Duchesses, unter denen sich auch Ewans Cousine und Tante sowie Charlottes Mutter und Bruder befanden, wurden still. „Es gibt ein Vorher und ein Nachher für uns alle, im Guten wie im

Schlechten." Er schaute sich im Raum um. „Möge das Danach, das du und Charlotte teilen, nur die glücklichsten Tage und Nächte enthalten. Und möge jeder Schmerz des Vorher hinter euch liegen. Auf Charlotte und Ewan."

„Auf Charlotte und Ewan", sagte die ganze Gruppe und hob die Gläser, um auf ihre Hochzeit anzustoßen.

Meg, Simons Frau, drückte seine Hand und eilte zur Anrichte. „Wer möchte ein Stück Kuchen?"

Adelaide ging ihr zur Hand, und die anderen fingen an, sich angeregt zu unterhalten. Charlotte lächelte Ewan an und zog ihn von der Gruppe weg, in eine ruhigere Ecke. Sie strich ihm eine Haarsträhne aus der Stirn und flüsterte: „Bist du glücklich?"

Er runzelte die Stirn und beugte sich vor, um sie gegen die ihre zu legen. Ihre Augenlider schlossen sich flatternd, und einen Moment lang war nur ihr Atem zu hören. Dann sah sie ihn an und er gebärdete: „Du gehörst mir. Ich bin glücklicher, als ich es verdiene."

Ihre Gesichtszüge entspannten sich, und sie stellte sich, ohne ihre Freunde zu beachten, auf die Zehenspitzen und küsste ihn. Und in diesem Kuss lag die Verheißung, wie das Danach aussehen würde, das James beschrieben hatte, und eine Zukunft, die so hell war, dass er das Gefühl hatte, dass nichts anderes in seiner Welt existierte.

Er wollte sich gerade in ein dunkles und gemütliches Zimmer im Haus zurückziehen, als eine junge Frau aus dem Schatten trat und sich an die Wand lehnte.

Sie war schlank und hatte kastanienbraunes Haar, das im griechischen Stil hochgesteckt war. Ein paar feine gelockte Strähnen fielen ihr über den Rücken und verschwanden unter ihrem Tuch, als sie es ein wenig hochzog.

Sie schien ihn noch nicht bemerkt zu haben, da sie offenbar abgelenkt war. Ihre Konzentration war ganz und gar auf den Himmel über ihr gerichtet, und er folgte ihrem Blick und hielt den Atem an. Der Mond war nicht zu sehen, nur die Sterne funkelten am Himmel. Er machte einen leisen Schritt auf sie zu und glaubte, sie leise flüstern zu hören, verstand jedoch nicht, was sie sagte.

Er runzelte die Stirn. Er hatte keine Ahnung, was diese junge Dame hier machte, aber es war offensichtlich, dass sie nicht gestört werden wollte. Er wollte sich gerade umdrehen und von ihr weggehen, als sie aufhörte zu flüstern, sich versteifte und sich dann zu ihm umdrehte.

Sein Herz hörte auf zu schlagen. Sie war … atemberaubend schön. Anders konnte man sie nicht beschreiben. Ihre Gesichtszüge waren fein und zart und ihre blassgrünen Augen hatten die Farbe von Frühlingsblättern. Ihr rotes Haar umrahmte eine porzellanfarbene Haut, die nur durch eine bezaubernde Röte unterbrochen wurde, die jetzt ihre runden Wangen färbte.

„Hallo", sagte sie.

Seine Augen weiteten sich noch mehr, als er den Akzent hörte, mit dem sie ihn begrüßte. Amerikanisch. Sie war die Amerikanerin.

„H-Hallo", wiederholte er und machte einen Schritt auf sie zu, ohne sich daran zu erinnern, dass er seinem Körper befohlen hatte, seine Beine zu bewegen. „Ich wollte Euch nicht stören."

Ein Lächeln breitete sich auf ihrem außerordentlich hübschen Gesicht aus. Es war verschmitzt und sogar leicht verrucht. Sie sah aus, als würde sie gerne lachen, was in ihm den Wunsch weckte, das Gleiche zu tun.

„Das habt Ihr nicht", beruhigte sie ihn. „Ich bin mir nur töricht vorgekommen, weil Ihr mich dabei erwischt habt, wie ich … nun ja, weil Ihr mich eben erwischt habt."

Er runzelte die Stirn. „Ja, Ihr habt Euch die Sterne angesehen. Aber ich dachte, ich hätte Euch reden hören."

Die Röte auf ihren Wangen wurde noch eine Nuance dunkler, und sie wandte ihren Blick ab, während sie ihre Hände an der steinernen Verandabrüstung abstützte. „Ach, du meine Güte. Ihr müsst mich für ein Dummchen halten."

Er legte den Kopf schief. „Ganz im Gegenteil. Aber ich bin neugierig. Habt Ihr einen Zauber gesprochen oder Euch einen Stern gewünscht?"

Sie lachte, und der Klang hallte wie Musik durch die Luft. Er ertappte sich sofort dabei, dass er lächelte, und es war keines dieser gezwungenen oder gespielten Lächeln, die er in letzter Zeit so oft gezeigt hatte. Es war einfach nur eine Reaktion auf ihre Leichtigkeit. Als wäre sie ein Leuchtfeuer, dem er in seiner Dunkelheit folgen konnte.

Er blinzelte. Fing er jetzt etwa plötzlich an zu Dichten? In seinem Kopf? Über eine Fremde? Eine amerikanische Fremde, noch dazu.

„Nichts von alledem“, sagte sie. „Ich habe die Sterne gezählt.“

Er blinzelte und sah langsam zu den tausenden funkelnden Lichtern über ihm hinauf, bevor er den Blick wieder auf ihr Gesicht richtete. „Ihr habt die Sterne gezählt?“

Sie nickte, als wäre das die normalste Sache der Welt. Sogar so, als wäre es das Größte. „Ganz genau.“

„Das klingt nach einem endlosen Unterfangen“, sagte er.

Sie zuckte mit einer schlanken Schulter, und ihr Tuch verrutschte ein wenig, sodass ihr hübsches Kleid ein wenig Fleisch preisgab. Ihm stockte der Atem bei diesem Anblick. Die süße Stelle zwischen ihrem Hals und ihrer Schulter sah absolut … küssbar aus.

„Endlos ist nicht gleichbedeutend mit zwecklos oder sinnlos“, entgegnete sie und riss ihn aus seinen unpassenden Gedanken. „Wie oft wird man gezwungen, Dinge immer wieder zu tun, die man eigentlich gar nicht mag? Wenn ich Sterne zähle, ist das immer eine Freude. Es erinnert mich daran, dass es viele Dinge gibt, die größer sind als ich oder meine dummen Probleme.“

Er dachte über ihre Worte nach. „Da habt Ihr recht. Einen Großteil unseres Lebens verbringen wir mit sich wiederholendem Unsinn. Das Zählen von Sternen ist ein ebenso gutes Hobby wie Nähen, nehme ich an. Oder spielen oder in einer Stube im Kreis herumzulaufen.“

Wieder lächelte sie. „Nun, ich mag zufällig auch all diese albernen Dinge.“

„Eine kultivierte Lady ist niemals albern“, sagte er.

„Und was ist mit einem kultivierten Gentleman?“, erwiderte sie.

„Davon kenne ich nur wenige“, sagte er und musste lachen, als sie dasselbe tat. Sein Lachen fühlte sich rostig an, ungewohnt. In der letzten Zeit war sein Lachen immer nur vorgetäuscht gewesen.

„Das bezweifle ich“, meinte sie. „Ihr seht mir wie ein junger gebildeter Mann aus. Aber darf ich fragen, warum Ihr auf der Veranda herumschleicht, während drinnen eine Feier stattfindet?“

„Bin ich geschlichen?“, fragte er.

Sie zuckte die Achseln. „Ein wenig.“

Er seufzte und wandte seine Aufmerksamkeit wieder dem helleren Teil der Terrasse und den Lichtern aus dem Ballsaal zu, die sie erhellten. „Vielleicht habe ich mich ein wenig hier draußen herumgedrückt. Drinnen war es zu warm und zu … unmittelbar.“

Die Worte, die über seine eigenen Lippen kamen, ließen ihn zurückweichen. Er hatte sie nicht sagen wollen. Verdammt, er erlaubte sich für gewöhnlich nicht einmal, sie auch nur zu denken.

„*Zu* unmittelbar“, wiederholte sie leise, und das Lächeln verschwand aus ihrem Gesicht. „Ich glaube, ich verstehe, was Ihr meint. Die Erwartung hängt in der Luft.“

Er nickte. „Allerdings.“

Sie standen eine Weile schweigend da. Sie schaute zu ihm auf und er konnte seinen Blick nicht von ihr abwenden. Es war seltsam, denn die Stille fühlte sich sowohl heiß als auch irgendwie angenehm an, als ob sie kein leeres Geschwätz erwartete.

Er schüttelte den Kopf in dem Versuch, den seltsamen Gedanken loszuwerden. „Nun, äh, von mir wird im Moment wahrscheinlich erwartet, dass ich zum Ball zurückkehre. Dann könnt Ihr weiterzählen, obwohl Ihr mittlerweile wahrscheinlich schon vergessen habt, bei welchem Stern Ihr wart.“

Sie lachte wieder, wie Musik im Wind, und deutete nach oben. „Habe ich nicht. Ich habe genau dort aufgehört.“

Er schüttelte kichernd den Kopf. „Dann sehen wir uns vielleicht später drinnen.“

Sie nickte. „Guten Abend.“

Er neigte den Kopf und drehte sich langsam um, um zurück zu den Terrassentüren zu gehen, die in den Ballsaal führten. Erst als er sie erreichte, fiel ihm auf, dass er die junge Frau gar nicht nach ihrem Namen gefragt hatte. Nicht, dass es wirklich von Bedeutung gewesen wäre. Er wusste, wer sie war.

Und nachdem er mit ihr gesprochen hatte, fühlte sich die Zukunft plötzlich etwas weniger schrecklich an.

BÜCHER VON JESS MICHAELS

DER 1797 CLUB

Der verwegene Duke (Buch 1)

Ihr Lieblingsduke (Buch 2)

Der gebrochene Duke (Buch 3)

Eine vollständige Liste der Titel von Jess Michaels finden Sie unter:

http://www.authorjessmichaels.com/books

ÜBER DIE AUTORIN

USA Today-Bestsellerautorin Jess Michaels hat eine Vorliebe für geekiges Zeug, Vanilla Coke Zero, und alles, was mit Kokosnuss zu tun hat. Darüber hinaus mag sie Käse, flauschige Katzen, Feinhaarkatzen, einfach alle Katzen, viele Hunde und Menschen, die sich um das Wohl ihrer Mitmenschen kümmern. Sie hat das Glück, mit ihrem Lieblingsmenschen verheiratet zu sein und lebt im Herzen von Dallas, Texas, wo sie versucht, all die tollsten Gerichte der Stadt zu probieren.

Wenn sie nicht zwanghaft ihre Schritte auf Fitbit überprüft oder neue Geschmacksrichtungen von griechischem Joghurt ausprobiert, schreibt sie historische Liebesromane mit heißen Alphamännern und frechen Ladies, die alles tun, außer zu warten, um zu bekommen, was sie wollen. Sie hat für zahlreiche Verlage geschrieben und ist jetzt komplett unabhängig und liebt jeden Moment davon (naja, fast jeden Moment).

Jess liebt es, von ihren Fans zu hören! Also zögern Sie bitte nicht, sie unter Jess@AuthorJessMichaels.com zu kontaktieren.

Jess Michaels verlost JEDEN MONAT einen Geschenkgutschein an Mitglieder ihres Newsletters, also melden Sie sich auf ihrer Website dazu an:
http://www.AuthorJessMichaels.com/

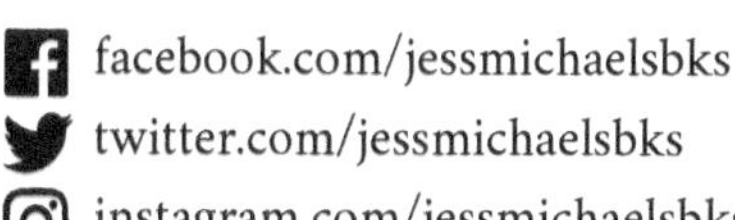

facebook.com/jessmichaelsbks
twitter.com/jessmichaelsbks
instagram.com/jessmichaelsbks

www.ingramcontent.com/pod-product-compliance
Lightning Source LLC
Chambersburg PA
CBHW050846190726
48286CB00007B/2253